화가

禍家

화가

禍家

<ruby>禍<rt>まが</rt></ruby>

미쓰다 신조 장편소설

현정수 옮김

북로드

텅, 텅, 텅……

집이 울리는 듯한 소리가 온 집 안을 흔든다.

착, 착, 착……

기분 나쁜 소리가 계단을 올라온다.

탁, 탁, 탁……

자신의 발소리가 들린다.

목차

1장 이사 __ 9

2장 집 __ 26

3장 마을 __ 45

4장 숲 __ 67

5장 식인자 __ 89

6장 기현상 __ 104

7장 유령의 집 __ 125

8장 녹색 언덕 __ 139

9장 마지막 집 __ 160

10장 도서관 __ 177

11장 10년 전 __ 187

12장 연쇄 __ 213

13장 진상 __ 236

14장 10년째 __ 254

15장 종지부 __ 278

종장 __ 297

역자 후기 __ 302

1장 이사

앗, 여긴 전에 본 적이 있어!

그 집을 차분히 바라보기 전에, **그 길거리**가 눈에 들어오자마자 무나카타 코타로는 저도 모르게 마음속으로 외쳤다.

하지만, 그럴 리가 없는데……

고개를 갸웃하면서도 코타로가 그렇게 부정한 것은, 태어나서 지금까지 수학여행을 제외하면 한 번도 전에 살던 치바 현 밖으로 나가본 적이 없었기 때문이다. 도쿄에 온 것도 이번이 처음인데, 도쿄 도심에서도 꽤 떨어진 무사시 나고이케라는 낯선 지역에 있는 우누키 마을 히가시 4번지 거리가 낯익다니, 어떻게 생각해봐도 이상한 일이다.

사실 지금까지도 비슷한 감각을 느낀 적은 몇 번이나 있었다. 그런 경우에는 대개 안 좋은 일을 겪거나, 위험한 상황에 처하거나, 무서운 일이 생기곤 했다. 전에 본 적이 있다고 느낀 **그 장소**에서. 그래서 코타로는 기시감 같은 것을 느끼면 되도록 빨리 그 자리를 벗어나려고 했다.

하지만 이번에는 이제 막 이사 온 참이다. 아무리 수상한 낌새가 있더라도 당장 떠날 수 있을 리 없다.

말하자면 이 마을에서 무시무시한 경험을 하게 된다는 걸까……?

오늘부터 자신과 할머니가 살게 될 집 앞에 서서, 코타로는 몹시 불안한 시선으로 눈앞의 길거리를 바라보았다.

이사 온 집을 남쪽에 두고 히가시 4번지를 가로지르는 길이 'く' 자에 가깝게 호를 그리면서 동쪽으로 향하고 있다. 그리고 'く' 자의 아래 부분에 맞닿는 외길이 서쪽으로 이어지고 있어서, 지도에는 두 길이 'く' 자와 'ー' 자가 닿아 있는 것처럼 보인다.

그 'く' 자의 양옆으로는 집들이 사이좋게 다섯 채씩 늘어서 있다. 일반 주택에 점포가 섞여 있기 때문에 집의 규모와 형태도 제각각이라 신흥 주택지에서 흔히 볼 수 있는 획일화된 무미건조함은 느껴지지 않는다. 오히려 그중에는 저택이라고 불러도 될 정도로 고풍스럽고 중후한 건물도 있어서, 이 지역이 의외로 오래전에 개발되었다는 것을 알 수 있었다.

이것뿐이라면 그리 드물지 않은 풍경이다. 코타로가 이 정도로 강한 기시감을 느낄 리가 없다. 문제의 원인은 'く' 자의 끝에 있었다.

그것은 기묘한 존재감을 풍기며 마을 동쪽 외곽에 웅크리고 있었다. 불룩하게 올라온 전체적인 형태는 언뜻 거대한 거북이를 연상시킨다. 하지만 코타로에게는 얌전한 이미지인 거북이와는 반대로, 마치 지금부터 눈앞에 있는 열 채의 집들을 하나씩 집어삼키려고 땅바닥에 몸을 붙이고 있는 괴물처럼 보였다.

"여기는……진수의 숲(鎭守の森, 그 고장의 수호신을 모신 신사와 참배길 등을 둘러싸도록 만들어진 숲 - 옮긴이)인가?"

정신을 차려 보니 코타로는 그 숲 앞에 멈춰 서 있었다. 길이 굽어져 있어서 조금 더 숲이 잘 보이는 곳까지 가보자며 몇 걸음 걸어갔을 뿐이었다. 그런데 어느샌가 집 앞에서 멀찍이 떨어져 있었다. 이사로 바쁜 할머니를 거들지도 않고 어슬렁어슬렁 'く' 자 형태의 길 끄트머리까지, 숲의 입구까지 발길을 옮긴 것이다.

코타로가 입구라고 생각했던 이유는, 길이 끝나고 숲이 시작되는 지점부터 바닥에 돌이 촘촘히 깔린 길이 신사의 참배길처럼 이어지고 있기 때문이었다. 그렇지만 비스듬히 왼쪽으로 뻗어나가는 그 길을 눈으로 따라가 봐도, 한동안 뻗어나가다가 오른편으로 꺾이기 때문에 그 너머에 무엇이 있는지는 알 수 없었다. 그래도 이사 오기 전에 살던 동네에서 코타로가 뛰어놀던 진수의 숲과 눈앞에 보이는 숲은 어딘지 모르게 비슷했다.

다만 그 시골마을의 숲은 신비로운 분위기라 경외심을 품게 만드는 존재였던 것에 비해, 이 숲은 규모가 작음에도 어째서인지 정체를 알 수 없는 두려움이 느껴진다.

"신령님은 자비롭기도 하지만 때론 아주 무서운 존재이기도 하단다."

치바에서 살 때 이웃집 할아버지가 자주 하시던 얘기였다. 만약 이곳이 신사를 둘러싸고 있는 진수의 숲이라면, 그 중심에 모셔진 신령님과는 절대 관계하고 싶지 않다. 코타로는 한순간 그런 생각에 사로잡혔다.

그러자 문득 작년의 **그 사건** 이후로 다시 꾸게 된 악몽이 머릿속에 생생히 되살아났다. 그것은 코타로가 어릴 적에 자주 시달리던 무서운 꿈으로, 오랜 시간에 걸쳐 인상이 흐려지다가 마침내 꾸지 않게 되었던 꿈이었다.

악몽 속에서 코타로는 새까만 어둠 속에 있다. 마치 별빛 하나 없는 암흑의 우주공간을 떠도는 것처럼, 빛이 전혀 들어오지 않는 칠흑 같은 심해에 가라앉은 것처럼, 주위는 늘 어둠이 가득 차 있다.

그런데 갑자기 세로로 길쭉하고 가느다란 빛줄기가 나타난다. 압도적인 어둠 속에서는 너무나도 가느다란 빛줄기이지만, 그것은 그야말로 어두운 밤을 찢으려 하는 광명으로 보였다. 그 증거로, 처음에는 너무나도 가느다랗던 빛줄기가 서서히 폭을 넓혀가기 시작한다. 선이 면으로 변화하고, 이윽고 빛으로 넘치는 세상이 눈앞에 펼쳐진다. 그곳에서 코타로는 간신히 안도하고, 어둠에서 빛의 공간으로 기어나가려고 한다.

그런데 그런 코타로의 눈앞을, 늘 괴물이 막아선다. 밉살스러운 방해자는 요괴나 유령, 혹은 괴수나 괴인으로 그때마다 바뀐다. 지금 생각하면 아마도 그 당시에 코타로가 가장 무섭게 여기던 존재가 나타났던 것이리라. 그래서인지 더 이상 그런 상상 속의 괴물을 두려워하지 않는 초등학교 고학년이 된 후로는 악몽을 꾸는 빈도가 급격하게 줄어들기 시작했고, 이내 완전히 사라져버렸다.

그런데 악몽이 다시 돌아왔다. 게다가 되살아난 악몽에서 코타로의 앞을 막아선 것은 언제나 똑같은 **검은 형체**였다. 코타로는 깨달았다. 이제까지 등장했던 모든 괴물은, 사실 **그 녀석**이 모습을 바꾼 것이었다고. 정말로 두려운 존재가 드디어 정체를 드러냈다고.

다시 코타로는 두려움에 떨면서 잠들게 되었다. 더 이상 가공의 존재라며 그 검은 형체를 무시할 수 없게 되었다. 악몽 속에서 흉측한 그 형체와 대치한 순간, **그 녀석**에게서 너무나도 현실적인 위협을 느꼈기 때문이다. 꿈속의 존재임에도 불구하고, 그 형체는 실존성을 지니고 있다. 무엇보다도 그 사실을 코타로 스스로 인정해버렸던 것이다.

눈앞에 웅크리고 있는 숲을 바라보던 중에 끔찍한 악몽이 머릿속을 스친 것은 울창하게 우거져서 한낮에도 어두컴컴한 숲이 암흑 공간으로, 그 안으로 사라져가는 참배길이 한 줄기 빛으로 느껴진 탓인지도 모른다.

이사해서 환경이 변하면 악몽 같은 건 꾸지 않게 될 거라고 할머니는 말했다. 스스로도 그렇게 믿고, 그렇게 바라고 있었다. 그런데 갓 도착한 지역에서, 하필이면 대낮부터…….

오오오오…….

그때 갑자기 가까이에서 이상한 신음소리가 들렸다.

저도 모르게 소리가 들린 오른편을 보니, 낡은 목조주택 한 채가 눈에 들어왔다. 코타로가 살게 될 집과 마찬가지로 길의 남쪽에 늘어서 있는, 동쪽 맨 가장자리 집이다.

"허어, 이것도 운명이겠구먼……."

이어서 속삭이는 듯한 목소리가 주위의 공기를 진동시키고, 그 소리가 귀에 닿은 순간 코타로는 저도 모르게 몸을 움찔했다.

문제의 집에는 '코쿠보'라는 문패가 있었다. 그 오른편에 '나카타니 클리닝'이란 간판이 걸린 깔끔한 가게가 있어서 더 낡아 보이는 것인지도 모르지만, 거주자가 집을 제대로 돌보지 않고 있는 게 분명해 보인다. 그렇지만 폐가라고 단정하기에는 사람이 사는 듯한 분위기가 미약하게나마 느껴진다.

조심조심 고개만 돌려서 어수선한 앞마당과 현관, 1층 툇마루, 2층 창문을 순서대로 훑어보았지만 어디에도 사람의 모습을 찾아볼 수 없었다. 잘못 들었나 생각했지만, 어쩐지 기분 나쁜 쉰 목소리가 귓속에 또렷이 남아 있었다.

어째서인지 기시감이 드는 길거리 한구석에 있는 정체 모를 숲 앞에서, 의미심장한 환청을 들었다는 사실에 어느샌가 코타로는 두려움에 떨고 있었다.

뭔가 무서운 일이 일어나려는 걸까……?

전혀 영문을 알 수 없기에 더욱 불안해진 코타로는 얼른 이곳에서 벗어나야겠다고 생각했다. 이대로 머물러 있다가는 더 기분 나쁜 일이 자신에게 일어날 것 같은 기분이 들었다.

이삿짐 정리를 거들어야 해. 그렇게 코타로는 현실적인 생각을 하려고 노력하면서 굳어 있던 몸을 억지로 움직였다. 그리하여 코쿠보 가 앞에서 발걸음을 돌리려고 하는데…….

히이이익…….

그것이 눈에 들어와서 저도 모르게 신음이 입 밖으로 흘러나왔다. 자칫하다간 비명을 질렀을지도 모른다. 절규하지 않았던 것은 얼굴에서 핏기가 가시고 순식간에 팔뚝에 소름이 돋았기 때문이다. 얄궂게도 그 오싹한 감각들에 의해 비명이 억제된 셈이었다.

코쿠보 가의 난잡한 마당 동쪽 구석에 거의 말라죽은 듯한 감나무가 있는데, 그 나무 뒤편에서 **뭔가**, 아니, 아무리 봐도 사람 같은 것이 가만히 코타로를 엿보고 있었다.

곧바로, 절대 그걸 봐서는 안 된다고 생각했다. 그래서 시치미 떼는 얼굴로 집까지 돌아오려고 했다. 기묘한 속삭임이 어디에서 들려왔는지를 간신히 알긴 했지만, **그것**과 섣불리 접촉해서는 안 된다는 기분이 들었다. 만일 같은 동네에 사는 사람이라면 언젠가는 서로 알게 될 것이다. 하지만 지금은 아니다. 적어도 곁에 할머니가 있을 때를 골라야 한다.

그러나 그 생각을 행동으로 옮기는 것이 너무 늦었다. 코타로가 저쪽의 기척을 알아차린 것을 아무래도 저쪽 역시 깨달은 듯했다.

나무 뒤편에서 쑤욱 하고 얼굴이 나타났다. 마치 평생 맛볼 고난 전부를 한 번에 체험하고, 그것이 뒤틀린 형태의 용모로 나타나버린 듯한 기괴한 노인의 얼굴이……. 결코 나이 탓만은 아닌

듯한 무수한 주름과 검버섯에 얼굴이 뒤덮인, 딱한 마음이 들 정
도로 무섭고 기괴한 얼굴이……

겉모습으로 사람을 함부로 판단해서는 안 된다고 생각하면서
도 코타로는 몸서리쳤다. 온몸을 꽁꽁 묶인 것처럼 몸이 굳었다.
하지만 그런 공포 따윈 아직 시작에 불과하다는 것을 곧 뼈저리
게 느꼈다.

그 노인이 가래 끓는 불쾌한 목소리로, 믿기지 않는 말을 했기
때문이다.

"꼬마야, **다녀왔니**……."

코타로의 머리끝에서부터 발끝까지, 온몸의 털이 곤두서는 전
율이 퍼졌다. 두 무릎이 후들후들 떨리기 시작했다. 그 자리에
서 있을 수 있는 것이 신기할 정도였다.

다녀왔냐니, 대체 무슨 소리지?

머릿속이 새하얘졌다. 이 동네는 정말로 처음 와보는데…….
아니면, 처음에 느낀 기시감이 **진짜였다**는 이야기일까?

하지만 그럴 리가 없다. 애초에 무사시 나고이케라는 이 동네
의 이름조차 전혀 몰랐으니까. 코타로의 얼굴은 경악과 공포에
질린 나머지, 스스로가 느낄 정도로 심하게 일그러졌다.

그런 코타로의 동요가 전해졌는지, 노인의 얼굴에도 변화가
나타났다. 그것은 의외로, 의도치 않게 어린아이를 놀라게 만들
었다고 후회하는 듯 보였다. 그러나 그 생각이 완전한 착각임을
곧 코타로는 알아차렸다. 고통에 가득 찬 듯 일그러진 표정이,
그 노인에게는 미소라는 것을 깨달았던 것이다.

무수한 주름 한 줄 한 줄에서 지금이라도 뭔가 기분 나쁜 체액 같은 것이 흘러나올 것처럼, 끈적이는 듯한 소름 끼치는 미소를 지으며 노인은 빤히 코타로를 바라보고 있다. 잡아먹을 듯이 코타로를 응시하고 있다.

그러던 중 노인의 목소리가 다시 들렸다.

"역시 말이야. 카즈사의 숲에 계신 신령님이 너를 부르고 계신 게야."

또다시 종잡을 수 없는 소리를 하면서 나무 뒤편으로 모습을 감추며 말을 이었다.

"순서는 제대로 지켜져야 하니까 말이다."

감나무 뒤편에서 끊임없이 목소리가 들려온다. 게다가 아무래도 조금씩 이동하고 있는 듯하다.

"깨지게 되면, 새로운 순서가 필요해지지."

이윽고 느릿느릿한 발걸음으로 나무 오른편에서 모습을 드러냈다.

그것은 꾀죄죄한 차림새를 한, 나이가 짐작되지 않는 작은 몸집의 노인이었다. 다만 코타로 정도의 어린아이에게 노인이란 나이 같은 것을 이미 초월한 존재이기에, 나이를 추측하는 것은 애초에 불가능한 일이었는지도 모른다. 그럼에도 불구하고 엄청나게 나이를 먹었다고 느낀 것은, 그 노인의 용모가 인간을 넘어서 거의 요괴처럼 비쳤기 때문이었다.

다만 상대가 노인임을 알고 코타로는 조금 마음을 놓았다. 여전히 두려움을 느끼는 존재였지만, 그 전체 모습을 눈으로 보게 되자 조금이나마 여유가 생겼다. 앞으로 이웃에 살면서 만나게 될 할머니의 입장을 생각해서 적당히 이야기를 나누다가 돌아가면 되겠지, 하는 생각까지 했을 정도다.

하지만 그런 생각을 하는 것도 잠깐이었다. 노인이 스윽 하고 코타로 쪽으로 갑자기 다가오기 시작했기 때문이었다.

이쪽으로 오지 마! 마음속으로 두 손을 마구 휘저으며 외쳤지만, 실제로 코타로는 아무것도 하지 못하고 있었다. 자신을 향해 똑바로 돌진해오는, 폐가에 사는 요괴 같은 노인을 그냥 바라보기만 할 뿐…….

"그리고 새로운 순서는……, 제대로 지켜져야만 하지."

또렷하게 노인의 목소리는 들렸지만, 말의 의미에 주의를 기울이는 것은 지금의 코타로에게 불가능했다. 바로 옆까지 다가온 상대가 무슨 짓을 할까, 그 공포가 머리를 꽉 채웠다. 가령 어떠한 위해를 가해오지 않더라도, 기괴한 노인이 손을 뻗어서 자신을 건드린다고 상상하는 것만으로도 울음이 터질 것 같았다.

조금 치매기가 있는 할아버지일 뿐이라고 생각했지만, 앞쪽에서 육박해오는 흉측한 기운은 현실이었다. 잠깐의 정신적 위안 따위 순식간에 박살나버릴 정도로, 괴노인에게서는 불길한 분위기가 감돌고 있었다.

"그것을 카미츠케의……."

마당을 둘러싼 생울타리 앞까지 다가온 노인은, 눈앞의 장애물을 우회하지 않고 그대로 뚫고 나오려 한다. 물론 뚫고 나올 수 있을 리 없다. 곧바로 노인의 얼굴에 짜증스런 표정이 확연히 떠오른다.

"그 머리가 이상해진 아들놈은……."

그래도 영문 모를 중얼거림은 멈추지 않는다.

"아무것도 이해하지 못하는 주제에……."

여전히 입에서 줄줄 흘리듯이, 쉬지 않고 주저리주저리 늘어놓고 있다. 그 모습에서는 압도적인 공포라기보다, 절대적인 광기가 느껴진다.

다만 노인이 더 이상 다가올 수 없다는 것을 깨달은 코타로는, 다시 조금 침착함을 되찾았다. 그리고 일단 이번에 이사 왔다는 인사만 하고, 재빨리 이 자리에서 도망치자고 결심했다.

"저, 저기요……. 이, 이번에, 저쪽 끝 집에, 이, 이사 온……."

갑자기 생울타리 사이에서 쑤욱 하고 노인의 오른팔이 뻗어나왔다.

"무, 무나카타라고 합……. 어……!"

코타로가 인식했을 때에는, 이미 왼쪽 손목을 단단히 붙들려 생울타리 쪽으로 끌려가고 있었다. 노인의 힘이라고는 상상도 할 수 없는 억센 힘으로 코타로를 질질 잡아당겼다.

"이, 이거, 놔 주……놔 주세요……아, 아파요……."

정말로 당장이라도 왼쪽 손목뼈가 뚝 부러지는 게 아닐까 하는 두려움이 밀려들었다. 이 순간만큼은 괴노인 쪽으로 끌려간다는 두려움보다, 손목뼈가 부러질지도 모른다는 두려움 쪽이 훨씬 컸다. 그 순간…….

"그런 곳에서 뭐 하고 있니?"

뒤쪽에서 여자애의 목소리가 들리자마자, 왼쪽 손목을 쥐고 있던 무시무시한 힘이 거짓말처럼 사라졌다. 게다가 정신을 차리자 생울타리에서 쑥 뛰어 나와 있던 노인의 오른팔과 노인의 모습도 흔적 없이 사라져 있었다.

"너, 저 끝 집에 이사 온 무나카타 코타로지?"

"누구……?"

곧바로 뒤를 돌아본 코타로는, 노인의 기묘한 언동을 생각할 여유도 없이 새로 나타난 인물과 마주보게 되었다. 그곳에 서 있던 사람은 코타로 또래로 보이는 소녀였다.

"나는 오이카와 레나야. 오이카와는 날 생(生) 자에 내 천(川) 자를 써. 레나는 예도 예(礼)자에 어찌 나(奈)자를 쓰고."

이름에 쓰는 한자를 공중에 손가락으로 써 보이면서 그녀는 '예도 예'라고 말할 때에는, 한자의 뜻을 표현할 생각인지 인사까지 해보였다.

그것이 첫 인사처럼 되었기 때문에, 코타로도 당황하면서 인사를 했다

"아……. 저기, 무나카타 코타로라고 합니다. 무나카타라는 건……."

"응. 무슨 한자를 쓰는지는 알고 있어."

그 애는 설명할 필요 없다는 걸 웃음으로 전했다.

"코타로도 다음 달부터 나고이케 중학교 1학년이지? 나도 그래. 말하자면 우린 이웃이자 동급생이야."

"아, 아하……."

참으로 얼빠진 대답이 코타로의 입에서 흘러나왔다. 치바에서 다니던 초등학교에서는 특별히 남녀 사이가 나쁜 것은 아니었지만, 수업시간 외에는 거의 교류가 없는 것이 보통이었다. 그런데 처음 만나는 여자아이가 친근하게 이름을 부르며 다가오니 코타로가 당황하는 것도 무리는 아니었다.

"하, 하지만, 어, 어떻게 이름을……."

그렇다고 해도 어떻게 이 아이가 자기 이름을 다 알고 있는지 몹시 신경 쓰였다. 그래서 코타로는 더듬거리면서 여자아이에게 물어보았다.

"어? 그거라면 히가시 4번지 사람들 모두가 알고 있는데?"

여자아이는 아무것도 아니라는 듯이 대답했다. 하지만 그래서는 대답이 되지 않는 걸 곧 깨달았는지, 자기 뒤쪽에 있는 집을 가리키면서 말했다.

"여기가 우리 집이고, 할아버지가 마을모임 회장이셔."

커다란 집으로 눈길을 향하자, 확실히 '오이카와'라고 적힌 문패가 걸려 있었다. 코쿠보라는 음침한 노인의 맞은편이 이렇게 활달한 소녀의 집이고, 덤으로 그 할아버지가 마을모임의 회장을 맡고 있다니 너무나 대조적이다.

어라, 그런데 얘는 조금 전의 그 할아버지를 못 본 건가?

거기서 뒤늦게나마 생각이 들었다. 말을 걸어준 건 의도적으로 나를 구해주려고 했던 것일까, 아니면 단순한 우연이었을까.

하지만 만약 구해준 거라면 코쿠보라는 사람에 대해서 뭔가 말을 할 테고, 여기에서 벗어나려고 하지 않을까?

고개를 갸웃하다가, 노인의 몸집이 작았던 것을 떠올렸다. 요컨대 나와 생울타리에 가려져서 소녀에게는 보이지 않았을지도 모른다.

"다만 마을모임이라고 해도, 우누키 마을에 사는 사람들 가운데 사이가 제일 좋은 곳이 이 히가시 4번지거든."

코타로가 무슨 생각을 하고 있는지 레나는 알 리가 없다.

"그래서 이사 오는 것에 대해서도, 벌써 며칠 전부터 할아버지가 히가시 4번지 사람들에게 다 이야기해두셨어. 그래서……."

태평스러운 미소를 지으며 레나는 어느샌가 자기 할아버지 이야기를 시작했다.

오이카와 레나라고…….

실례되게도 결코 미인이라거나 귀엽다고 할 수준은 아니라는 것이 코타로의 첫인상이었다. 곱슬머리인 듯한 머리는 작은 폭발이 일어난 것처럼 헝클어져 있고, 콧날부터 두 눈 아래에 걸쳐 주근깨가 퍼져 있다. 다만 그것들이 어떠한 결점으로 보이지는 않는다. 오히려 매력 포인트처럼 비치고 있었다.

상당히 개성적인 아이네.

물론 괴노인으로부터 구해준 것에 대한 감사의 마음이 그렇게 느끼게 만들었는지도 모른다. 하지만 그렇게까지 전율했던 노인의 기묘한 기척이 금세 흐려지기 시작한 것은, 역시 눈앞에 있는 오이카와 레나라는 소녀의 존재 덕분일 것이다.

"잠깐만, 코타로. 내 얘기 제대로 듣고 있어?"

생각에 빠져 있다가 정신을 차려보니, 레나가 정면에서 코타로를 응시하고 있었다. 한순간에 얼굴이 귀까지 붉게 물들었다. 너무 창피한 나머지, 코쿠보 가가 됐든 진수의 숲이 됐든 그냥 숨고 싶어졌다.

"봐, 저쪽."

다행히도 레나는 코타로의 주의를 다른 곳으로 돌려주었다.

"어, 뭐, 뭔데?"

레나가 가리키는 방향, 마을 서쪽으로 시선을 돌린 코타로는 '무나카타 가' 앞에 사람들이 모여 있는 것을 보고 깜짝 놀랐다. 곧바로 할머니에게 무슨 일이 생긴 게 아닐까 하는 생각마저 들었다.

"어라······. 다들 뭐하고 있는 거야?"

"당연히 이사를 거들어주고 있는 거지. **너희 집의.**"

레나는 어이없다는듯 눈을 크게 떠보였지만, 다음 순간에는 웃기 시작했다.

"자, 어서 돌아가자. 할머니 혼자서는 많이 힘드실 거야. 모두가 거들어주기는 하겠지만, 사람이 한 명이라도 많은 쪽이 당연히 좋을 테니."

마치 잔손이 많이 가는 남동생을 다루는 것처럼, 레나는 앞장서며 코타로를 재촉했다.

"으, 응······."

역시나 이제는 집에 돌아가야겠다고 생각하던 참이라, 순순히 레나의 뒤를 따르려고 하다가 고개를 돌렸다.

아, 저 할아버지는······

코타로는 뒤를 돌아보면서 마지막으로 코쿠보 가 쪽으로 살짝 다가가 보았다.

없어…….

생울타리 너머에 쪼그리고 있을 수도 있지만, 그렇다고 울타리 너머를 엿볼 용기는 없었다.

"왜 그래?"

멈춰 선 코타로가 수상해보였는지 앞서 가던 레나가 발걸음을 돌리려고 하자, 코타로는 황급히 생울타리에서 몸을 떼었다. 그 순간 목소리가 들렸다.

"카즈사의 숲에는 절대 들어가지 마라."

지금은 귀에 익은, 그 괴노인의 목소리가 분명했다.

"2층 구석에는 결코 다가가지 마라……."

그 말의 의미를 묻지도, 그 노인의 모습을 찾지도 못하고 코타로는 정신없이 뛰었다. 바로 앞에 레나가 없었더라면 분명 새로 이사 온 집까지 내달렸을 것이다.

"아, 코타로! 보렴, 이웃분들이 이렇게 이사를 거들어주러 오셨단다."

레나와 나란히 집 앞까지 돌아오자, 코타로를 발견한 할머니가 말을 걸었다. 어디에 갔었냐고 손자를 나무라지 않았던 건, 예상치 못했던 이웃들의 환영에 당혹과 기쁨을 느꼈기 때문일까.

"어머나, 벌써 친구가 생겼니?"

게다가 기운차게 인사를 하는 레나를 보고, 마치 코타로에게 여자 친구를 소개받은 듯이 기뻐했다. 할머니와 레나에 이웃 주부들도 섞여서 금세 활기 넘치는 이야기꽃이 피었다. 이사 업체 사람들이 커다란 짐을 옮기기 시작한 참이라, 집 안 정리까지는 아직 여유가 있을 듯했다.

코타로는 새삼스레 이제부터 자신이 살 집을 바라보았다. 할머니와 단 둘만 살기에는 아주 커다란 2층 단독주택이었다. 집 외관이 조금 칙칙하니 결코 새집은 아닌 듯했지만, 치바에서 살던 임대주택보다는 훨씬 훌륭했다.

할머니는 이런 집을 용케 얻었네.

소박한 의문이 솟아나긴 했지만, 오늘부터 이곳에서 살게 된다고 생각하니 기분이 조금 나아졌다.

기묘한 기시감, 정체 모를 숲, 기괴한 노인……. 그렇게 잇따라 이상한 일들을 겪었지만, 마을 동쪽 방향으로만 가까이 가지 않으면 괜찮다고 생각하기로 했다.

오이카와 레나의 집도 그쪽이지만…….

그 문제는 천천히 생각해보기로 하고 얼른 집 안부터 둘러보기로 했다.

"다녀왔습니다……."

활짝 열린 현관문에 발을 들이자, 어째서인지 자연스럽게 그 말이 입에서 나왔다.

어……?

자기가 한 말에 스스로 깜짝 놀란 다음 순간.

우아아아아아아아아……!

그 악몽과 완전히 똑같은 세계가 코타로를 덮쳐왔다.

2장 집

그날, 3월 마지막 주 월요일 저녁, 바로 조금 전까지의 시끌벅적함이 거짓말처럼 무나카타 가는 쥐죽은 듯 조용했다.

커다란 가구들이 집 안으로 옮겨진 뒤, 할머니를 거들러 온 이웃 주부들에 의해서 눈 깜짝할 사이에 대부분의 정리가 끝나버렸다. 남아 있는 짐이라고 해봤자 할머니와 코타로 두 사람의 개인 짐이라 양도 빤하다. 요컨대 짐이 적은 것에 비해 도와주러 온 사람들이 너무 많았던 것이다.

조금 느지막한 점심은 '스즈노 베이커리'의 주인 스즈노 미츠오 아저씨가 갓 구운 맛있는 빵을 대접해주었다. 저녁식사도 이미 무나카타 가의 이웃집인 서예교실 '타치바나'의 타치바나 시즈코 아주머니가 주먹밥과 반찬을 가져다주기로 되어 있다. 이사 온 첫날이니 변변한 식사 준비도 쉽지 않을 것이라는 마을 사람들의 배려였다.

"좋은 사람들이 많아서 정말 다행이구나."

와카야마 출신인 할머니는 간토 지방에 온 뒤에도 전혀 변하지 않은 간사이 사투리로 말하며 기뻐했다.

물론 코타로도 할머니의 말에 이견이 없었다. 마을 사람들이 새 주민을 환영해주고 있는 것은 어린 코타로도 느낄 수 있었다. 주변 집들 대부분이 나서서 두 사람을 따스하게 맞아주었다. 코쿠보라는 괴노인만은 예외지만, 어느 동네에서나 별난 사람이 있기 마련이다. 그때는 갑작스러워서 동요했지만, 시간이 지나자 이런 판단도 할 수 있었다. 다만 마을 사람들과는 별개로, 마을 외곽의 그 숲과 이 집은 무언가 꺼림칙했다. 코타로는 그런 의심에 사로잡혀 있었다.

이 집에 발을 들인 순간 자신에게 무슨 일이 일어났는지, 사실 지금도 코타로는 잘 알지 못한다. 눈앞이 새까매지면서, 깨어 있는 채로 그 악몽의 한복판에 빨려 들어간 듯한, 무시무시하게 소름 끼치는 느낌.

그렇다고 해도 그것은 한순간이었다. 거기 서 있으면 방해된다고 말하는 이사 업체 사람들의 목소리에 곧 정신을 차렸기 때문이다. 정신을 차리고 조심조심 집 안을 돌아보고 다녔지만, 두번 다시 같은 일을 겪지는 않았다. 그래서 단순히 바깥에서 실내로 갑자기 들어왔기 때문에 느낀 현기증이라고 볼 수도 있었다.

하지만 정말로 새까맸다는 감각은 남아 있다. 코타로의 경험상, 현기증을 느낄 때에도 미세한 빛은 느껴지는 법이다. 시야 전체가 흐릿해질 뿐이지 결코 새까만 어둠에 감싸이지는 않는다. 게다가 그 암흑은 너무나 무서웠다. 악몽을 꿀 때 느끼던 공포와 거의 유사한 느낌이었다. 그래서 코타로는 하마터면 소리지를 뻔했던 것이다.

그것뿐만이 아니야. 숲에 대해서도…….

다시 생각하니 코쿠보 노인이 했던 말 중에서 무슨 뜻인지 전혀 알아들을 수 없었던 이야기가 있었다. 하나는 '카즈사의 숲'이었고, 다른 하나는 '카미츠케'다.

다만 처음 것은 '숲'이라는 말이 들어 있으니 저 숲을 가리키는 말이라고 추측할 수 있다. 그 뒤에 '신령님'이라는 말도 나왔으니, 역시 저 숲은 신사를 둘러싸고 있는 진수의 숲이 아닐까. 그렇다면 '카즈사'는 숲의 이름이라는 이야기가 된다.

코타로는 책상 위 책꽂이에 꽂혀 있는 국어사전을 꺼내서 '카즈사'라는 단어를 조사해보았다. 그러자 '카즈사(上総)'라는 단어가 나왔는데, 옛 토카이도 지역 중 한 곳으로, 지금의 치바 현 중앙에 해당한다고 적혀 있었다. 공교롭게도 코타로가 어제까지 살았던 치바 현의 일부가 카즈사라고 불렸다는 사실을 알게 된 것이다.

이 사실은 코타로를 몹시 불안하게 만들었다. 단순한 우연의 일치일지도 모른다고 해도, 정말로 '카즈사(上総)의 숲'인지도 모른다.

다른 하나인 '카미츠케'는……

뭐라 형용할 수 없는 오싹한 기분을 떨쳐내듯이 국어사전을 뒤진다. 더욱 기분 나쁜 사실을 발견하는 것이 아닐까 두려워하면서도…….

그런데 그 불안은 기우였다 '카미츠케'라는 단어는 실려 있지 않았다. 발음에서 왠지 모르게 '카미츠케'도 어느 지방의 옛날 이름이 아닐까 추측했는데, 아무래도 빗나간 모양이다.

거기서 뒤늦게나마 노인이 '카미츠케' 뒤에 '그 머리가 이상해진 아들놈'이라는 말을 했던 것을 떠올렸다. 요컨대 '카미츠케'의 '케'는 집을 뜻하는 가(家)이며, 어쩌면 카미츠(神津)란 성씨의 '카미츠 가'를 말하는지도 모른다.

코타로는 미스터리를 좋아하던 초등학교 친구인 요시카와 키요시가 아케치 코고로와 긴다이치 코스케 다음으로 알려준 카미즈 쿄스케(神津恭介, 일본의 추리작가 타카기 아키미츠가 쓴 소설에서 등장하는 가공의 명탐정. 1949년 작『문신 살인사건』부터 등장한다.-옮긴이)의 이름을 떠올렸다. '카미즈'와 '카미츠'로 발음이 다르긴 하지만, 한자는 똑같았기 때문이다.

하지만 카미츠라는 사람은 모르는데…….

하물며 그 집의 머리가 이상해진 아들이라니, 짚이는 것이 있을 리 없다. 역시 그 할아버지가 머리가 좀 이상한 사람이라 누구에게나 영문 모를 소리를 하고 있는 게 아닐까.

일단 그렇게 결론 내리고 잠깐이나마 안도하기는 했지만, 곧 우누키 마을 히가시 4번지의 길거리를 보고 든 기시감이, 카즈사의 숲에서 느낀 꺼림칙한 감각이, 그리고 이 집에서 겪은 악몽의 체감이 차례차례 되살아나서 코타로를 괴롭히기 시작했다.

대체 **이곳**은, 우리가 이사 온 **이 땅**은, **이 집**은 도대체 무엇이란 말인가?

서서히 날이 저물기 시작하는 해질녘, 한적하고 넓은 집 안에서 자신에게 배정된 2층의 방에서 혼자 그런 두서없는 생각을 하다 보니, 점점 무서워지기 시작했다.

코타로는 황급히 자기 방을 나와서 1층에 있는 다다미방으로 향했다. 그곳은 집 안에서 유일하게 다다미가 깔린 방이라서 저절로 할머니의 침실로 정해진 곳이었다. 타치바나 시즈코 씨가 저녁식사를 가져다줄 때까지, 할머니는 그 방에서 잠시 쉬고 있겠다고 말했다.

"할머니, 주무세요?"

살며시 다다미방의 미닫이문을 열면서 작은 목소리로 할머니를 불러본다.

"아니, 그냥 누워 있단다. 들어오렴."

코타로는 방 안에 들어가서 미닫이문을 닫고 낯선 분위기에 저도 모르게 방을 둘러보았다. 가구는 전부 똑같지만 치바에서 할머니가 계시던 방과는 전혀 달라 보였다.

"어떠니, 벌써 공부방 정리는 끝났니?"

코타로가 주로 생활하게 될 방을, 할머니는 그렇게 불렀다.

"네. 책 상자에서 책을 꺼내 책장에 꽂는 것만 남았어요."

"그렇구나. 다른 책은 천천히 해도 괜찮지만 교과서는 미리 꺼내둬야 한다. 아무리 봄방학이라고 해도……."

"할머니, 중학교 교과서는 아직 안 받았어요."

"아……그랬지."

할머니는 쓴웃음을 지으면서도 필요한 사전이나 참고서가 있으면 지금 미리 사두라는 말도 잊지 않았다.

"저기요, 할머니. 왜 여기로 이사하기로 하셨나요?"

중학생으로서의 마음가짐에 대해 할머니에게 한동안 듣고 난 뒤, 코타로는 그런 질문을 던졌다. 요 반년 동안 모든 것을 할머니에게 맡기고 있었기 때문에, 왜 무사시 나고이케라는 지역을 골랐는지 코타로는 알지 못했다.

"어라, 내가 말 안 했니?"

그런데 할머니는 의외라는 듯한 어조로 말했다.

"할머니가 가르치는 제자 중에 이 마을모임 회장의 먼 친척뻘 되는 사람이 있거든. 그 사람을 통해서 이 집을 알게 되었던 거란다."

다도와 서예와 꽃꽂이 자격증을 가지고 있는 할머니는, 치바에서 문화센터 강사를 하면서 몇 명 정도는 집에 찾아가서 직접 가르치기도 했다. 아마 이 지역에 와서도 계속할 것이다.

"도쿄 쪽이었다면 할머니도 살겠다는 생각이 안 들었겠지만, 이 정도의 교외는 더 이상 도회지란 느낌이 안 들지. 그렇다고 완전히 시골도 아니고 말이야. 딱 좋지 않니?"

"네……. 하지만 이 집은 둘이 살기에는 너무 크지 않나요?"

"그렇지……. 하지만 작은 것보다는 좋잖아? 큰 것은 작은 것을 겸한다는 말이 있지. 큰 집에 살 수 있다면 그것보다 더 좋은 건 없어."

"하지만 집세가 비싸지 않아요?"

다음 순간에 할머니는 눈을 휘둥그레 떴다.

"호호호, 네가 그런 걸 걱정하고 있었니? 잘 들으렴, 이래 봬도 할머니는 돈을 많이 벌고 있단다. 여기서도 문화센터 강사 자리가 잡혔고, 개인 강습을 받을 학생도 소개받고 있으니까 말이야. 사람 수는 오히려 치바 때보다 많아. 그러니까 우리 코타로는 그런 거 신경 쓰지 않아도 돼. 그리고 말이야, 이렇게 큰 집치고는 의외로 집세가 싸거든, 여기는."

할머니가 이렇게까지 말한다면 역시나 코타로도 계속 이야기할 수 없다.

"뭐니, 마음에 안 드는 거니, 이 집이?"

간신히 손자의 눈치가 이상하다고 생각했는지, 할머니는 갑자기 불안한 표정을 지었다.

"으음……. 저도 잘은 모르겠는데요……."

거기서 코타로는 이곳에 와서 느낀 기시감에 대해서 이야기했다. 코쿠보 노인에 대해 언급하면 이야기가 복잡해질 것이고, 또 악몽에 대해 설명하면 할머니가 걱정할 뿐이라서 길거리와 집을 보니 왠지 낯익은 기분이 든다고 말하는 선에서 멈췄다. 이제까지의 경험에서, 그 기시감에 어떠한 징조 같은 힘이 있다는 사실도 물론 감춰두었다.

"처음 왔던 장소인데도 전에 봤던 기분이 드는 것은 누구에게나 있는 일이야."

가만히 코타로의 이야기에 귀를 기울이던 할머니는, 손자가 이야기를 마치는 것과 동시에 별것 아닌 일이라는 듯 대답했다.

하지만 그때 코타로의 머릿속에는 한 가지 생각이 떠올랐다.

"혹시 옛날에 이 동네에 아빠하고 엄마가 살았고, 사실 제가 태어났던 곳도 여기라든가……."

"무슨 소리를 하는가 했더니만, 얘도 참……. 네 엄마는 재작년에 지역 봉사활동 20주년 표창을 받았잖니. 그리고 너는 이제 곧 열세 살이야. 만약에 엄마가 13년 전에 여기에서 살다가 너를 낳았다면 그런 표창을 받을 수 있을 리 없잖아?"

"아, 그런가……."

혹시 갓 결혼했던 부모님이 이 집인지는 알 수 없지만 이 동네에 살았고, 나는 여기서 태어나서 갓난아이 시절을 보냈기 때문에 머릿속 한구석에 그 길거리의 풍경이 남아 있었던 건 아닐까? 그래서 집 앞에 섰을 때 이제까지의 기시감하고는 다른 좀 더 강한 느낌이 들었던 것은 아닐까?

할머니와 이야기를 하는 동안, 그런 생각이 코타로의 머리에 떠올랐다. 이것이 이번의 기시감을 합리적으로 설명하는, 가장 납득이 가는 해석이라고 생각되었다.

하지만 그게 아니었다…….

그 순간, 등줄기가 오싹해졌다. 이론적으로는 설명할 수 없는 뭔가 무섭고 기분 나쁜 것에 자신이 끌려 들어가고 있다는 기분이 들었다.

"뭐, 그렇지. 갑자기 주변 환경이 바뀌어서 우리 코타로도 힘들 거라고 생각하지만……."

거기서 할머니가 최근에는 거의 보인 적 없는 커다란 한숨을 내쉬어서, 코타로는 당황했다.

코타로는 치바의 작은 임대주택에서 부모님과 셋이 살고 있었다. 할머니는 이웃 마을의 연립주택에서 혼자 살고 있었는데, 어머니가 찾아가거나 할머니 쪽에서 놀러오거나 하는 등, 양쪽의 교류가 빈번해서 거의 4인 가족처럼 생활했다.

그런데 작년 가을, 자동차 사고로 부모님이 모두 세상을 떠나고 말았다. 현장은 부모님과는 전혀 연고가 없는 어느 묘지공원 근처의 절벽이었다. 그곳으로 가는 도중에 있는 주유소 직원이 부모님의 차 뒷좌석에 사람이 타고 있는 것을 목격해서, 히치하이커를 태웠으리라 추측되었다. 즉 묘지공원에 누군가를 내려주고 오는 길에 운전 실수로 절벽에서 떨어진 것이다. 부모님은 누구에게나 친절한 사람이라고 들었는데, 그 고운 마음씨 때문에 목숨을 잃고 말았다.

코타로에게는 그야말로 청천벽력이었다. 아버지도 어머니도 언젠가는 자신보다 먼저 세상을 떠나게 된다. 그 사실은 코타로도 알고 있었다. 다만 그런 일은 까마득히 먼 미래의 이야기이며, 그때에는 코타로도 어른이 되었고 부모님은 할머니처럼 노인이 되어 있을 것이다. 무엇보다, 순서로 말하면 그 전에 할머니의 죽음을 목도하는 날이 먼저 오게 된다. 아직 할머니가 돌아가시는 것조차 상상하지 못하고 있을 때, 게다가 한 번에 부모님이 동시에 죽어버렸기 때문에, 코타로가 받은 충격은 이루 말할 수 없었다.

그저 우울하게 보내는 하루하루가 이어졌다. 무엇을 해도 즐겁지 않고 무엇을 먹어도 맛이 느껴지지 않고, 자신이 살아 있다는 실감이 나지 않았다. 그러던 중 어릴 적에 반복해서 꾸던 악몽이 다시 찾아오게 되었고…….

부모님이 세상을 떠난 뒤, 코타로에게 육친은 친할머니뿐이었다. 외할아버지와 외할머니는 코타로가 어릴 적에 두 분 다 돌아가셨다고 한다. 아버지에게는 형이, 어머니에게는 언니가 있었는데, 두 사람 모두 10여 년 전에 병으로 죽었다고 들었다. 그런 면에서 할머니도 상당히 슬프고 쓸쓸한 마음으로 살아왔을 것이 틀림없다.

자세한 내용은 코타로도 모르지만, 아버지에게는 어느 정도의 빚이 있었고, 임대주택의 집세도 밀려 있었던 듯했다. 이런저런 사정 때문에 할머니는 치바의 집에서 코타로를 데리고 이곳으로 이사 온 것이다.

여기에 온 것은 역시 우연이구나.

마치 스스로에게 들려주듯이 그렇게 생각하면서도, 코타로는 마지막 확인을 하겠다는 듯 할머니에게 물었다.

"옛날에는 치바 쪽을 '카즈사'라고 불렀다면서요?"

"응, 그렇지."

갑자기 무슨 소리를 꺼내는 건가, 하고 할머니는 조금 놀란 눈치였다.

"그런데 이 마을 바깥쪽에 있는 숲을 어째서 카즈사의 숲이라고 부르나요?"

이어지는 손자의 질문을 듣고, 할머니는 일단은 납득을 한 듯했다.

"글쎄다. 그건 할머니도 모르겠지만, 그 부근도 옛날에는 그렇게 불리고 있었는지도 모르겠구나. 같은 지명이야 지금도 많이 있으니까."

"네……. 그러면 '카미츠'라는 사람을 아시나요?"

"카미츠? 한자가 어떻게 되니?"

코타로가 '카미츠(神津)'라는 한자일지도 모른다고 알려주자, 할머니는 고개를 갸웃하면서 말했다.

"아니, 할머니는 모르겠구나. 이 동네에서도 그런 성씨는 없을 거야."

할머니의 표정과 어조를 보기에는 결코 시치미를 떼는 건 아닌 듯했다. 게다가 코쿠보 괴노인과 할머니 중 어느 쪽을 신용해야 할지는 생각할 필요도 없다.

"코타로야, 무슨 일이라도 있었니?"

또다시 할머니가 걱정스러운 눈빛으로 바라보았다.

"설마 그 여자애한테 괴롭힘 당한 건…… 아니겠지. 가령 그렇다고 해도, 그러면 남자로서 너무 한심하잖니."

"아, 아, 아니에요."

터무니없는 오해를 받는 분위기라 코타로는 깜짝 놀랐지만, 할머니의 얼굴에 떠오른 장난스러운 미소를 알아차리고 기분을 풀어주기 위한 농담이구나 하고 안도했다.

"알겠니, 코타로?"

할머니는 진지한 얼굴로 말했다.

"오늘부터 이 집에서, 이 마을에서, 너는 이 할머니하고 둘이 사는 거야. 나는 아직 건강하고, 네가 고등학교, 대학교에 진학해서 취직을 하고, 좋은 신붓감을 얻고, 귀여운 증손자 얼굴을 볼 때까지는 저쪽에 갈 생각은 없다."

그렇게 말하면서 불단 쪽을 흘끗 바라보는 할머니의 몸짓에, '저쪽'이란 저세상을 말하는 것이라고 이해할 수 있었다.

"그러니까 너는 아무 걱정 할 것 없어. 열심히 공부하고, 실컷 놀고, 친구를 많이 만들면 돼. 다만 둘 밖에 없으니까 너는 너대로 정신을 바짝 차려야 한다. 옛날 표현일지도 모르지만, 너는 무나카타 가를 이을 남자아이니까 말이야."

할머니는 신심이 깊었지만, 미신 같은 것에는 질색을 했다. 그런데도 손자가 기묘한 소리를 했기 때문에, 여기서는 타일러둘 필요가 있다고 생각한 듯했다.

"네, 알았어요."

그런 할머니의 마음이 손에 잡힐 듯이 전해져 와서, 코타로는 순순히 고개를 끄덕였다.

작년까지는 순식간에 두 부모를 잃어버린 불쌍한 손자라는 것이 코타로에 대한 할머니의 시각이었다. 그것이 올해 들어서부터 바뀌기 시작했다. 언제까지나 불쌍히 여기고 있어서는 결코 본인에게도 도움이 되지 않는다는 것을 깨달았기 때문이리라. 그 이후로는 아버지와 어머니가 없다고는 말하지 않고, 할머니와 둘이 사는 가족이란 표현을 사용했다.

"그래도 말이다……."

딱 부러지게 긍정의 대답을 한 손자를 지그시 바라보던 할머니의 진지한 얼굴이 살짝 풀어졌다.

"뭔가 곤란한 일이 있으면, 혼자 끙끙거리지 말고 할머니한테 말하렴. 너는 결코 외톨이가 아니니까."

할머니는 마지막으로 천애고아가 된 손자를 배려하는 따뜻한 말을 전했다.

저녁식사 때까지 방에서 책 정리를 하겠다고 말하며 코타로는 다다미방을 나섰다. 결국 자신과 이 지역과는 아무런 관계도 없다는 사실을 아는 것으로, 완전히 사라지지는 않았지만 어느 정도 불안이 엷어진 듯 느껴졌다. 요컨대 누구에게나 있을 법한, 단순한 기시감에 지나지 않았다고.

자신을 뒤덮고 있던 어쩐지 오싹한 공기가 조금 걷혔을 때, 코타로는 집이 정말 넓다는 것을 새삼 실감했다. 치바에서 살던 임대주택은 비좁고 볼품없어서, 솔직히 이런 집에서 살게 된 것이 꿈만 같았다.

다만 그렇게 말해도 인기척 없이 휑한 집의 분위기는 지금의 코타로에게 그리 좋은 것은 아니었다. 할머니의 방에서 온기를 느꼈던 만큼, 더욱더 그렇게 느껴지는지도 모르지만…….

다다미방을 등 뒤로 한 코타로의 눈앞에 한 줄의 복도가 뻗어 있다. 오른쪽 벽 앞에는 세면실과 욕실로 통하는 문이 있고, 맞은편에는 화장실 문이 있다. 화장실을 지나치면 2층으로 올라가는 계단이 보이고, 그곳을 넘어가면 복도는 왼쪽으로 직각으로 굽어지며 현관으로 나오게 된다. 복도를 돌지 않고 다다미방과 정면으로 마주보고 있는 눈앞의 문을 열면, 아주 널찍한 거실 겸 주방이 나타난다. 시스템키친은 오른편 구석에 있는데, 실내 전체의 3분의 1 정도를 점하고 있다. 요컨대 현관으로 들어와서 바로 왼편에 있는 방이, 부엌에서 만든 요리를 식탁에 둘러앉아 먹고 소파에 모여앉아 텔레비전을 보는, 이른바 가족들이 단란하게 지내는 식당 겸 거실 공간이다. 할머니는 그곳을 단순히 '식당'이라고만 이름 붙였지만.

계단을 올라가면, 중간의 층계참에서 한 번 꺾였다가 2층에 도달한다. 바로 왼편에 발코니가 딸린 방이 있는데, 할머니의 말로는 코타로가 나중에 결혼했을 때는 신혼부부의 침실로 쓰기에 안성맞춤이라고 한다. 먼 미래의 침실 앞을 지나면, 복도가 오른쪽으로 굽어지며 쭉 뻗어 있다. 그 복도 중간의 왼편으로 커다란 창문이 있고, 히가시 4번지의 '〈'자 길의 바깥쪽에 접한 발코니로 나갈 수 있다. 그 창문 맞은편에는 2층용 화장실이 있는데, 할머니는 청소하기 힘들다며 1층 화장실만 쓰라고 하셨다.

복도는 막다른 곳에서 오른편으로 꺾어지고 있다. 골목의 왼쪽과 정면, 그리고 꺾어진 복도 끝에 각각 문이 있다. 앞서 말한 두 개의 문은 거의 동일한 크기의 서양식 방으로 이어지고, 마지막 하나는 세면실의 문이었다. 할머니의 말로는 두 개의 방은 증손자들의 방이 될 거라고 한다. 참고로 코타로의 공부방은 복도 맨 끝 정면에 있다. 다른 한쪽 방은 바깥 길에 접하고 있는데, 그래서 창문은 북쪽과 동쪽을 향하게 된다. 코타로의 공부방은 집의 뒤편에 위치하지만, 창문은 남쪽과 동쪽으로 나 있다. 해가 잘 드는 것을 고려한 할머니가 구석방이 가장 좋을 거라고 결정했던 것이다.

다다미방을 나온 코타로는 하나씩 문을 열어보았다. 그렇게 모든 방을 들여다보면서 2층의 자기 방으로 돌아갔다. 마치 집고양이가 이사 온 집의 구석구석까지 조사하지 않고서는 그 집에서 안심하고 살 수 없는 것처럼. 그러나 고양이의 경우와 달리, 코타로의 마음속에는 안도하는 마음보다 이 집을 수상히 여기는 마음이 다시 싹트기 시작했다.

이렇게 큰 집인데 어째서 집세가 싼 거지……?

방을 하나씩 둘러보는 동안, 그 의문이 점차 커져갔다. 간신히 수그러들던 공포심이 다시 돌아올 것 같은 기미가 느껴졌다.

확실히 JR 무사시 나고이케 역에서는 조금 많이 떨어져 있는지 모른다. 하지만 치바에서 살 때 통근 시간만 두 시간 넘게 걸린다는 친구 아버지의 이야기는 그리 드문 일도 아니었다. 여섯 가족이 넉넉히 살 수 있는 규모의 큰 집이고, 게다가 집세가 아주 싸며, 집에 특별히 손상된 부분도 눈에 띄지 않는다면 교통이 조금 불편한 정도는 큰 문제가 되지 않을 것이다. 그것은 코타로 같은 어린아이라도 알 수 있었다.

즉 이 집은 세입자가 쇄도해도 결코 이상하지 않을 정도로 좋은 조건의 집이다. 그런데 실제로 들어와서 사는 건 할머니와 손자뿐인 가족이다.

거기까지 생각했을 때 코타로는, 그렇게나 이웃사람들이 환대해준 것은 정말로 순수한 호의 때문이었을까, 하는 어쩐지 무서운 의심에 사로잡혔다.

만약 그밖에 뭔가 다른 이유가 있다면?

예를 들면 사실 **이 집**은 살던 사람이 계속해서 나가버리는 유령의 집이고, 그것이 이 마을의 커다란 골칫거리였다. 그래서 이번에 들어온 입주자는 어떻게든 오랫동안 살아줬으면 한다. 그런 마음이 환대의 원인이라고 한다면…….

하지만 그런 터무니없는 일은 역시나 있을 수 없다. 유령의 집 같은 건 존재하지 않는다고 생각하기 때문은 아니다. 코타로는 미신 같은 것에 몹시 부정적인 할머니처럼, 미신을 완전히 부정하지는 않는다. 징조 같은 힘을 가진 기시감을 느낀 적도 있다. 다만 그렇다고 해서 그런 것을 믿고 있느냐고 하면 솔직히 잘 모르겠다. 그런 일도 세상에는 있을지도 모른다, 정도의 느낌일까.

하지만 이곳이 사람들이 기피하는 집일 리는 없다고 생각했다. 할머니가 가르치던 제자의 먼 친척은 바로 이 동네의 마을회장인 오이카와 집안이다. 그쪽 연줄로 집을 얻은 경위를 생각하면, 유령의 집 같은 걸 소개해줄 리가 없기 때문이다. 아무리 감추려고 해도 이곳이 유령의 집이라는 소문이 할머니의 귀에 들어가는 건 시간문제다. 언제까지나 숨길 수는 없을 것이다.

이런저런 생각을 하던 코타로는 모처럼 마을 사람들이 보여준 호의를 짓밟고 있는 게 아닐까 하는 미안한 마음이 들었다. 참으로 답답한 기분이었다. 정신을 차려 보니 어느새 공부방 앞까지 돌아와 있었다. 모든 방을 확인하면서도, 생각에 빠져 있느라 도중부터는 제대로 실내를 살펴보지 않았다.

이거야 원······.

마음을 추스른 코타로가 문손잡이에 손을 대고 자기 방으로 들어가려고 할 때였다.

등 뒤의 복도에서 **뭔가**의 기척이 느껴졌다.

다음 순간, **언제 어디부터**였는지는 모르지만, **그것**이 자기 뒤에서 계속 **붙어** 다니고 있었으며, 같이 집 안을 돌아다니고 있었던 건 아닐까, 하는 소름 끼치는 생각이 뇌리를 스쳤다.

설마 그런 일이 있을 리 없다고 코타로는 부정했다.

척척척······.

그 순간 그것의 기척이 다가왔다.

당황하며 문손잡이를 돌린다. 철컥철컥 소리만 나고 전혀 손잡이가 돌아가지 않는다. 잠겨 있을 리는 없다. 애초에 이 방문의 열쇠를 할머니에게 받은 적이 없다.

척척척척척······.

그러고 있는 사이에도 발소리는 다가온다.

곧바로 왼편에 있는 문을 통해 북쪽 방으로 도망쳐 들어갈까 하고 생각했다. 하지만 어째서인지는 모르겠지만, **그래서는 안 된다**는 강한 예감을 느꼈다.

울음이 나올 것 같으면서도 미친 듯이 손잡이를 돌리고 있는데, 갑자기 손바닥 안의 손잡이가 회전했다. 잽싸게 문을 열고 방 안에 들어가서 번개처럼 문을 잠갔다.

척척척······척.

코타로가 문을 등에 붙인 찰나, 그 반대편에 딱 도달한 것처럼 그것의 발소리가 멈췄다.

"하아, 하아, 하아⋯⋯."

필사적으로 기척을 죽이려고 했지만 아무리 노력해도 숨소리가 새어 나왔다. 코타로가 방 안에 있다는 것을 **상대방**도 알고 있으니까 그런 노력은 소용없는데도.

문 너머에는 대체 **무엇**이 있는 걸까⋯⋯.

엄청난 공포에 휩싸였지만, 그래도 분명 기분 탓일 거라고 스스로를 추스르며 코타로는 살짝 몸을 돌려 문에 오른쪽 귀를 찰싹 붙여보았다.

⋯⋯⋯⋯⋯⋯⋯.

복도에서는 아무런 소리도 들리지 않는다. 문 너머에는 아무도 없는 적적한 공간만이 뻗어 있고, 한산한 공기만이 가득 차 있다. 분명 그럴 것이다.

그런데 잠시 귀를 기울이고 있자, 아주 흐릿하게 숨소리 같은 것이 들리기 시작했다. 자신과 마찬가지로 완전히 숨을 죽이지 못하고 있는 듯한⋯⋯.

아니, 그게 아니다. 그렇지 않다. **그것**이 문에 찰싹 붙어서 방 안의 눈치를 살피고 있는 것이다. 그래서 문을 통해 직접 **그것**의 숨소리가 들려오는 것이다.

문 너머의 상황과 **그것**의 숨소리를 들으니, 코타로는 저도 모르게 비명이 터져 나올 것만 같았다. 하지만 전혀 목소리가 나오지 않았다. 그러기는커녕 문에서 귀를 뗄 수도 없었다. 이 이상 복도에 있는 누군가의 소름 끼치는 기척을, 문 너머를 통해서라도 느끼고 싶지 않았다. 그런데 몸이 조금도 움직이지 않았다.

할머니에게 도움을 청하려고 했지만, 정작 중요한 목소리가 나오지 않는다. 코타로의 공부방과 할머니의 방은 위치상 집의 반대편에 위치하고 있다. 아직 가는귀가 먹지는 않았다고 해도, 정말로 크게 소리치지 않는 이상 들리지는 않을 것이다.

코타로가 당황하기 시작한 그 순간, 갑자기 어떤 사실을 떠올리자 몸이 부르르 떨렸다.

2층 구석에는 결코 다가가지 마라…….

코쿠보 노인이 말했던 그 말.

그것이 의미했던 건 **이 집의 2층 구석방에는 결코 다가가지 말라**는 뜻이 아니었을까…….

3장 마을

　이사 온 날 저녁. 할머니가 저녁밥을 먹으라고 부르러 올 때까지, 게다가 2층에 올라와서 공부방의 문을 열어줄 때까지, 코타로는 손가락 하나 까딱하지 못하고 그대로 굳어 있었다. 할머니가 와주지 않았더라면 밤새도록 그 자세 그대로 있었을지도 모른다.

　식당에서 저녁식사를 하는 동안, 할머니와 타치바나 시즈코 씨는 서예 이야기로 이야기꽃을 피웠고, 코타로는 묵묵히 주먹밥을 베어 물고 반찬을 입으로 옮겼다. 그렇게 두 사람의 이야기를 듣는 척하면서, 2층에서 느꼈던 기척은 단순한 착각이었을까, 아니면……. 이런 생각을 하고 있었다. 하지만 이건 생각만으로 결론이 나오는 일이 아니기 때문에, 코타로는 곧이어 다른 걱정을 하기 시작했다.

저녁밥을 다 먹고 나서 텔레비전을 보고, 욕실에서 목욕을 하고…… 그 뒤에 2층에 올라가서 저 구석방에서 자는 건가. 그것도 혼자서…….

그렇다고 해서 할머니에게 같이 자고 싶다는 말은 도저히 할 수 없다. 어렸을 적 치바에서 할머니가 집에 묵으러 왔을 때에는 자주 같이 자면서 옛날이야기도 듣곤 했다. 그건 코타로에게 아주 좋은 추억이다. 하지만 역시나 옛날이야기를 해달라고 조를 나이는 이미 지났다. 적어도 할머니에게는 무리한 부탁을 해서 걱정을 끼치고 싶지 않다.

저녁식사가 끝나고도 남아서 한동안 이야기를 하던 시즈코 아주머니가 돌아가고, 뒷정리를 정성들여 하고 난 할머니가 먼저 욕실에 들어간 사이에, 코타로는 텔레비전을 보고 있었다. 할머니가 목욕을 마치고 나온 뒤에도, 욕실에 들어가라는 말을 들을 때까지는 텔레비전 앞에서 움직이지 않았다. 목욕을 하고 나와도 한동안 텔레비전에 눈을 향하고 있었다.

하지만 결국 이제 그만 가서 자라는 말까지 들었다. 부모님에 비하면 할머니는 잠자리에 드는 시간이 빠르다. 어쩔 수 없이 식당을 같이 나섰지만, 혹시나 하는 마음에 그대로 할머니의 다다미방까지 따라가려고 했다. 그런데 계단 아래를 지날 때 할머니에게 "잘 자렴"이라는 인사를 듣고, 반사적으로 "안녕히 주무세요"라고 대답해버렸다.

할머니가 다다미방에 들어가자, 곧바로 자기만 이 집에 홀로 남겨진 듯한 불안감에 감싸였다.

그곳부터 벌써 무서웠다. 자기 집인데도, 게다가 자기 방으로 가는 것뿐인데 마치 호러 영화에 나오는 낯선 지역의 흉가에 발을 들이는 방문자가 된 기분이다.

게다가 그런 생각에 사로잡힌 채로 복도에 멈춰서 있자, 점점 그 공포심이 부풀어 올랐다.

2층 안쪽까지잖아. 그런 건 금방이야.

기운을 북돋우면서 재빨리 복도 좌우를 확인한 뒤, 코타로는 계단을 오르기 시작했다.

그런데 두세 계단도 오르기 전에 등 뒤가 신경 쓰이기 시작했다. 목덜미에 싸늘한 기운이 느껴진다. 그것이 등줄기를 타고 내려가며 오싹한 기운이 퍼져나간다. 엉덩이가 안절부절못하고, 넓적다리 안쪽에서 복사뼈까지 뭔가가 기어 내려가는 듯한 촉감이 느껴진다. 그러더니 발바닥에서 머리꼭대기까지 부르르 기분 나쁜 떨림이 단숨에 타고 올라왔다.

이건 지금이라도 내 뒤에서 **뭔가**가 따라오려고 하는 전조가 아닐까. 그런 생각이 들자마자 코타로는 계단 왼편의 벽에 등을 붙이고 있었다.

흘끗 1층 복도를 내려다본다. 아무것도, 아무도, 없다⋯⋯.

안도의 한숨을 내쉬고, 그 자세를 한 채로 코타로는 게걸음을 걷는 듯한 모습으로 계단을 하나씩 올라갔다. 할머니가 본다면 깜짝 놀라 눈을 휘둥그레 떴을 것이고, 레나였다면 깔깔 웃음을 터뜨렸을지도 모르지만, 코타로는 정말이지 진지했다.

간신히 계단 중간의 층계참에 도달하자, 계단 아래쪽과 위쪽을 교대로 확인한다. 어느 쪽에도 아무것도 없음을 확인하고 나서, 어떻게든 나머지 계단을 같은 리듬으로 끝까지 올랐다. 그러나 2층에 도달한 코타로는, 거기서 스스로의 어리석음을 저주했다. 복도의 불을 켜두는 것을 깜빡 잊었던 것이다.

2층은 새까맸다. 아마도 복도 중간까지 가면 발코니를 통해 동네 안의 가로등의 불빛이 비쳐들 것이다. 하지만 1층과 계단의 불빛에 눈이 익숙해진 코타로에게는, 지금부터 더듬어 가야 하는 공간이 칠흑처럼 시커멓게 보인다. 덤으로 2층 복도의 전등 스위치가 어디에 있는지도 모르는 상태다.

1층으로 내려가기 전에 스위치가 어디 달려 있는지 찾아놔야 했어. 아니, 그때 불을 켜뒀더라면…….

저녁때에는 할머니도 있었고, 아직 석양이 창문으로 비쳐들고 있었는데……. 분하지만 소 잃고 외양간 고치기다. 게다가 여기서 꾸물거려봤자 아무 소용도 없다.

단숨에 달려가자.

어둠 속에서 스위치를 더듬어 찾는 것보다는 그러는 편이 낫다고 판단했다.

코타로는 크게 숨을 들이쉬었다가 천천히 내쉬고, 눈앞의 어둠 속으로 뛰어들었다. 우선 침실 문을 지난다. 곧바로 북쪽 벽에 부딪친다. 당연하지만 그것은 예상하고 있었기에, 그렇게 빠른 속도를 내고 있지는 않았다. 문제는 거기서 오른쪽으로 돌면 나오는 직선 복도다.

발코니의 넓은 창문을 통해 흐릿하게 비쳐드는 불빛으로 간신히 복도의 실루엣이 떠오르고 있다. 그래서 복도 중간에 뭔가가 버티고 있지 않다는 것을 어떻게든 눈으로 확인할 수 있었다. 그래도 코타로는 달렸다. 공부방의 문에 부딪치는 것도 생각하지 않고, 거의 전속력으로 뛰어가려고 했다. 그 순간.

척척척척…….

바로 등 뒤에서 **그** 기척이 났고, 정신이 들고 보니 **그것**에 쫓기고 있었다. 코타로는 소리 없는 비명을 지르면서 죽을힘을 다해 자기 방문을 향해 뛰어갔다. 그리고 부딪쳐서 튕겨 나오기 전에 재빨리 문을 열고, 방 안으로 뛰어 들어가서 문을 잠그고, 거의 동시에 불을 켜는가 싶더니, 바로 침대에 들어가 이불을 머리까지 뒤집어쓰고 태아처럼 몸을 둥글게 웅크렸다.

이 자세를 한 채로 날이 밝을 때까지 가만히 기다릴 생각이었다. 결코 이불 밖으로 얼굴을 내밀지 않을 생각이었다. 그래도 화요일 아침이 되어서 눈을 떠보니, 어느샌가 평소처럼 잠을 자고 있었는지 베개도 제대로 베고 이불도 가슴께까지 덮고 누워서 천장을 올려다보고 있었다. 다만 방에는 불이 밝게 켜져 있고 문은 안쪽에서 잠겨 있었다. 그것들은 어젯밤의 일들이 악몽이 아니란 증거였다.

아침식사를 마치자 할머니는 신주쿠에 있다는 어떤 문화센터 본부로 외출했다. 앞으로의 스케줄이나 강의 내용에 대한 회의가 있다고 한다.

"도시락을 싸두었으니 점심은 그걸 먹도록 해. 오늘 저녁밥은 네가 좋아하는 걸 할머니가 만들어줄 테니까 기대하고 있으렴."

그렇게 말하면서도 할머니는 어딘지 모르게 조금 걱정스러워 보이는 얼굴로 손자를 보았다.

"네, 기대하고 있을게요. 다녀오세요."

일부러 밝은 태도로 할머니를 배웅한 뒤, 코타로는 이번에야 말로 책을 정리하기 시작했다. 집 밖으로 도망칠까도 생각했지만, 아무리 그래도 해가 떠 있는 동안에는 걱정 없을 것이다. 게다가 말할 것도 없이, 이곳은 우리 집이니까.

골판지 상자에 들어 있는 책을 꺼내기 전에 우선 방의 가구 배치를 바꾼다. 보통은 이사 온 다음 날에 가구를 움직이지는 않겠지만, 이후의 생활을 고려하면 필요하다고 생각했다. 지금과 같은 배치라면 공부하러 책상 앞에 앉았을 때에 방문을 등지게 된다. 침대에 누웠을 때, 고개를 옆으로 돌리지 않으면 문이 보이지 않는다. 그런 상태로서는 도저히 견딜 수 없다.

오전 시간을 전부 쏟아부은 결과, 책상은 남쪽의 창가에 서쪽을 향하도록 배치했고, 침대는 반대편인 동쪽에 머리가 가도록 놓았다. 문이 있는 서쪽 벽에는 책장을, 동쪽 벽에는 옷장을 놓았다. 거기까지 하고서야 코타로는 간신히 방 안이 정리된 듯 느껴졌다. 순간적이나마 이 집 안에서 이 공간만이 유일한 안전지대라는 생각이 들었다.

점심에는 아침에 먹었던 된장국 남은 것을 데워서 할머니가 만들어준 도시락과 함께 먹었다. 그러면서 오후 일정을 생각한 끝에 이 근처를 산책하기로 결정했다. 물론 숲과는 반대 방향의, 마을 서쪽 방면으로 가볼 생각이었다.

도시락통과 밥그릇을 씻고 있는데, 근처에서 개가 짖는 소리가 들렸다. 부엌 동쪽에는 타치바나 가의 마당이 있다. 아무래도 개를 키우고 있는 모양이었다. 하지만 그 이상으로 신경 쓸 일은 아니라고 생각하며 코타로는 집 밖으로 나왔다.

"어라……."

거기서 코타로는 우누키 마을 히가시 4번지의 서쪽 가장자리를 남북으로 잇는 길에, 한 어린아이가 서 있는 것을 보았다.

평소 같으면 생각 없이 아이를 흘끗 본 뒤에 집을 나섰을 것이다. 그런데 코타로는 그 자리에서 움직일 수 없었다. 왜냐하면 세 살 정도로밖에 보이지 않는 그 남자아이가, 말 그대로 잡아먹을 듯한 시선으로 우누키 마을 4번지의 길거리를 바라보고 있었기 때문이다.

마치 어제의 자기 자신처럼, 그 아이는 히가시 4번지 전체를 보고 있다. 아니, 응시하고 있었다. 그러다가 갑자기 어느 한 채의 집으로 남자아이의 시선이 옮겨갔다. 무나카타 가의 오른쪽 맞은편에 비스듬히 있는, 어딘지 모르게 오싹한 느낌이 드는 폐가 같은 집을…….

아이의 시선을 쫓던 코타로가 마치 유령의 집 같다고 생각했을 때였다. 다시 남자아이의 고개가 움직이는가 싶더니, 그 시선이 코타로의 **바로 뒤**에 딱 고정되었다. 그렇다, 바로 뒤에 서 있는 우리 집을 향해…….

어린아이가 보이는 몸짓이, 마치 **뭔가가 보이는 듯**해서 코타로를 오싹하게 만들었다. 갓난아기나 유아의 눈에는 어른에게는 보이지 않는 것이 비친다는 이야기를 들은 적이 있다. 그 능력은 성장함에 따라 대부분 사라져버린다고 한다.

코타로가 흥분할 정도로, 남자아이의 반응은 심상치 않았다. 빤히 무나카타 가를 올려다는 채로 미동도 하지 않는 그 모습은, 어린아이라고는 해도 소름이 끼칠 정도로 심상치 않았다.

"저기, 얘……. 나, 나는……."

외동아들인 코타로는 그 나이대의 어린애와 이야기를 나눈 적이 없어서, 어떻게 말을 걸어야 좋을지 몰랐다. 어쩔 수 없이 그렇게 말을 걸며 다가가려고 할 때였다.

"츠카사야."

남자아이의 할머니로 보이는 사람이 손자의 이름을 부르면서 나타났다.

잠시 눈을 뗀 사이에 사라져서 황급히 주위를 찾아다니다가 헐레벌떡 달려온 눈치다. 보호자를 앞에 두고서 "혹시 뭐 이상한 게 보이니?"라고 물어볼 수도 없어서 코타로가 어찌할지 망설이고 있는데, 노부인이 코타로의 기척을 느낀 듯했다.

코타로는 반사적으로 인사를 했다. 아주 자연스러운 태도였을 것이다. 그런데 노부인은 코타로의 얼굴을 보자마자, 곧바로 손자의 손을 쥐고는 도망치듯이 떠나가버렸다.

"뭐, 뭐냐고……."

저도 모르게 코타로가 불만스러운 목소리를 낼 정도로, 그것은 예의에 어긋난 행동이었다. 그러나 곧 무리도 아닐지 모른다고 고쳐 생각했다. 중학생이나 초등학교 고학년이 어린아이에게 위해를 가하는 사건이 심심찮게 일어나는 요즘 세상이다. 할머니로 보이는 저 사람이, 손자에게 접근하려고 하는 나를 수상히 여기고 당황해서는 도망쳤다고 해도 비난할 수는 없을 것이다.

아니면 **이 집에 사람이 살고 있다**는 걸 알자 놀라고 두려워서 도망쳤다는 가능성도 생각할 수 있을까?

"설마 그럴 리가……."

약간 피해망상 같다며 코타로는 쓴웃음을 지었다. 하지만 집을 응시하던 남자아이의 일관된 시선과 노부인의 부자연스러운 태도가, 뭐라 말할 수 없는 끈적한 불쾌감을 준 건 틀림없었다.

"코타로!"

그곳에 오이카와 레나가 나타났다. 언짢은 기분이 스르륵 옅어졌다.

"외출하는 거니?"

"응. 이 근처를 돌아다녀볼까 해서."

그렇게 말하자, 레나는 괜찮다면 지금부터 마을을 안내해주겠다고 했다. 아무래도 처음부터 그럴 생각으로 찾아온 듯한 눈치였다.

"고, 고마워."

때마침 정말로 고마운 말이었기에 코타로는 레나에게 부탁하기로 했다. 아직 조금 남아 있던 불안감도, 레나의 제안으로 거의 사라져버렸다.

다만 레나는 '마을'이라고 말했지만, 얼마 전에 졸업했던 라가하마 초등학교에 들른 것 말고는 타치카와에서 세타가야까지 이어지는 코쿠분지 절벽을 따라가며 하케라고 하는 셈이나, 쿠라 야미자카라고 불리는 울창한 나무에 뒤덮여 낮에도 어두컴컴한 언덕길 등을 돌았다. 그런 뒤에는 절벽을 따라 남쪽으로 내려가며 코쿠분지에서 타마가와까지 흐르는 노가와 강으로 코타로를 데리고 갔다. 예전에 무사시노의 잡목림이라고 불리던 시절자연의 흔적이 지금도 흐릿하게 숨 쉬고 있는 장소만을 고른 듯했다.

치바의 시골마을에서 자연 속에서 즐겁게 놀던 코타로에게 이건 아주 기쁜 일이었다. 이사 오자마자 겪은 기괴한 일도, 일시적이기는 해도 완전히 머릿속에서 사라졌다. 거기에서 레나의 안내가 끝났더라면 정말 그랬을지도 모른다.

저녁 무렵이 되어서 집 앞까지 돌아왔을 때, 레나가 히가시 4번지에 대해서도 전체적으로 소개해주겠다는 이야기를 꺼냈다. 그때까지 마을 안은 피하는 모습이었지만, 역시나 집 부근을 안내할 필요가 있다고 생각을 바꾼 것이겠지.

듣기만 하는 것이라면 괜찮을까.

굳이 거절하는 것도 이상하겠다 싶어 코타로는 순순히 제안에 따르기로 했다.

"너희 집의 왼쪽 집이 서예교실을 하는 타치바나 씨 댁인데, 여기는 이미 알고 있지?"

남편은 정년퇴임이 가까운 직장인이며 서예는 시즈코 씨가 가르치고 있다는 것, 아들은 독립해서 요요기에서 혼자 살고 있으며 딸은 결혼해서 나고야에서 살고 있다는 이야기는 어젯밤 저녁식사 때 자연스레 들었다고 말하자, 레나는 울타리 너머로 타치바나 가의 마당을 가리키면서 말했다.

"너무하네. 코로를 잊어먹었잖아!"

마당을 들여다보자 개집 앞에 있는 시바견이 고개를 갸웃거리는 듯한 자세로 이쪽을 보고 있었다. 아침에 들었던 소리는 이 개가 짖는 소리였던 것 같다. 그렇지만 무턱대고 짖는 개로 보이지는 않았다.

"아주 얌전하고 사람을 잘 따르는 개야, 코로는."

레나가 코타로의 그런 생각을 뒷받침하는 듯한 말을 했다. 수상한 사람에게만 반응하는 아주 똑똑한 개라고 한다.

그렇다면 저 개는 그 남자아이가 바라보던 기묘한 기색에 반응한 것은 아닐까?

이제 와서 새삼스레 코타로가 오싹한 기분을 느끼고 있는데, 레나는 코로까지 소개하고서 무나카타 가 쪽을 향해 움직이며 입을 열었다.

"여기가 히가시 4번지에서 유일한 집합주택인 '이케지리 빌라'고, 시미짱이 203호실에 살고 있어."

2층인 그 빌라는 길 바로 옆이 아니라, 길에서 조금 들어간 지점에서 북쪽을 향해 건물이 길게 뻗어 있고, 각 층마다 방 다섯 개 정도가 있는 듯하다.

"시미짱이라니, 초등학교 친구의 별명이야?"

"아니, 훨씬 큰 언니야. 그렇다기보다, 교생 선생님 정도 될까."

"아하. 그렇게 나이가 많은데 별명으로 부르다니, 사이가 좋은가 봐?"

"응. 사실은 오빠의 가정교사인데, 공부시간이 끝나면 나하고 잘 놀아줘. 이웃이니까 사이좋게 지내자면서."

레나에게 '시미짱'이란 별명으로 불리는 그 사람은 키지조지에 있는 '홈 스쿨'이라는 가정교사 파견회사에 근무하고 있는데, 가르치는 학생 중 한 명이 올봄부터 중학교 3학년이 되는 레나의 오빠 레이지라고 한다.

빌라의 남쪽 벽에 위아래로 다섯 개씩 설치되어 있는 우편함을 보니, 203호실에는 시모노(下野)라고 적혀 있었다. 그 외에는 101호실에 우치다(內田)와 206호실에 우에노(上乃)라고 적혀 있을 뿐, 나머지 일곱 개에는 이름표가 없었다. 참고로 104호실과 204호실은 '4'란 숫자가 불길하다는 통념 때문인지 결번이었다.

"사는 사람이 별로 없네."

"그렇지 않아. 시미짱 말로는 빈 집이 거의 없댔어."

"하지만 이름표가……."

"학생이나 젊은 사람은 모두 이름을 적지 않는대. 할아버지가 그러셨어. 마을모임에도 들어오지 않는 사람이 많다고 난처해하셨어."

"성씨라도 적어두지 않으면 편지도 못 받는 거 아닌가……."

"몇 호인지만 적어두면 괜찮겠지. 여자일 경우에 혼자 사는 건 아무래도 불안하기 마련이고, 집요한 방문판매 같은 것도 부담스러우니까."

"그래서 이름을 안 써두는 건가."

과연 그럴만하다며 납득하다가, 코타로는 저도 모르게 "앗." 하는 소리를 낼 뻔했다. 이 이케지리 빌라에 '카미츠'란 성씨를 가진 사람이 살고 있는 건 아닐까. 그렇다면 할머니가 몰랐던 것도 설명이 된다. 근처 이웃들을 전체적으로 소개받았겠지만, 빌라에 사는 사람 모두를 설명하지는 않았을 것이기 때문이다.

"혹시, 여기에 카미츠라는 사람이 살지 않아?"

"어? 카미츠?"

무슨 한자를 쓰는지 레나가 물어봐서 '카미츠(神津)'라고 대답하자, 자기가 아는 한에는 없다는 대답이 돌아왔다.

"하지만 코타로는 왜 카미츠라는 사람이 이곳에 살고 있을지도 모른다고 생각한 거야? 애초에 카미츠 씨는 누구야?"

깊이 생각하지 않고 안이하게 질문한 것이 실수였다고 코타로는 후회했다. 곧바로 적당한 핑계로 얼버무리려고 했지만, 레나가 똑바로 바라보는 상황에서는 아무것도 떠올릴 수 없었다.

"저기, 그게, 그⋯⋯."

"이 동네는 처음이잖아? 코타로의 할머니는 이사 오기 전에 집의 상태를 살펴보러 와보셨던 것 같지만. 우리 할아버지한테 인사를 하러 오셨을 때, 나한테 손자하고 사이좋게 지내 달라고, 이 동네에는 친구가 없다고, 그런 말씀을 하셨어."

그렇구나⋯⋯. 할머니가 애한테 부탁했던 건가⋯⋯.

뜻밖에 레나가 자신에게 말을 걸어준 배경을 알고, 코타로는 낙담했다.

"이야기하고 싶지 않으면 안 해도 돼."

게다가 계속 입을 다물고 있는 코타로의 태도를 착각한 레나에게 매몰찬 말을 듣고 말았다.

"어, 아니……."

그런 것이 아니라고 부정하고 싶었지만, 그러면 전부 밝힐 수밖에 없다. 하지만 막상 이야기를 하고 나면 기분 나쁜 이상한 녀석이라며 레나가 자신에 대한 태도를 바꾸지는 않을까. 레나의 반응도 걱정이지만, 계속 오해받는 건 마음이 불편하다. 집에 대해서는 입을 다물고 코쿠보 노인에 대한 것만이라도 이야기할까……. 코타로가 마음을 바꿔먹으려는 순간, 레나가 빌라 앞에서 발걸음을 옮겼다. 그러고는 아무 말도 하지 않고 오른쪽 옆의 집 앞에 섰다.

"……."

당황하며 뒤를 따라가긴 했지만, 코타로는 이야기할 기회를 완전히 놓쳐버리고 말았다.

"여기는 말이지, 빈 집이야."

그때까지와는 달리, 레나의 어조가 성의 없게 들렸다. 이쪽에 등을 향한 채로 뒤를 돌아보지도 않는다. 이런 느낌으로 계속 지내게 될지도 모른다고 생각하니 코타로는 뭐라 말할 수 없는 답답한 기분이 들어 몹시 슬퍼졌다.

"우리 초등학교에서 다들 이 집을 뭐라고 부르는 줄 아니?"

그런데 그렇게 말하면서 뒤를 돌아본 레나의 표정에는 장난에 동참한 친구에게 보내는 듯한 미소가 떠올라 있어서 코타로는 깜짝 놀랐다. 아무래도 화가 난 건 아닌 모양이다. 아니, 화가 났더라도 그것이 태도로 나오지 않도록 나름대로 신경을 써주고 있는 거겠지.

과장도 뭣도 아니라, 코타로는 솔직하게 감동하고 있었다. 레나의 마음에 응하기 위해서라도 모든 것을 이야기해버려야겠다. 그렇지만 지금은 아니다. 눈앞에 있는 레나는 다른 대답을 기다리고 있다. 그 순간에 **그런 이야기**를 갑자기 꺼내는 건 역시 피해야 하지 않을까. 게다가 다시 코타로가 입을 다물어버린 것 때문에 레나의 얼굴이 흐려지기 시작했다.

"어……그, 그렇지. ……유령의 집이라든가?"

빈집이라는 점 때문인지 다행히 금방 무난한 답이 떠올랐다. 그러나 이때 코타로는 레나의 태도에만 정신이 팔려서, **그 집**이야말로 처음에 남자아이가 응시하던 집이란 사실을 완전히 잊고 있었다.

"아깝네! 정확히는 '괴물의 집'이야. 뭐, 둘 다 비슷한 거지만."

"유령이 아니라 괴물인 것에는 뭔가 의미가 있어?"

"응. 그 왜, 유령의 집이란 그곳에서 살인사건이 났다든가 해서 나중에 들어와 사는 사람이 귀신을 보는 경우 같은 게 많잖아?"

단정할 정도의 지식은 없었지만, 코타로는 적당히 고개를 끄덕였다.

"하지만 괴물의 집이라고 하면, 괴물이라든가 살인귀 같은 것이 살고 있다가 그걸 모르는 사람이 왔을 때 차례차례 죽인다는 이미지잖아."

"어, 그렇다는 얘기는, 이 집에 그 정도로 위험한 사람이 살았단 얘기야?"

"으음…… . 소문은 많이 있는데, 전부 지어낸 얘기 같아서."

"그러면 그냥 빈집이라서가 아닐까…… ."

"하지만 좀 머리가 이상한 가족들이 살고 있었다는 얘기는 사실인 모양이야."

거기서 레나는 갑자기 목소리를 낮추고는, 주위에 아무도 없는 걸 확인하고 입을 열었다.

"이 집에 대한 이야기는 이 근방에서는 다들 쉬쉬하고 있어. 어느 집에서나 부모님한테 물어보면, 두 번 다시 그런 얘기는 하지 말라고 몹시 꾸중을 듣게 돼. 평소에는 뭐든 들어주는 할아버지 할머니도 똑같았으니, 어지간히 몹쓸 사람들이 살고 있었나 봐."

무너진 벽돌 벽과 녹슨 철문 너머로는 황폐해진 마당이 보인다. 레나와 거닐었던 무사시노의 잡목림에서는 사람의 손이 닿지 않은 자연의 아름다움을 느꼈는데, 이곳에서 느껴지는 건 오싹한 황폐함이었다.

집의 마당에는 거의 파묻히는 듯한 느낌의 서양식 2층 건물이 서 있었다. 무나카타 가보다도 훨씬 오래된 건물이지만, 제대로 관리만 했다면 여전히 품격 있는 건물이었을 것이다. 그렇지만 오랜 세월 방치된 결과, 서양식 저택의 품위는 온데간데없고, 보는 이를 오싹하게 만드는 정체 모를 뭔가에 뒤덮여 있다. 그런 기운이 충만하다.

"응. 확실히 이건 괴물의 집이네."

레나의 말에 장단을 맞추려고 한 것이 아니라, 코타로는 진심으로 그렇게 느꼈다. 유령이라는 어렴풋한 존재와는 달리, 괴물이라는 말에서 환기되는 훨씬 강한 **뭔가**가 눈앞에 있는 집에 둥지를 틀고 있는 것처럼 느껴졌다.

"그렇지? 하지만 말이야, 애들한테는 아무것도 알려주지 않고, 이 집도 마치 존재하지 않는 것처럼 모두들 무시해. 사실은 다들 꽤나 신경 쓰고 있으면서 말이야."

또다시 레나는 속삭이는 목소리로 의미심장한 소리를 했다.

"무슨 얘기야? 애초에 레, 레나가 어렸을 때부터 여, 여기는 이미 빈집이었어?"

자신을 '코타로'라고 불렀으니 레나도 그냥 '레나'라고 불러도 괜찮을 거라고 생각하긴 했지만, 코타로로서는 정말로 과감한 결단이었다. 갑자기 심장의 두근거리는 소리가 귀에 들리기 시작했다.

한편 레나는 이름으로 불린 것에는 신경을 쓰는 건지 마는 건지, 여전히 비밀 이야기를 하는 듯한 눈치로 대답했다.

"철이 들 무렵부터 이미 이런 느낌이었고, 아주 무서웠던 기억이 있어."

"그러면 적어도 10년 전부터……."

"아무도 살지 않았다는 이야기가 되지. 그렇게나 옛날 일인데, 지금도 신경을 쓰는 사람이 있는 모양이야."

"허어, 어느 집 사람이?"

"이케지리 빌라의 집주인인데, 3번지에 살고 있어. 빌라 근처라서 싫어하는 게 아닐까? 작년 10월에 시미짱이 203호실에 들어와 살기 시작할 때에 집주인이…… 아, 집주인이라고 해도 할머니인데 말이지, '만약 성씨가 조금만 달랐더라도 집을 안 빌려줬을지도 모르겠구먼.'이라는 말을 했대."

시미짱의 성씨는 시모노였지, 하고 생각하면서 코타로가 철문 주위로 시선을 주자, 오른편 대문 기둥에 간신히 '우에노(上野)'라고 적힌 문패가 보였다.

"뭐? 그건 이 집이 '우에노'고 시미짱의 성씨가 우연히 '시모노(下野)'라서?"

믿기지 않는다는 듯 코타로가 놀라자, 레나가 씁쓰레한 표정으로 끄덕였다.

"이상하지? 똑같은 성씨라면 그래도 이해가 되지만, 우에노하고 시모노는 한자로는 조금 비슷할지 몰라도 전혀 다른 성씨인데. 게다가 둘 다 그렇게 드문 성씨도 아니고 말이야."

"응……. 게다가 206호실에도 확실히 성씨에 위 상(上)자가 들어간……."

"아, 그 성씨도 '우에노(上乃)'라고 읽는 모양이야."

"그렇다면 한자는 다르지만 그 사람 쪽이 훨씬……."

"응, 맞아. 그래서 시미짱은 회사원 같은 우에노 씨랑 우연히 복도에서 마주쳐서 이야기를 나누다가 물어봤다나 봐. 그랬더니 우에노 씨도 집주인 할머니에게 똑같은 얘기를 들었다는 걸 알게 되어서……."

"허어……. 하지만 집주인 할머니가 지금도 그렇게까지 신경 쓰고 있다는 건, 이곳에 살았던 사람이 어지간히 골칫덩이었다는 이야기가 되겠네."

그렇게 추측하자 이 집은 겉으로 보이는 것 이상으로 불길한 존재일지 모른다며 코타로는 새삼 섬뜩한 기분이 들었다.

"그렇지. 우리들 사이에서는 다른 곳에 비해 구체적인 정보가 없는 만큼 이 집의 인상이 약하지만, 분명히 어른들은……."

"어, 다른 곳이라니?"

"아, 미안. 초등학교 때 '나고이케의 4대 유령의 집'이란 괴담이 유행했거든."

"네, 네 군데나 있어……?"

놀라는 코타로를 보며 레나는 조금 의기양양한 어조로 말했다.

"첫 번째는 '인형장'이라고 불리는 서양식 저택인데, 어떤 작가가 살고 있었지만 그 집을 무대로 한 괴기소설을 쓰는 동안에 머리가 이상해져서 그대로 행방불명되었대."

"진짜로?"

"글쎄……. 정작 중요한 인형장이 어디에 있는지를 아무도 모르니까."

"흐음……."

"하지만 이 이야기를 고등학생 언니에게 들었다던 애가, 정말 있는 집이라고 말했어."

코타로의 대꾸에 의심스러움을 느끼고 당황했는지, 서둘러 레나가 덧붙였다.

"두 번째는 '강변에 있는 유령의 집'으로 불리는 집인데, 여기는 실제로 노가와 강변에 있는 폐가야."

"어, 노가와라면……."

"응, 조금 전에 안내했던 강이지. 그 집 쪽으로는 가지 않았으니까, 나중에 한 번 데리고 가줄게."

"거기는 왜 유령의 집이 된 거야? 역시 사람이 안 사니까?"

"그 집은 말이지, 옛날에 정말로 살인사건이 있었어. 그 집의 아버지와 이웃집 여자애가 집 안에서 죽어 있었대."

"그 집의 딸이 아니라 이웃집 아이?"

"당시에는 '호박 사나이'라고 불리는 변태가 돌아다녀서 그 아이를 맡아주고 있었대. 그런데 집 안에서……."

"우와, 그건 무섭네."

"그리고 세 번째가 이 '괴물의 집'이고……."

그렇게 말하면서 옛 우에노 가를 바라보다가 레나가 갑자기 말을 우물거렸다.

"왜 그래?"

네 번째는, 이라고 물어보려다 갑자기 코타로도 입을 다물어버렸다. 문득 무시무시하게 섬뜩한 생각이 스쳤기 때문이다.

혹시 그 네 번째 집이 우리 집……?

인형장이라는 곳이 어딨는지는 모르지만, 강변에 있는 유령의 집과 옛 우에노 가는 양쪽 다 빈집이다. 각각 정신이 이상한 사람이 살고 있었다거나 살인사건이 벌어졌다는 사연도 있고, 그것 때문에 아무도 살지 않게 되었으리라고 추측도 된다. 그렇다면 **우리 집도……**.

주뼛주뼛하고 몸을 돌려서, 코타로는 뭐라 말할 수 없는 시선으로 무나카타 가를 바라보았다.

"아, 코타로, 너 지금 뭔가 착각하는 것 같아."

그런데 자못 우습다는 듯이 레나가 말했다.

"분명 네가 이사 온 집도 꽤 오랫동안 빈집이었지만, 전혀 황폐해진 느낌이 없어서 도저히 유령의 집으로는 보이지 않았어."

"그, 그렇다면 네 번째는?"

레나는 부정하지만 기괴한 체험을 했던 만큼 코타로도 곧이곧대로 믿기 어려웠다.

그렇지만 말없이 들어 올린 레나의 오른손 끝을 보자 순순히 납득할 수밖에 없었다. 그 손끝에 코쿠보 가가 보였기 때문이다.

"하지만 말이야, 저 집에는 할아버지가 살고 계시고 옛날에 끔찍한 일이 있었던 것도 아니고……. 다만 저렇게 집의 분위기가 그럴싸해 보이잖아. 그래서 억지로 유령의 집을 네 개로 만들려고 나중에 갖다 붙인 거라고 생각해."

말투가 모호한 것은 저 집에 살고 있는 코쿠보 노인에게 미안한 마음이 있기 때문일까. 다만 코타로는 괴노인에 대한 인상이 좋지 않았기 때문에, 집의 분위기가 저러면 어쩔 수 없다고만 생각했다.

나머지 안내는 간단하게 끝났다. 괴물의 집 오른편이 '스즈노 베이커리'이고 그 맞은편이 노부부 둘이 사는 이시바시 가, 이시바시 가의 왼쪽 집이 '나카타니 클리닝'이고 그 맞은편은 남편이 은행에 근무하는 오시바 가다. 그리고 오시바 가의 오른편이 레나가 사는 오이카와 가, 그 맞은편이 괴노인이 혼자 살고 있는 코쿠보 가다. 그것이 우누키 마을 히가시 4번지의 구성이었다.

즉 진수의 숲에서 봐서 'く'자 모양의 길 북쪽에 오이카와 가, 오시바 가, 스즈노 베이커리, 옛 우에노 가, 이케지리 빌라, 남쪽으로 코쿠보 가, 나카타니 클리닝, 이시바시 가, 서예교실을 하는 타치바나 가, 무나카타 가의 순서대로 다섯 집씩 늘어서 있는 것이다.

레나의 마을 안내가 길의 좌우로 지그재그를 그렸기 때문에, 정신이 들고 보니 어느샌가 두 사람은 숲 앞에 도달해 있었다.

코쿠보 가까지 나아가면, 코타로는 노인에게서 들었던 기묘한 말을 레나에게 알려줄 생각이었다. 그런데 코쿠보 가를 네 번째 유령의 집이라고 소개한 것을 의식해서인지, 레나는 그 집에 가까이 가지 않고 이름을 말하는 것만으로 안내를 끝내버렸다.

또 이야기하기 어렵게 되어버렸네.

다만 카미츠라는 이름에 레나가 짚이는 것이 없다는 것을 알았으므로, 지금 와서 노인의 말을 꺼내본들 별 의미는 없을지도 모른다.

그렇다면 카즈사의 숲에 대해서 물어볼까?

그렇게 생각했을 때, 코타로는 카미츠에 관해 완전히 맹점이었던 **어떤 가능성**을 순간 깨닫고 몸을 떨었다.

혹시 카미츠는 우리 집에 살고 있던 사람이 아니었을까……?

4장 숲

"우리가 이사 오기 전에는 어떤 사람이 살고 있었어?"

코타로의 질문이 너무 갑작스러웠기 때문일까. 한순간 레나는 무엇을 묻는지 이해하지 못한 듯했다.

"응, 지금의 코타로네 집을 말하는 거지? 으음……. 내가 어렸을 때라 기억이 안 나는데……."

"할아버지께 한 번 여쭤봐 주지 않을래? 알 수 있다면, 이제까지 살았던 사람들에 대해서 말이야."

"어, 전부?"

"아주 자세한 건 필요 없어. 그렇지, 무슨 성씨였는가, 가족이 몇 명이었는가 하는 것 정도만."

물론 목적은 그중 카미츠라는 사람이 있지 않았는지 알아보기 위해서다.

"물어보는 건 괜찮은데……."

어째서 그런 걸 알고 싶어 하는지 레나가 궁금해한다는 걸 눈치챈 코타로는 말을 덧붙였다.

"저렇게 큰 집에 할머니하고 단둘뿐이잖아. 어쩐지 불안해서 말이야. 게다가 전에 살던 사람들은 어떤 가족이었을까 하는 생각을 했더니, 점점 알고 싶어져서."

말하면서도 거짓말이란 느낌이 풀풀 난다고 생각했지만, 그밖에 적당히 둘러댈 구실이 떠오르지 않아서 어쩔 수 없었다. 다만 도저히 납득한 것으로는 보이지 않는 레나가, 그래도 미소를 지으며 승낙해서 일단 가슴을 쓸어내렸다.

"그런데, 이 숲은?"

다시 분위기가 어색해지지 않도록 곧바로 새로운 화제를 꺼냈다. 실제로도 진수의 숲에 대해서 알고 싶었으므로, 걱정할 정도로 부자연스러운 말투는 되지 않았다.

"여기는 카즈사의 숲이라고 불리는데 말이야."

레나에게 확인해보니 역시 '카즈사(上総)'란 한자로 쓰는 듯했다. 물론 코타로가 국어사전에서 조사한 옛날 지역과는 관계가 없고, 그런 성씨의 지주가 있었다고 한다.

"마을 일대의 땅 전부가 카즈사 집안의 것이었대."

"와아, 대지주였구나."

"그런데 2차 대전이 끝난 뒤에 농지 개혁이 있었잖아?"

그런 얘기를 들어봤자 지금의 코타로에게는 잘 와 닿지 않았지만, 적당히 끄덕여 보였다. 어차피 레나도 할아버지에게 들은 이야기일 것이다.

"그래서 점차 몰락하기 시작해서 땅도 계속해서 나눠 팔게 되었고, 마지막으로 카즈사의 숲만 남게 되었다는 모양이야."

"카즈사 집안 사람들은 어디에 갔어?"

"글쎄…… 조상이 치바 쪽 출신이었다고 하니, 그쪽으로 돌아갔을지도……"

"어, 그런 거야?"

그렇다면 카즈사라는 성씨도 원래는 옛 지명에서 따왔을 수도 있다는 이야기가 된다.

"집안이 기울어감에 따라 사람들도 줄어들고 하니까. 마지막에는 몰락한 카즈사 가의 당주만이 2번지인가 어디쯤에서 살다가, 만년에는 이 숲에 비틀거리며 들어가는 모습을 자주 봤다고 할아버지가 말씀하셨어. 그 무렵에는 머리가 조금 이상해져 있었대."

이야기하는 내용과는 반대로, 레나가 귀여운 몸짓으로 자신의 머리를 가리켰다.

"여기는 역시 이 지역의 신령님을 모신 진수의 숲일까?"

"아니, 그게 아니라 야시키가미였대."

"야시키가미?"

"카즈사 가문에서 모시고 있던 수호신이래. 옛날에는 그런 대지주의 집에서는 집의 부지 안에 신령을 모시는 사당을 세우기도 했대."

"그렇구나. 이 숲도 카즈사 가의 땅이었구나."

"그렇다기보다는 정원의 연장선으로서 숲을 두었다는 느낌이 아닐까?"

전에 텔레비전에서 봤던 영국 귀족의 장원 같다며 코타로는 감탄했다.

"아, 그렇지. 그러고 보니 그 괴물의 집에 살던 우에노 가는 카즈사 가의 먼 친척에 해당한다는 얘길 들었어."

"흐음……."

"그래서 카즈사 가를 뒤에 업고 마을에서 위세를 부렸다는 모양이야. 자기들은 특별하다, 평범한 사람하고는 신분이 다르다, 하는 밉살스런 느낌으로."

레나가 가끔씩 어려운 말이나 우회적인 표현을 쓰는 것은 분명 할아버지의 영향일 것이다. 왠지 모르게 의미는 알아들을 수 있었으므로 아직은 그리 곤란하지 않지만.

"마지막으로 남아 있던 당주도 이미 죽어서 없을 거 아냐."

"그렇지. 몇십 년이나 전의 이야기니까."

"그건 그렇고 우에노 가 사람도 없으면, 지금은 누가 숲의 신을 모시고 있는 거야?"

"……없을 거야, 아무도."

"어, 그런 거야? 신령님인데?"

"나도 잘은 모르겠지만, 어른들은 아무래도 괜히 관여했다가 긁어 부스럼만 일으키는 것 같아서……."

목소리를 죽이는 것뿐만 아니라 코타로 쪽으로 더욱 몸을 붙이면서 레나가 말을 이었다.

"실은 두 번 정도, 이 숲의 나무를 베려고 했던 적이 있었대. 그런데 그때마다 공사하던 인부가 다치거나 병이 나거나 했다는 모양이야. 그래서 아무도 가까이 하지 않게 되었고, 그 뒤로 자연스럽게 방치된 것 같아."

숲을 포함한 길거리의 풍경을 보았을 때 어째서 기시감을 느꼈는지는 아직도 알 수 없지만, 이 숲 앞에 섰을 때에 느낀 두려움이 결코 단순한 기분 탓만이 아니었음을 안 코타로는 새삼 등골이 오싹해졌다.

그때, 오이카와 가 쪽에서 레나의 이름을 부르는 소리가 들렸다. 그쪽을 보니 레나의 어머니인 듯한 여자가 마당에서 손짓을 하고 있었다.

"아, 맞다……."

뭔가 짚이는 것이 있었던 걸까. 레나는 당황한 눈치로 말했다.

"미안, 잠깐만 기다려줘. 금방 돌아올게."

코타로에게 그렇게 양해를 구하고, 레나는 서둘러 집 안으로 모습을 감췄다. 아마도 어머니가 시켰던 일이 갑자기 떠오른 것이겠지.

그건 그렇고, 정말 터무니없는 마을에 이사 왔네.

괴물의 집으로 불리는 옛 우에노 가가 발하는 불길함과 무나카타 가에서 느낀 어쩐지 오싹한 기운. 그것만으로도 충분히 꺼림칙한데, 정체 모를 기묘한 존재감을 풍기는 이런 숲까지 동네 외곽에 있으니…….

게다가 이렇게나 기분 나쁜 숲인데도 마을 사람들은 다들 무시하고 있는 것 같고 말이야.

　그것은 비난이라기보다도 감탄이었다. 이 압도적인 존재를 용케 무시하며 지낼 수 있구나 하고 코타로는 솔직히 놀랐다.

　마을 사람들에게는 아무런 쓸모도 없는 숲에 지나지 않을지도 모르지…….

　그렇게 생각하니 마치 자기 혼자만 무서워하는 것이 어쩐지 조금 우습다는 느낌도 들었다.

　포장된 길이 흙바닥으로 변하는 마을과 숲의 경계에, 오래되어 썩은 나무말뚝이 많이 박혀 있었다. 예전에는 말뚝과 말뚝 사이에 철조망이 둘러쳐져 있었는지, 그 잔해가 몇 줄 정도 남아 있는 걸 알 수 있었다. 다만 그것들은 어째서인지 중간부터 잘려 있는 것처럼 보였다. 이런 것이 자연히 끊어질 리가 없는데.

　즉 말뚝과 말뚝 사이에 연결되어 있는 철사가 한 줄도 없는 것이다. 게다가 오랜 세월의 결과로 그렇게 된 것이 아니라 누군가가 잘라놓은 것이, 마치 결계가 깨진 듯한 인상을 준다.

　하지만 이래서는 전혀 울타리의 역할을 하지 못하잖아.

　코타로는 고개를 갸웃했지만, 적어도 지금 참배길이 막혀 있는 건 아니니까 숲에 드나드는 것이 금지된 건 아닐 거라고 자신의 입맛에 맞게 판단했다.

　주위를 둘러보며 아무도 없는 것을 확인하고, 코타로는 흠칫흠칫하며 돌이 촘촘히 깔린 참배길에 발을 들여보았다. 물론 숲속 깊이 들어갈 생각은 전혀 없었다. 그저 비스듬히 왼쪽으로 뻗어나간 이 길이 오른쪽으로 꺾어지는 골목까지 가서 그 안쪽을 조금만 엿보고 오자, 그렇게 생각했을 뿐이다.

그런데 정작 골목까지 나아가 보니, 오른쪽으로 꺾어져서 뻗어나가던 참배길이 이번에는 가다가 왼쪽으로 꺾인 것을 알 수 있었다. 강한 호기심이 일었지만, 역시나 이 이상 들어가기는 망설여진다.

그런데 깊숙한 곳으로 이어지는 참배길을 보고 있자니, 갑자기 쭉 끌려 들어갈 것 같은 불안감이 느껴진다. 그러고 보니 카즈사 가의 마지막 당주는 만년에 머리가 이상해졌고, 이 숲에 어슬렁어슬렁 들어가는 모습이 목격되었다고 하지 않았던가.

코타로는 저 안쪽으로 사라져가는 참배길에서 억지로 시선을 돌리고, 뒤로 돌아 숲의 입구 쪽을 향해 빠른 걸음으로 돌아갔다. 그런데 참배길에서 나오려고 할 때 마침 코쿠보 가의 마당에 나와 있는 그 괴노인의 모습이 눈에 들어왔다.

다행히 저쪽은 아직 코타로를 알아차리지 못했다. 그러나 눈에 들어오면 저 노인은 틀림없이 말을 걸어올 것이다. 그것도 영문 모를 오싹한 말을……. 그렇다면 차라리 이쪽에서 질문을 해볼까, 코쿠보 노인이라면 내가 알고 싶은 것을 알려주지 않을까, 하고 코타로는 생각했다. 하지만 애초에 제대로 말이 통할지 어떨지가 상당히 불안하다는 것을 깨닫는다. 오히려 성가신 사태가 일어날지도 모른다. 그렇게 판단했기 때문에 어쩔 수 없이 숲에 몸을 숨기게 되었다. 잠시 기다리면 레나가 돌아올 테니, 그때까지만 참기로 했다.

그대로 얌전히 있으면, 마을 쪽을 보고 있으면 아무 일도 일어나지 않았을 것이다. 하지만 코타로는 **돌아보고 말았다**.

눈앞에는 돌이 깔린 참배길이 왼쪽으로 기울어지며 뻗어나가고 있다. 낮인데도 어두컴컴한 숲 저 안쪽으로 스르르 빨려 들어가듯이 이어지고 있다. 정신이 들고 보니 코타로는 다시 숲 안의 골목에 와 있었다. 걷는다는 명확한 의식도 없는 채로, 참배길을 터벅터벅 따라가고 있었다. 그렇게 오른편으로 꺾어진 길에서, 이번에는 왼편으로 기울며 사라져가는 참배길의 저편을 상상하고 있었다.

코타로는 그저 참배길의 저 안쪽에 뭐가 있는지를 확인하고 싶은 것뿐이었다. 흘끗 보기만 하면 아마도 만족할 수 있으리라. 뒤를 돌아보니 아직 히가시 4번지의 길거리가 눈에 들어온다. 하지만 이 골목을 돌아 들어가면 카즈사의 숲 안에 들어간 것과 마찬가지다. 아니, 지금도 발을 들이고 있는 것이나 다름없지만, 코타로는 아직 아슬아슬하게 길거리의 평온한 일상과 떨어지지 않았다는 의식이 남아 있었다.

뒤에 있는 마을 풍경과 앞에 놓인 참배길의 골목을, 마치 비교하는 것처럼 교대로 몇 번이나 바라보았다. 보다 강한 불안과 공포가 느껴지는 쪽은 물론 앞쪽이었다. 하지만 성가시게도 보다 강한 호기심이 느껴지는 쪽 역시 앞쪽이었다.

깊은 산속의 원생림을 헤치고 들어가는 것도 아니니까 길을 잃어서 다시 나올 수 없을 리도 없다. 이끼가 끼어 있다고는 해도, 바닥에 돌이 빽빽이 깔린 참배길도 있다. 무슨 일이 있으면 몸을 돌려서 뛰어 도망치면 되는 거 아닐까.

조금만 더……. 이 길의 안쪽에 뭐가 있는지만 보고…….

그렇게 되뇌면서, 코타로는 금단의 한 걸음을 내딛고 말았다.

한 걸음 몸을 들이자마자 주위의 공기가 일변했다. 그때까지 느껴지던 바람의 흐름이 뚝 멈춰버린 참배길의 좌우로는 여전히 나무들이 울창하게 우거져 있었다. 그런데 코타로가 골목을 돌자마자, 그 나무들이 일제히 쭈우욱, 하고 자신을 향해 밀려드는 것처럼 보였다. 마을 안에 남아 있는 진수의 숲에 들어와 있다는 감각이 아니라, 마치 후지산 기슭의 수해(樹海) 한복판에 잘못 들어온 것 같은 기분이었다.

그래도 코타로가 발길을 돌리지 않은 것은, 뻗어나간 참배길의 저 앞에 보이는 골목, 그 너머에 존재할 미지의 세계에 완전히 매료되었기 때문이다. 두 번째 골목까지 나아간 코타로는 우선 고개만 길 너머로 조심조심 내밀어 보았다. 그렇지만 길게 뻗어나간 길 끝이 또다시 오른쪽으로 꺾인 광경이 보였다.

생각했던 것보다 훨씬 깊은 곳임을 깨닫자 망설임이 조금씩 싹트기 시작했다. 하지만 결국 그대로 계속 나아갔더니, 어둠이 점점 짙어지고 공기가 무거워지면서 모든 소리가 단절된 듯한 감각에 빠졌다.

숲에 들어가기 전에도 조용하기는 했지만, 마을 안에서 들리는 기척이 흐릿한 소리가 되어 코타로의 주위를 맴돌고 있었다. 하지만 지금은 불쾌할 정도의 무음 상태가 되었다. 마을 안에 있다고는 해도 이 정도 규모의 숲이라면 새나 벌레, 들짐승 같은 것이 살고 있어도 이상하지 않을 텐데, 아무런 기척도 없고 소리도 들리지 않는다. 마치 이 숲에 있는 생물이 무나카타 코타로라는 인간 아이 한 명뿐인 것처럼……

주변의 급격한 변화에 자칫 짓눌려버릴 듯한 공포를 느끼면서도, 코타로는 참배길을 나아갔다. 그렇게 해서 눈앞에 다가온 세 번째 골목을 조심조심 돌았다. 그러나 그곳에는 이제껏 보았던 것과 똑같은 광경이 나타났다. 굽어진 골목에서 이어진 참배길이 다시 왼편으로 사라져가는 모습이 나타난 것이다.

이 길은 대체 어디까지 이어지는 것일까. 그런 불안을 느꼈을 때, 참배길이 몇 번이나 구불구불 휘어져 있는 것은 일종의 덫이 아닐까 하는 생각이 코타로의 머리를 스쳤다.

조금만 더, 저 다음 골목까지 앞으로 한 번만 더 돌아보고……. 그렇게 생각하는 동안 숲 깊숙한 곳까지 질질 끌려들어가서, 돌아가려고 할 때에는 이미 때가 늦어버리는 게 아닐까. 게다가 실제로는 이미 숲을 빠져나와 반대편 마을로 나갔을 정도의 거리를 걷고 있는데, 나는 아직도 숲속에 있다. 요컨대 이 숲에는 모르는 사이에 가둬버리는 덫이 장치된 것은 아닐까. 어느샌가 코타로의 두 다리는 떨리고 있었다. 걷기 힘들 정도로 다리에 힘이 들어가지 않았다.

어쨌든 지금 저기 보이는 골목을 마지막으로 하자. 저기까지 가서도 똑같은 광경이 보이면, 그때는 뒤도 돌아보지 말고 쏜살같이 도망치자. 일단 그렇게 결심하고는 간신히 참배길을 나아갔다.

바닥에 깔린 돌들이 오른편으로 기울어지기 직전까지 왔을 때, 코타로는 멈춰 섰다. 이때까지 지났던 골목에 비해서 어쩐지 굽어지는 각도가 완만해 보였다.

"혹시……."

저도 모르게 목소리를 발하면서, 기대와 불안이 뒤섞인 기분으로 조심조심 참배길 앞으로 고개를 내밀었다.

눈앞에는 여전히 돌이 깔린 참배길이 이어지고 있었다. 다만 비스듬히 나아가는 것이 아니라 똑바로 뻗어 있었다. 그리고 그 끝에는 연못이 있었다. 주위는 잡풀로 뒤덮이고 짙은 녹색 물을 담고 있는 작은 연못이 참배길 끝에서 기다리고 있었던 것이다.

아니, 그것뿐만이 아니었다. 참배길이 끝난 지점에 붉은 칠이 된 다리가 연못 중앙의 작은 섬으로 연결되어 있었다. 그리고 그 섬 한가운데에는 고풍스런 작은 사당 하나가 모셔져 있었다.

그것들 전부가 마치 그림 속 정원 풍경처럼 느껴졌다. 현실에 존재하는 세계라고 인식하면서도, 어딘지 모를 위화감이 느껴지는 기묘한 공간이었다.

앞길에는 명확히 마을과는 다른, 그리고 숲과도 전혀 다른 분위기가 흐르고 있었다. 그곳에서는 아주 싸늘하면서도 고요하고, 차분하면서도 중후한, 정말 침범하기 어려운 분위기가 느껴졌다. 그러나 그와 동시에 자기도 모르게 비틀비틀하고 끌려들어 갈 정도로 매혹적이며, 그렇지만 한 번이라도 건드리면 되돌릴 수 없을 정도로 치명적인, 그런 덫이 놓인 장소로도 비쳤다.

작은 연못 안에 있는 작은 섬 위의 작은 사당…….

그것이 눈에 들어오자마자, 코타로는 오는 길에 느꼈던 공포심을 잊을 정도의 흥분에 휩싸였다. 이곳이 카즈사의 숲 중심이며, 저곳이 카즈사 가의 수호신을 모신 사당임을 깨달았기 때문이다.

어쩌면 레나도 여기까지 들어와 본 적은 없을지도 모른다. 그렇게 생각하니 자신이 뭔가 굉장한 일을, 조금만 더 있으면 해낼 수 있을 것 같은 기분이 들었다. 갑자기 엄청난 흥분을 느끼고, 이루 말할 수 없는 고양감에 감싸인다.

설레는 마음을 억누르면서, 코타로는 목표를 향해 걷기 시작했다.

그런데 연못으로, 섬으로, 사당으로 다가감에 따라, 사라졌던 공포심이 슬금슬금 되살아나기 시작했다.

뭐, 뭐지……, 여기는…….

연못이라고 생각했는데, 점차 늪처럼 보이기 시작했다. 그것도 아주 탁하고 질퍽거리는, 바닥을 알 수 없는 늪이다. 참배길이 끝난 지점에서 섬까지 놓여 있는 붉은색 나무다리는, 지저분할 정도로 붉은 칠이 벗겨져 있었다. 그런 데다가 다리 위를 걸었다간 금방이라도 무너져 내릴 것처럼 썩어 있었다.

조금 전에는 너무 멀어서 잘 안 보였던 건가 했지만 그런 게 아니었다. 예쁘게 보여서 가까이 다가가 봤던 풀꽃이 순식간에 추악한 식인 식물로 변해버린 상황이라고나 할까. 요컨대 눈속임이다. 그리고 그 눈속임의 정수가, 참으로 기이한 사당의 모습이었다.

그 작은 사당은, 적어도 한번은 아주 철저하게 박살난 뒤에 다시 수리된 것 같았다. 다만 사당에 남은 파괴의 처절한 흔적에 비해 복원에 들인 노력이 너무나도 보잘것없다는 것은 어린아이인 코타로의 눈으로도 알아차릴 수 있을 정도였다. 그렇다, 마치 내키지 않지만 어쩔 수 없이 고쳐냈다는 것처럼……

그 때문일까, 성의 없이 수리된 뒤로 오랫동안 방치된 것이 틀림없어 보이는 이 사당에서는 참으로 흉흉한 기운이 떠돌았다.

머리가 이상해진 카즈사 가문 마지막 당주가 저지른 짓일까 하고 생각했는데, 아무리 그래도 오랜 세월 믿어왔던 집안의 수호신이다. 집안이 몰락해서 자포자기했다 한들 이렇게까지 난폭한 행동을 할까? 어느 정도의 세월이 흘렀음에도 여전히 확연한 그 무시무시한 광기의 흔적은 정말 심상찮았다.

깍듯이 모셔왔는데도 불행이 찾아왔기 때문에 그 신을 미워했을 가능성도 있겠지만, 아무래도 납득이 가지 않는다. 다만 그 광기 어린 폭력에 의해서 사당에 봉인되어 있던 **뭔가**가, 너무나도 불길한 **어떤 것**이, 마치 해방된 듯 느껴진다. 그렇지 않고서야 이 오싹하고 기분 나쁜 기운이 주위에 충만해 있는 걸 무엇으로 설명할까.

들어오지 말걸 그랬다며 코타로는 진심으로 후회했다. 참배길을 따라서 숲속을 걷고 있을 동안에도 분명 무섭기는 했지만, 한편으로 이 숲 깊은 곳에 뭔가가 있으리라는 호기심도 있었다. 오한에 몸을 떨면서도 극도의 공포심에 사로잡혀 있지는 않았다.

그러나 여기에 있는 건 구제할 수 없는 절망, 불합리할 정도의 우월감, 끝을 모를 악의, 압도적인 광기, 소름 돋는 증오, 너무나도 제멋대로인 살의……. 물론 코타로가 그런 것들 하나하나를 구체적으로 상기할 수 있었던 것은 아니다. 다만 코타로는 느끼고 있었다. 아니, 싫어도 느낄 수밖에 없는 상황이었다.

어느샌가 주변에는 새하얀 안개 같은, 연기 같은 것이 천천히 퍼지기 시작하고 있었다. 게다가 그 하얀 기운은 사당 안에서 나오고 있는 것처럼 보였다. 마치 그 내부에 쌓일 대로 쌓여 있던 무서운 독기가 토해지고 있는 것처럼, 우선은 섬이, 이어서 연못이 새하얀 입자로 서서히 감싸여갔다.

이윽고 연기 같은 것이 뭉실뭉실 참배길 쪽으로 흘러나오기 시작했다.

코타로는 당황하면서도 곧바로 두세 걸음 물러섰다. 어째서인지는 모르겠지만, 그 하얀 입자 안에 조금이라도 몸이 닿아서는 안 된다고 느꼈기 때문이다. 하지만 그런 코타로를 놀리는 것처럼 안개는 뭉실뭉실 다가온다. 다시 몇 걸음 물러선다. 그 뒤에 다시 연기가 밀고 들어온다. 세 번째로 물러선다. 곧바로 안개가 밀려온다.

도, 도망쳐야 해…….

머릿속으로는 그렇게 생각하면서도 발밑까지 다가오는 안개에 좀처럼 눈을 뗄 수 없다. 등을 돌리자마자 스르륵 하고 단숨에 덮쳐올 것 같은 공포에 휩싸인다.

그런데 눈앞에 보이는 안개 속에서 **뭔가**가 꿈틀거리는 듯 보였다. 얼마나 참배길 쪽으로 물러섰는지는 코타로도 알 수 없지만, 아직 연못에서 그리 멀리 떨어지지는 않았을 것이다. 그렇게 되면 안개 속에서 흔들리는 **그것**은 섬 위에, 사당 주변에 있던 것일 텐데…….

그 순간 코타로의 발치에서 아주 강렬한 경련이 일어나는가 싶더니, 순식간에 머리꼭대기까지 이상한 감각이 주르르 타고 올라왔다. 당황하며 아래쪽을 보니 어느새 안개가 발목을 덮고 있었다. 게다가 두 다리를 타고 기어 올라오려는 듯 보였다.

"아, 아아, 아아……."

의미도 없는 소리가 입에서 저절로 흘러나왔다. 비명을 지르고 싶은 것인지 울고 싶은 것인지, 아니면 토하고 싶은 것인지 코타로 스스로도 알 수 없었다.

기이, 기이, 기이…….

그런 상황에 묘한 소리가 들려왔다. 저도 모르게 이를 악물게 만드는 불쾌한 그 소리는, 앞에 끼어 있는 안개 속에서 나고 있었다.

기이, 기이, 기이, 기이, 기이…….

가만히 귀를 기울여보니 그것은 오래되어서 썩은, 지금이라도 부러질 듯한 나무 위를 **누군가**가 걷고 있는 듯한 소리였다. 예를 들면 나무다리 위를…….

곧바로 코타로가 몸을 돌려서 이제까지 왔던 참배길을 쏜살같이 도망치려고 한 순간이었다.

찰팍, 찰팍…….

등 뒤에서 새로운 소리가 났다. 붉은 칠이 된 썩은 나무다리에서 안개로 촉촉하게 젖은 참배길 위로, 정체 모를 존재가 이쪽을 향해 걸음을 내딛기 시작한 듯한 소리가…….

분명 뒤에 뭔가가 있다…….

코타로가 등 전체로 **그것**의 기척을 살피자, 갑자기 **그것**이 코타로 쪽으로 다가왔다.

찰팍, 찰팍, 찰팍, 찰팍, 찰팍…….

"와아악!"

그때서야 간신히 비명을 지르며 번개처럼 뛰려고 하는데, 발목에 묘한 이변을 느꼈다.

힘이 들어가지 않는 것이다. 마치 발목부터 아래의 뼈 전체가 흐물흐물해진 것 같은 느낌이다. 안개에 덮여 있던 것이 원인일지도 모르지만, 어떻게 해야 회복될지 코타로는 알 수 없다. 그러나 지금은 어쨌든 도망쳐야만 한다.

코타로는 필사적으로 달리려고 했다. 그러나 그것은 깊은 진흙탕 속에서 뛰는 것 같은, 혹은 전력으로 달려 탈진된 직후에 다시 뛰려고 할 때 같은 느낌이었다. 마음만 급하고, 몸은 제대로 앞으로 나아가지 못하는 지옥 같은 상태. 그리고 명백히 진짜 지옥보다 무서운 **존재**가 뒤에서 점점 다가오고 있었다.

이래선 안 돼. 우선은 안개에서 도망쳐야 해.

억지로 달리려고 하면 할수록 아무리 시간이 지나도 발목의 상태가 회복되지 않고 결과적으로 움직일 수 없게 된다. 그런 상태에서 안개에 따라잡혀 둘러싸인다면 절대 도망칠 수 없어. 냉정하게 판단한 코타로는 용기를 짜내서 일단 멈춰 섰다가 다시 천천히 걷기 시작했다.

찰팍, 찰팍, 찰팍······.

등 뒤의 기척이 더욱 가까이에 다가온다. 저도 모르게 달리고 싶어진다. 그것을 필사적으로 억누른다. 아직은 괜찮다고 스스로에게 들려준다. 달팽이처럼 느릿느릿한 걸음걸이라도, 확실히 한 걸음씩 앞으로 나아가려고 한다.

쓰윽, 쓰윽 돌바닥에 쓸리는 자신의 발소리와, 찰팍, 찰팍 등 뒤에서 다가오는 **그것**의 소리가 음산한 음색이 되어 코타로의 귀를 울린다. 자신이 밟은 참배길의 돌 위를 바로 뒤에서 그것이 더듬어 오고 있다고 생각하니, 마치 직접 닿은 듯한 기분이 들어서 곧바로 팔뚝에 소름이 돋는다.

똑바로 뻗은 참배길이 말도 안 될 정도로 길게 느껴진다. 골목까지의 거리가 전혀 줄어들지 않는 것처럼 보인다. 저 골목에 도달하기 전에 뒤에 있는 **뭔가**에 따라잡혀서 쓰러진다, 그런 자신의 모습을 상상하게 된다.

문득 이제 그만 걸음을 멈추고 쪼그려 앉아서 모든 걸 끝내고 싶다는 생각이 마음속에 피어난다. 당황해서 약해지면 끝장이라고 스스로를 질타한다. 다행히 다리 상태도 점점 정상으로 돌아오기 시작한다. 분명 도망칠 수 있다. 계속해서 스스로를 고무하고 난 직후, 코타로는 등 뒤의 변화를 깨닫고 자연스럽게 멈춰섰다.

어느샌가 눈앞에 뻗어 있는 참배길도 3분의 1정도만 남아 있다. 발밑을 내려다보니 안개가 달라붙어 있지 않다. 등 뒤에서 느껴지던 기척 역시 아주 깨끗이 사라졌다. 기분 나쁜 발소리도 들리지 않는다.

무슨 일이 일어난 것인지 신경 쓰였지만, 역시나 뒤를 돌아보는 건 조금 망설여진다. 그렇지만 확인할 필요가 있다. 그렇게 생각하고 돌아보려던 순간, 흐릿하지만 묘한 공기의 움직임이 바로 등 뒤에서 느껴진다. 코타로는 뭔가 생각할 새도 없이 충동적으로 남아 있는 참배길을 다시 열심히 걷기 시작한다. 돌아보려던 것과 거의 동시에, 바로 등 뒤에서 뭐라 표현하기 힘든 아주 소름 끼치는 소리가 들렸기 때문이다. 기분 탓인지 기분 나쁜 냄새가 난 것 같기도 하다. 그것이 무슨 소리이고 무슨 냄새인지는 알 수 없지만, 지금도 그 자리에 머물러 있다면 분명 자신은 무사하지 못했으리라는 것만큼은 느낌만으로도 알 수 있다.

코타로의 뇌리에는 멈춰선 자신의 등 뒤에, 모든 기척을 지운 **그것**이 번개처럼 코타로를 덮쳐누르려고 하는 광경이 떠올랐다. 그 한순간의 공백은 그것을 위해 힘을 모으던 시간이었으리라.

다만 그 안개가 사라진 흐릿한 순간이 코타로에게 유리하게 작용했다. 아직 달리는 건 불가능했지만, 조금 전까지와는 비교도 되지 않을 정도로 빨리 걸을 수 있었다. 이 상태라면 도망칠 수 있겠다는 희망이 솟기 시작했다. 직선으로 뻗어 있는 참배길도 이제 얼마 남지 않았다. 계속 움직이는 동안에 다리도 점점 회복되는 느낌이었다.

또각, 또각, 또각…….

그렇게 갑자기 소리가 바뀌었다. 돌이 깔린 길 위를 한 걸음씩 짓밟는 듯한 기척에서 마치 달리는 듯한 소리로…….

"우와아아악!"

순간 이제까지 느끼던 것 이상의 공포에 코타로는 저도 모르게 비명을 지르면서, 가지고 있는 모든 힘을 짜내어 내달렸다.

똑바로 뻗어 있는 참배길이 끝난 곳에는, 당연한 듯 촘촘히 돌이 깔린 길이 이어져 있었다. 숲의 입구에서 연못 안 섬까지의 모든 거리를 짐작해보면, 직선이 끝나고 지그재그로 이어지는 골목이 중간 정도 될 것이다. 말하자면 도망쳐야 하는 길이 아직 절반 넘게 남은 것이다. 여기서 힘을 다 써버려서는 안 된다. 그것은 알고 있지만, 어쩔 수 없다. 머리로 생각하기 전에 몸이 반응하고 있다. 어쨌든 지금은 등 뒤에서 육박하는 **그것**으로부터 도망치는 것만으로도 벅차다.

그런데 무리해서 뛰기 시작한 것 때문인지 조금 회복되었다고 생각했던 다리의 상태가 다시 나빠지기 시작했다. 그러자 멀어졌다며 안도했던 등 뒤의 기척이 금세 가까워지기 시작했다. 목덜미에 싸늘한 한기가 느껴진다. 게다가 그 기운이 갑자기 강해지기 시작했다.

쫓아오고 있어!

참배길의 골목은 이미 눈앞이다. 하지만 여기서 달리는 속도를 떨어뜨렸다가는 뒤에 있는 **뭔가**가 들러붙을 것이다.

모 아니면 도다! 코타로는 앞쪽에 자라고 있는 나무들 사이의 깊은 수풀 속으로 그대로 뛰어들었다. 그리고 우거진 초목들이 쿠션이 되어 자신의 몸을 받아주었을 때, 재빨리 자세를 바꿔서 오른편으로 비스듬히 뻗어 있는 참배길로 재빨리 뛰어나갔다.

그랬더니 얼마 뛰지 않은 사이에 뒤따라오던 기척이 또다시 사라진 기분이 들었다. 그래도 방심할 수는 없으므로 코타로도 멈춰 서지 않았다. 뭔가가 다가오고 있다는 기척은 분명 느껴지지 않았다.

혹시 자기를 따라 덤불에 뛰어들었다가 빠져나오는 것이 늦어졌기 때문인가 하고 생각했다. 그렇다면 등 뒤를 쫓아오는 **그것**은 자기와 마찬가지로 살아 있는 몸을 지닌 존재라는 이야기가 된다.

섬에는 아무도 없었다. 만약 사당에서 누군가 나왔다고 가정한다면, 아주 몸집이 작은 사람이란 이야기다. 하지만 등 뒤에서 느껴졌던 불길한 **존재**는 훨씬 압도적인 존재감을 풍기고 있었다. 그렇다면 늪 같은 연못 안에서 나왔던 것일까. 하지만 그렇다면 다리를 건널 필요가 없을 텐데. 역시 그 사당에서 나타났다고밖에 생각할 수 없다.

이때 코타로의 머릿속에서는, 흐물흐물한 부정형의 구역질나는 **뭔가**가 사당에서 기어 나오고, 그것이 부자연스러운 인간의 형체로 차츰 모습을 바꿔서 자신의 뒤를 쫓아오기 시작하는 광경이 떠올랐다.

그리고 두 번째 골목을 돌았을 즈음, 그런 소름 끼치는 상상과는 별개로 어떤 무서운 가능성을 떠올리고 코타로는 절망적인 기분을 느꼈다. 어쩌면 등 뒤의 **뭔가**는 참배길을 따라서 나를 쫓아오는 것이 아니라, 숲속을 쭉 가로질러 앞지를 생각은 아닐까.

직선으로 뻗은 참배길이 끝난 지점부터 숲의 입구까지, 길은 지그재그를 그리고 있다. 코타로는 지금 그 길을 따라 달리고 있다. 그러나 만약 **그것**이 첫 골목을 돌지 않고 그대로 숲속을 뚫고 들어갔다면, 앞으로 거칠 골목에 코타로보다 먼저 도달할 수 있다. 요컨대 코타로를 앞지를 수 있는 것이다.

그렇게 된다면 확실히 **그것**의 먹잇감이 되고 말 거야…….

코타로는 필사적으로 머릿속에서 참배길의 경로를 그려보았다. 그랬더니 이미 눈앞에 다가오는 세 번째 골목과 숲의 입구로 이어지는 참배길의 시작점, 그 두 군데에 그럴 가능성이 있음을 알게 되었다.

곧바로 세 번째 골목을 도는 것이 견딜 수 없이 무서웠다. 반사적으로 몸을 뒤로 돌릴 뻔한 것을 황급히 멈췄다. 이대로는 이도저도 못하게 된다고 생각한 코타로는, 분명 자기 쪽이 빠를 거라고 스스로를 안심시키면서 과감하게 세 번째 골목을 돌았다.

지금이라도 울창하게 우거진 등 뒤의 수풀 속에서 와악! 하고 **뭔가**가 튀어나올 것만 같았다. 자신의 바로 뒤에 **그것**이 따라오는 공기가 느껴질 것만 같았다. 목덜미가 서늘해지고 이윽고 뒤에서 덮쳐 누르는 압도적인 기척이…….

그런데 소리 하나 없다. 귀에 들리는 건 자신의 발소리뿐이다.

코타로는 참지 못하고 끝내 참배길 중간에 멈춰 서서 조심조심 뒤를 돌아보았다. 수풀에서 튀어나올 듯한 **뭔가**는 여전히 보이지 않고, 그런 기척조차 없다. 어쩌면 **그것**은 사당에서 너무 멀리 떨어질 수 없는 것인지도 모른다. 그렇게 생각하면 똑바로 뻗어 있던 참배길이 끝나는 곳 부근에서, 그 섬뜩한 감각이 사라진 것이 설명된다.

"사, 살았다……."

코타로가 안도의 한숨을 내쉬고 남은 참배길을 나아가려고 할 때였다.

지나온 세 번째 골목 너머에서 천천히 안개가 나타났다. 돌이 깔린 참배길 위를 기는 것처럼, 이쪽을 향해 흘러왔다. 다가왔다. 따라오려고 하고 있었다. 어쩌면 사당에서 멀어지는 것에 의해 속도는 느려졌을지 모르지만, **저것**이 참배길을 타고 계속해서 자신의 뒤를 따라오고 있음을 알아챈 코타로는 몸을 떨었다.

"도, 도, 도망쳐야 해……."

느긋하게 안개를 바라보고 있을 상황이 아니다. 안개 뒤에서 **뭔가**가 오고 있는지 눈으로 확인하고 싶지도 않다. 코타로는 쏜살같이 뛰기 시작했다. 다행히 남아 있는 건 네 번째 골목뿐이다. 저곳을 돌고 나면 일직선으로 뻗은 길을 따라 숲 밖으로 나갈 수 있다. 그곳을 지나도 따라올지 어떨지는 모르지만, 마을 안으로 들어가면 어떻게든 될 거란 기분이다.

눈앞에 네 번째 골목이 다가왔다. 속도를 떨어뜨리지 않고, 그러면서도 넘어지지 않도록 주의하면서 코타로는 마지막 골목을 돌았다.

그러자 눈앞에 숲의 입구가 보였다. 그리고 그곳에는 독살스러울 정도로 강렬한 햇살을 등진 **새까만 형체**가 서 있었다.

코타로를 숲에서 절대 내보내지 않겠다는 듯 입구에 버틴 모습으로.

5장 식인자

아아, 역시 추월당한 거야······.

한순간, 코타로는 다시 참배길로 돌아갈까 하는 생각을 했다. 그러나 그 선택지는 말도 안 된다. 그렇다고 **저 형체**를 향해 이대로 달려드는 것 역시 자살행위다.

뒤인가 앞인가, 안개인가 검은 형체인가, 돌아갈 것인가 나아갈 것인가······.

아무래도 검은 형체 쪽이 **본체**일 것 같았다. 더 무섭고 위험할 대상을 피하려면 여기서 발걸음을 돌리는 게 나을지도 모른다. 하지만 그래서는 숲속으로 도망치는 꼴이 되고 만다. 게다가 뒤쪽에서는 안개가 밀려오고 있다. 저것에 휘감기면 다리가 말을 듣지 않게 된다. 이번에 그렇게 되었다간 더 이상 도망칠 수 없게 될 것이다. 게다가 참배길로 돌아가게 되면, 뒤쪽에서 저 검은 형체에게 다시 쫓기게 된다. 안개로 인해 제대로 움직일 수 없는 상태에선 분명 간단히 붙잡히고 말 것이다.

하지만 만약 이대로 돌진한다면, 어떻게든 저 새까만 형체만 통과할 수 있다면……. 그 너머는 마을이다. 어떻게 생각하더라도 저 숲속으로 돌아가는 것보다 살아날 가능성이 높다.

그래. 똑바로 돌진하는 것처럼 가다가 잽싸게 왼편의 수풀로 뛰어들자.

짧은 순간 남은 참배길의 절반을 지나면서, 코타로는 그런 작전을 세웠다. 코쿠보 가의 마당 동쪽과 이 숲이 거의 맞닿아 있던 걸 떠올렸기 때문이다. 잘만 하면 노인의 집 마당 안으로 바로 도망칠 수 있을지도 모른다. 저 검은 형체보다야 괴노인을 상대하는 편이 훨씬 낫다. 그렇게 생각하니 조금이나마 마음이 편해졌다.

그렇지만 검은 형체가 점점 가까워짐에 따라 코타로의 공포심도 점점 부풀어간다. 일부러 똑바로 보지 않고 있기는 하지만, 시야 안에서 검은 형체는 점점 커져간다. 새까만 부분이 점차 거대해진다.

"와아아아악……!"

어느샌가 코타로는 큰 소리를 지르며 왼편의 수풀을 향해 뛰어들었다. 그런데 그것과 동시에 뭔가 외치는 소리가 들린 것 같다고 생각할 겨를도 없이, 갑자기 검은 형체가 코타로의 앞길을 막아섰다.

아앗, 붙잡히겠어!

"우와악! 그만둬! 이거 놔!"

그 순간 검은 형체에 안긴 코타로는, 필사적으로 몸을 비틀어 날뛰며 도망치려고 했다.

"잠깐! 얘! 왜 그러니! 저기, 무슨 일이야?"

그런데 뜻밖에도 코타로의 귀에 성인 여성의 목소리가 들렸다. 저도 모르게 날뛰던 것을 멈추고 자신을 붙들고 있는 **존재**에게 눈길을 향한다.

"괜찮니? 다친 데는 없고?"

몹시 걱정스러운 듯이 자신을 들여다보는 여자가 눈앞에 있었다. 게다가 이맛살을 찌푸리고 있는데도 오싹할 정도로 아름다운 그 얼굴에, 코타로는 순간 매료되고 말았다.

"아, 코타로였나요?"

그 자리에 레나의 목소리가 들리자 제정신을 차릴 수 있었다. 그 직후, 코타로는 숲의 입구 옆쪽에 있는 풀숲 앞에서 자신이 그 여자에게 반쯤 안겨 있음을 깨닫고 당황하며 몸을 뗐다.

"이 숲 안에 들어갔던 모양이야."

코타로를 걱정스러운 듯 바라보면서 다가오는 레나에게, 여성이 말을 걸었다.

"……."

레나는 한순간 얼굴을 긴장시키더니 뭔가 말하려고 했다. 그러나 곧 생각을 고친 듯, 억지로 미소를 지으며 입을 열었다.

"돌아왔는데도 보이지 않더라. 그래서 집에 갔나 싶어서 코타로네 집까지 갔다 왔어."

"완전히 반대 방향을 찾고 있었나 보네."

무슨 사정인지 모르는 여자가 조금 당황하며 말하자, 레나가 과장스러운 동작을 취하며 기운차게 입을 열었다.

"이 사람이 조금 전에 이야기했던 시미짱이야! 얘는 무나카타 코타로라고 저기 있는 집에 막 이사 왔고, 다음 달부터 나하고 같은 나고이케 중학교에 다닐 거야."

레나의 소개 뒤에 다시 한 번 그 여자가 자기소개를 했고, 그녀의 이름이 시모노 시미에라는 것을 알게 된 코타로는 레나가 왜 '시미짱'이란 별명을 붙였는지 알 수 있었다.

"그건 그렇고 어떻게 된 거야, 코타로?"

두 사람의 소개를 마친 레나가 코타로와 시미에를 교대로 바라보면서 고개를 갸웃거렸다. 방금 전까지 시미에가 숲 앞에서 코타로를 안고 있었으니, 레나가 이상하게 생각하는 것도 무리는 아니다.

"여기까지 왔을 때, 숲속에서 소리가 들리더라고. 얼른 그쪽을 봤더니 누군가가 이쪽으로 뛰어오는 모습이 보이고……."

그때의 상황을 설명하면서도, 시미에의 말투에는 망설임이 느껴졌다. 어째서 코타로가 숲에서 뛰어나왔는지를 알 수 없어서, 시미에도 정말로 괜찮은지 불안한 듯했다.

"그런데 뛰어오다가 갑자기 옆의 수풀에 뛰어들려는 것처럼 보여서……. 그대로 놔두면 다칠 것 같아 어떻게든 말리려고 했는데……. 괜찮니?"

마지막에는 코타로 쪽으로 고개를 돌리며 시미에는 다시 걱정스러운 듯 미간을 좁혔다.

"그랬구나……. 시미짱이 있어서 정말로 다행이었네."

말과는 반대로 레나의 표정은 복잡해보였다. 시미에도 한동안 코타로와 레나를 번갈아 바라보다가, 조심스럽게 입을 열었다.

"혹시나 해서 묻는데, 두 사람은 지금 싸우고 있니?"

"어……아, 그런 거 아니야."

이 말에 레나도 놀랐는지, 곧바로 부정한 뒤에 조금이나마 진짜 미소를 지었다. 다만 그것은 쓴웃음처럼도 보였다.

"그렇다면 다행이지만."

시미에도 미소를 지어 보였지만 명백히 난처해하는 눈치였고, 레나의 미소도 거의 사라져 있었다. 왜냐하면 두 사람이 이야기를 주고받는 내내, 코타로가 한 마디도 입을 열지 않고 있었기 때문이었다.

"나는 잠시 키치조지 쪽에 일이 있어서 이만 가봐야겠어."

시미에는 가방을 고쳐 안더니, 마음을 추스르듯 입을 열었다.

"이제부터?"

"응. 커리큘럼 때문에. 홈 스쿨에서 호출을 받았어."

"다음에 오는 건 모레였나요?"

"그렇지. 레이지 군한테는 숙제를 잔뜩 내줬어."

"하하! 봄방학인데도 고생하겠네요."

"그런 소릴 할 수 있는 것도 지금뿐이야. 레나도 3학년이 되는 봄방학 때부터 수업을 받게 될지 모르니까."

"아직 2년도 더 남았는걸. 그리고 그때는 시미짱에게 부탁할 거니까."

"네. 꼭 그래 주세요."

아주 밝은 두 사람의 대화였지만, 사실은 양쪽 다 코타로를 신경 쓰고 있다는 걸 코타로 본인도 알 수 있었다. 이대로 떠나가는 것이 아쉬웠는지, 시미에도 볼일이 있다고 말하면서도 레나와 잡담을 계속하고 있었다.

"미안해, 이젠 가봐야 해."

그러나 더 이상 시간 여유가 없는지, 시미에는 레나에게 미안하다고 말했다.

"그러면 코타로, 나중에 또 보자. 레나네 오빠의 공부를 봐주는 날 말고도 레나하고 놀기도 하니까, 괜찮다면 너도 그때 같이 놀러와."

코타로에게 그렇게 이야기한 시미에는 레나에게 가볍게 인사를 하고난 뒤 걸음을 옮겼다.

"아, 저기요……."

거기서 코타로가 간신히 목소리를 냈다.

"어……?"

반사적으로 시미에가 돌아보며 멀뚱한 표정으로 코타로를 보았다. 코타로는 제대로 시선을 맞추지 못하고 허둥지둥했다.

"조, 조금 전에는 감사했습니다……."

어떻게든 그 말 한 마디는 할 수 있었다.

"어머, 괜찮아. 남자애니까 활발해야지. 레나는 아주 활달한 데다 다른 사람을 잘 돌봐주니까, 너 같은 친구가 생겨서 분명히 기쁠 거야."

그 말에 대해 레나가 뭔가 대꾸하기 전에, 시미에는 두 사람에게 손을 흔들고서 역 쪽을 향해 조금 빠른 걸음으로 떠나갔다.

"시미짱은 참 예쁘지?"

언제까지고 멍하니 그녀의 뒷모습을 바라보고 있는 코타로 옆에서 레나가 중얼거렸다.

"머리카락도 저렇게 찰랑찰랑하고……. 그래서 긴 생머리도 잘 어울려. 피부에 주근깨도 없이 새하얗고……. 화장 같은 걸 할 필요 없겠어."

곱슬머리도 얼굴의 주근깨도 사람에 따라서는 충분히 매력 포인트가 된다고 코타로는 생각했지만, 레나 앞에서 입 밖에는 내지 않았다.

"게다가 날씬해서 멋지고 말이야……. 저렇게 예쁘면서도 어쩐지 보이시한 매력도 있는 것 같지 않아? 저 긴 생머리도 멋지지만, 짧게 자르면 분명히 중성적인 느낌이 강조되어서 또 다른 시미짱을 볼 수 있을 텐데 말이야."

그런 레나의 말에, 굼뜬 코타로조차도 레나가 시모노 시미에라는 여성을 동경하고 있다는 걸 알 수 있었다. 이어지는 레나의 말이 없었더라면, 아무리 멍하니 바라볼 정도로 매력적이라고 하더라도 코타로가 시미에를 의식하는 일은 없었을 것이다.

"다만, 머리카락을 짧게 자르면 영감이 떨어진대."

"응? 무슨 소리야?"

코타로의 반응에 놀랐는지, 레나가 눈을 휘둥그레 뜬 채로 바라보았다.

"저, 저 사람한테는, 시미짱한테는 여, 영감이 있는 거야?"

"으, 응……."

흥분하는 코타로의 모습에 레나는 당황스러움을 감출 수 없는 듯했다.

혹시 저 사람은 숲에서 나온 나에게……, 아니, 그게 아니지. 그 뒤에서 다가오는 그것의 기척을 곧바로 느꼈던 게 아닐까?

시미에는 나를 보호하듯 끌어안으며 코타로에게 "무슨 일이니?"라고 물었고, 레나에게는 "두 사람 지금 싸우고 있니?"라고 물었다. 하지만 그것 말고는 아무런 질문도 하지 않았다. 레나에게 상황을 설명할 때도 어딘지 모르게 불안해 보였다.

그 사람은 내가 뭔가로부터 도망치고 있었다는 걸 알았던 걸까? 다만, 그 정체는 그 사람도 알 수 없었고? 만약 그렇다면…….

그렇게 생각한 코타로가 물었다.

"시미짱이 이 마을에서 영감을 활용한 적은 없었어?"

"이 마을에서라니 무슨 뜻이야?"

대체 무슨 소릴 하는 건가 하는 레나의 반응에 코타로는 당황하며 수습했다.

"아, 아니, 그 왜…… 그 괴물의 집이라든가, 그런 게 있었잖아."

사실은 카즈사의 숲과 무나카타 가에 대해서 물어보고 싶었지만, 레나에게 밝혀야 할지 아직 망설여졌다.

"그런 뜻이었구나."

납득하는 기색을 보이긴 했지만, 레나가 자신의 말을 완전히 믿지 않는 걸 알 수 있었다. 순간 양심의 가책을 느꼈지만, 뒤이은 레나의 말에 그런 느낌은 곧바로 날아가 버렸다.

"다만 시미짱은 이 동네에 오면 감이 무뎌진대."

"영감이? 요컨대 잘 작동을 안 한다는 거야?"

"응. 뭔가에 방해받는 느낌이 든대."

숲이다! 분명히 카즈사의 숲이 그 사람의 영감에 영향을 주고 있는 거야!

저도 모르게 소리치고 싶은 충동을 억누르고, 코타로는 마음 속으로만 외쳤다.

"저기 말이야……."

혼자서 흥분하고 있는 코타로의 모습을 빤히 바라보고 있던 레나가, 망설이면서도 호기심이 엿보이는 어조로 물었다.

"숲 속에서, **뭔가 본 거야**……?"

코타로의 온몸에 쫘악 소름이 돋았다.

"그러니까 코타로는 **그것**으로부터 도망치기 위해 뛰었던 거야?"

"어, 어……."

어째서 그렇게 생각했느냐고 코타로가 물으려고 할 때였다.

"다시……시작……된다……."

참으로 음산한 속삭임이 두 사람 사이를 가르고 들어왔다.

코타로가 곧바로 소리가 들린 쪽을 보았더니, 코쿠보 가의 마당 동쪽 구석에 있는 감나무 뒤편에서 그 괴노인이 고개를 내밀고 있었다.

까맣게 잊고 있었어. 내가 숲에 들어갈 때에 집 안에서 나왔으니……. 그렇다면 전부 보고 있었던 걸까…….

그렇게 생각하니 참으로 언짢은 기분이 들었지만, 곧 노인이 중얼거린 말에 신경이 쓰였다.

다시 시작된다? 뭔가가 다시 일어난다는 얘긴가?

이번에야말로 무슨 말인지 물어보고, 겸사겸사 어제 했던 말에 대해서도 질문해보자고 코타로가 생각하는데 레나가 옆구리를 찔렀다.

"이쪽이야. 우리 집에 가자."

그리고 그대로 레나에게 끌려가듯이 오이카와 가의 마당까지 이동하게 되었다.

"저 할아버지, 조금 치매 기미가 있거든."

일본식 가옥과는 대조적인 문양으로 장식된 철책 너머로 맞은편 집의 마당을 엿보면서, 레나가 작은 목소리로 알려주었다.

"이런 얘기는 하면 안 된다고 들었지만……."

이어서 자기 집 쪽을 돌아보면서 아무도 없다는 걸 확인한 레나는 조용히 말을 이었다.

"이미 꽤 옛날 일인 것 같은데, 저 할아버지 부인이 자살했대."

"뭐?"

"저 할아버지가 정신이 이상해진 것은 그때부터래."

무리도 아니겠다고 코타로는 생각했다. 자신도 부모님이 돌아가신 뒤에 정신적으로 약해졌다는 생각이 든다. 그전까지는 외아들이기 때문인지 어른스럽고 의젓한 편이었는데, 그런 변화에 할머니도 당혹스러운 듯했다.

교통사고에도 이럴 정도이니, 하물며 자살이었다면……

오싹하고 기분 나쁜 괴노인이라고 무서워했던 사실에, 코타로는 조금 죄책감을 느꼈다.

"집 안에서 자살한 거야?"

"아니. 저 감나무에서 목을 맸대……"

여전히 노인이 얼굴을 내밀고 있는 문제의 감나무를 레나가 가리켰다.

"……"

노인에 대해 싹트고 있던 동정심이 순식간에 날아가 버렸다. 다시, 아니, 오히려 예전 이상으로 기분 나쁘게 느껴졌다.

아마도 매일 부인이 목을 맨 나무 옆에 서서 중얼중얼 영문 모를 혼잣말을 하고 있는 거구나, 저 할아버지는……

그 뒤로 한동안 두 사람 사이에 침묵이 내렸다. 이미 해가 지려는 시각이라 슬슬 코타로는 집에 돌아가야만 한다. 할머니보다 먼저 집에 돌아가 있지 않으면, 괜한 걱정을 하실지도 모른다. 다만 그 전에 레나에게 꼭 물어보고 싶은 것이 있었다.

"저기 말이지……"

"저기 말이야……"

그런데 레나도 같은 생각이었는지, 두 사람은 거의 동시에 입을 열었다.

그 결과, 잠깐이긴 했지만 서로 상대의 얼굴로 뭔가를 살피는 듯한 시선을 보내게 되었다. 하지만 이내 레나가 씩 웃었고, 코타로도 마주 웃어 보임으로써 분위기가 이상해지는 건 간신히 피할 수 있었다.

"저기 말이야, 우리 둘 다 숲에 대해 묻고 싶은 거 아닌가?"

레나의 말에 코타로가 고개를 끄덕였다.

"코타로, 너는 카즈사의 숲에 대해 내가 알려준 것 외에 뭔가 사연이 더 있을 거라고 생각하고 있어. 나는 숲에 들어간 네가 뭘 봤는지, 들었는지, 느꼈는지, 그걸 알고 싶고. 맞지?"

코타로가 동의의 뜻으로 고개를 끄덕였다. 레나는 잠깐 생각하는 듯한 시늉을 하고 나서 말을 이었다.

"좋아. 그러면 나부터 말할게."

그러더니 레나는 마당 구석의 화단 옆에 놓인 작은 의자로 코타로를 안내했다.

"카즈사의 숲에 대한 옛날이야기라고나 할까, 역사적인 설명은 조금 전에 했던 얘기대로야. 그 이상은 나도 잘 몰라."

"하지만 그것 말고 다른 이야기가 있다는 거야?"

코타로의 물음에, 이번에는 레나가 고개를 끄덕였다.

"내가 태어나기 전에, 그리고 아주 어렸을 적에 한 번씩, 사람이 실종된 적이 있었대."

"수, 숲속에서?"

"응. 둘 다 이웃마을 아이였으니 숲을 별로 주의하지 않았던 거겠지."

"유괴 같은 게 아니고?"

"경찰은 그럴 가능성도 생각했던 것 같아. 하지만 아이가 숲에 들어가는 것을 본 사람이 있었던 모양이야."

"그 사람들은 어째서 말리지 않았을까?"

"한 사람은 신문배달원이었고, 다른 한 사람은 뭔가 방문판매를 하던 사람이었거든. 그 아이들처럼 숲에 대한 소문을 몰랐던 거야."

"그래서 숲속은 찾아본 거야?"

"경찰이 샅샅이 수색한 모양인데, 결국 찾지 못했대."

"그러면 두 사람은 그대로……."

"응, 사라져버렸어."

그때 코타로의 머릿속에는 그 연기 같은 것에 감싸여 삼켜지는 어린아이의 모습이 생생히 떠올랐다. 일이 잘못 되었더라면 내가 세 번째가 되었을지도 모른다. 그렇게 생각하니 새삼 등골이 **오싹**해졌다.

"옛날에는 다들 쉬쉬하며 숲을 '식인자의 숲'이라고 불렀대."

레나에게 그런 말을 듣고 나니 코타로는 더욱 몸을 떨었다.

"그 일로 인해 다시 한 번, 저 숲은 위험하다는 이야기가 나왔대. 그때도 숲의 나무들을 베어버리려고 했고……. 즉 두 번째가 되는데……."

과연 레나는 숲의 나무들을 베어버리려 한 적이 두 번 정도 있었다고 설명했다.

"역시 공사 인부들 중에서 다치는 사람이나 아픈 사람이 생기고……. 그래서 주위에 울타리를 치고 진입금지 구역으로 만들었대."

"그 말뚝들은 역시 그런 의미였구나."

"그런데 말이지, 울타리를 친 뒤로 마을에 이상한 일들이 일어나기 시작했대."

"이상한 일? 예를 들면……?"

"작은 날벌레들이 새카맣게 날아다니거나, 갑자기 두통이나 구역질을 느끼는 사람이 늘어나거나, 마을 안의 개나 고양이가 미친 듯이 계속 울어대거나, 밤이 되면 숲 쪽에서 '어욱, 어욱'하는 기분 나쁜 소리가 들린다고 하소연하는 사람이 생기거나……. 그 하나하나는 별것 아닌 작은 일이었지만, 그런 기묘한 일들이 계속 일어났어. 하지만 어느 날 우리 할아버지가 울타리를 부수자마자 그 이상한 일이 뚝 그쳤대."

"할아버지께선 저 숲 때문이라는 걸 아신 걸까?"

"글쎄……. 하지만 그 뒤로 이 마을에서는 저 숲에는 절대 손대지 않고 신경도 쓰지 않는, 완전히 무시하는 것이 불문율처럼 되었어."

"긁어 부스럼을 피한다는 말은 그런 얘기였구나……."

코타로는 처음에 그 말을 들었을 때에 조금 과장된 것이 아닌가 생각했는데, 지금은 충분할 정도로 공감할 수 있었다.

"하지만 말이야, 그것뿐만이 아니야."

저 숲의 무서움을 간신히 이해했다는 생각을 하고 있는데, 레나가 말을 이었다.

"내가 초등학교 저학년이던 때, 이웃 시에서 초등학생만 노린 변태가 있었어."

102

"호박 사나이인가 뭔가 하는 그거?"

"그것도 이 근방에서 벌어진 사건이지만, 이건 그것과는 다른 변태야. 어쨌든 그 녀석이 아이의 부모에게 들키고, 신고를 받고 출동한 경찰에게 쫓겨서 이 동네로 도망쳐왔던 거야."

"어, 설마……."

"그래. 그대로 숲속으로 들어갔고……."

"사라졌어?"

"응. 그때는 범인이 숲으로 들어가는 모습을 몇 사람의 경찰관이 봤고, 말 그대로 수십 명이 동원되어 숲속을 샅샅이 뒤졌는데도 어디에도 없었대."

"하지만 숲을 통과해서 반대편으로 나오는 것도 불가능하지는 않잖아?"

자신은 절대 못할 거라고 생각하면서도, 코타로가 말했다.

"그게 말이지, 그런 흔적이 전혀 없었대. 그 왜, 평소에 아무도 들어가지 않았으니까 그 남자가 조금이라도 숲속에 발을 들였다면 흔적이 남기 마련이잖아."

"그게 전혀 없었다는 거야……?"

요컨대 그 연못 주위의 나무들과 참배길 양쪽의 수풀 전부를 살펴보았지만, 인간이 발을 들인 흔적이 전혀 보이지 않았다는 이야기였다.

"우리 할아버지가 딱 한 번 말씀하셨던 적이 있어. 저곳은 숲이 사람을 삼켜버린다기보다는, 저 숲 안을 무서운 **식인자** 같은 것이 어슬렁거리고 있는 게 틀림없다고 말이야."

6장 기현상

레나의 이야기가 끝나고 코타로가 이야기할 차례가 되었을 때, 레나의 어머니가 마당에 얼굴을 보였다.

"레나야, 이제 그만 들어오렴."

"아이 참, 조금만 더 있다가 들어갈게요."

"조금만 더라니. 그랬다간 해가 지기 전에 코타로 군이 집에 못 돌아가잖니."

"하지만……."

어쩐지 불만스러운 표정을 짓는 레나에게 코타로가 말했다.

"걱정 마, 내일 전부 얘기해줄게."

코타로가 작은 목소리로 말하자, 레나는 떨떠름하게 고개를 끄덕였다. 이대로 어머니의 말에 저항해봤자 소용없다는 걸 알기 때문일 것이다.

"나중에 점심이라도 먹으러 놀러오렴."

코타로를 대문 앞까지 바래다준 레나의 어머니가 작별할 때 그런 말을 꺼냈다.

"그러면 내일은 어때요?"

그 말을 듣자마자 레나는 그때까지의 무뚝뚝한 표정을 웃는 얼굴로 싹 바꾸며, 재빨리 날짜를 정하려고 했다.

"너는 뭘 그렇게 서두르니, 무엇보다 코타로 군도 할머니께 여쭤봐야 할 것 아냐."

"코타로네 할머니는 문화센터의 선생님이라서 점심은 도시락을 싸주신대요."

"그래도 매일 그러지는 않겠지? 집에 계실지도 모르는데 코타로 군만 점심식사 때 초대하게 되면 어쩌려고."

"그때는 할머니도 오시라고 하면 되죠."

"그러면 무나카타 씨께 언제 시간이 나는지 여쭤보는 게 제일 좋겠구나. 갑작스럽게 내일 찾아오라고 이야기하면 상대방에게도 폐가 되는 거야."

"그렇게 큰일도 아니잖아요."

하잘것없는 부모와 자식 간의 입씨름이었지만, 문득 코타로는 그것을 언제까지나 지켜보고 싶다는 기분이 들었다. 뾰로통한 얼굴을 하고 있어도 레나가 진짜로 화가 난 것이 아님은 알 수 있다. 성급한 딸에게 기가 막혀하면서도, 어머니의 얼굴에 떠올라 있는 건 가벼운 웃음이다. 대화만을 듣고 있으면 부모와 자식 간의 가벼운 말다툼 같지만, 그곳에는 따스한 기운이 느껴졌다.

"저, 저기……. 할머니하고 상의해보고 또 찾아뵐게요."

그 자리에 자신이 계속 묵묵히 있는 것도 부자연스럽다고 생각한 코타로는, 적당한 말로 자리를 떠나려고 했다.

"그렇구나. 우리 집은 언제든 괜찮으니 사양하지 말고 한번 들르시라고 할머니께 말씀드리렴."

"언제라도 괜찮으면 내일이라도 상관없잖아요."

어머니의 말에 트집을 잡는 듯하면서도 말을 막지는 못하고 작은 목소리로 레나가 중얼거렸다.

"얘도 참……."

이번에는 어머니도 진심으로 어이가 없었는지 딸을 살짝 노려보았다. 하지만 딸이 씩 하고 장난스럽게 웃자, 이맛살을 찌푸린 어머니의 표정도 곧 웃는 얼굴로 바뀌었다.

"대체 누굴 닮아서 이렇게나 제멋대로인 애로 자랐는지……."

그래도 쓴소리를 한 것은 코타로 앞이기 때문일 것이다.

코타로는 갑자기 한시라도 빨리 눈앞의 모녀로부터 떨어지고 싶다는 감정에 사로잡혔다. 조금 전까지는 언제까지라도 지켜보고 싶다고 생각했는데…….

"그럼 안녕히 계세요."

갑작스럽게 코타로는 작별 인사를 건넸다.

"아, 코타로. 휴대전화 번호는?"

중요한 것을 잊었다는 듯 레나가 자신의 휴대전화를 꺼내 보이며 물었다.

"미안, 난 안 가지고 있어."

중학생이 되면 사주겠다는 약속을 받았던 코타로는 아직 휴대전화가 없었다. 다만 부모님과 했던 이 약속을 할머니는 모른다. 코타로도 지금 상황에서 말할 생각은 없으므로 당분간은 휴대전화 없는 나날이 이어질 것 같았다.

"그렇지. 아직은 꼭 가질 필요 없어."

저도 모르게 아래를 바라보는 코타로에게, 레나의 어머니가 수습하듯이 말해주었다. 그러나 치바에서 다니던 초등학교에서도 친구들 중 열에 여덟은 가지고 있었다. 휴대전화가 없으면 아무래도 행동의 폭이 좁아지게 되니까.

"그러면 안녕히 계세요."

코타로는 다시 인사를 하고 빠른 걸음으로 오이카와 가를 뒤로 했다. 어머니의 존재나 휴대전화에 대한 일로 레나에게 반감을 느낀 건 아니었지만, 지금은 혼자가 되고 싶었다.

그래도 옆집인 오시바 가를 지날 때쯤에 뒤를 돌아보고 손을 흔들어야 할지 망설였다. 아직 두 모녀가 자신을 지켜보고 있다는 것이 등 뒤에서 느껴졌다. 코타로가 돌아보고 손을 흔든다면 분명 모녀는 사이좋게 손을 흔들어줄 것이다.

하지만 별로 보고 싶지 않네…….

곧바로 그런 생각이 들었다. 그와 동시에 아직 지켜보고 있음을 알면서도 그것을 무시하려하는 스스로에게 뭐라 말할 수 없는 혐오감이 들었다.

한심한 놈…….

스즈노 베이커리에 이르기 전에 코타로는 마음을 고쳐먹고 뒤

돌아 문 앞에 나와 있는 두 사람을 향해 크게 손을 흔들었다. 그리고 곧바로 뒤돌아 뛰기 시작했다. 그렇게 함으로써 더 이상 지켜보지 않아도 괜찮다는 것을 코타로 나름대로 레나와 그 어머니에게 전하려고 했다.

집에 도착했을 즈음 코타로는 뒤를 돌아보았다. 하지만 길이 'く'자 형태로 굽어져 있기 때문에 오이카와 가의 문은 보이지 않는다. 그 광경에 어째서인지 조금 안도했다. 다만 그 이상으로 안도한 것은, 무나카타 가에서는 숲의 입구와 코쿠보 가가 전혀 보이지 않는다는 사실을 새삼 확인했기 때문인지도 모른다.

코타로가 현관문에 손을 대보니 자신이 외출하면서 잠근 상태 그대로였다. 아무래도 할머니는 아직 돌아오지 않은 것 같다. 주머니에서 열쇠를 꺼내 문을 열고 어두운 집 안으로 들어간다.

현관을 내려다봐도 역시 할머니의 신발은 보이지 않는다. 슬리퍼를 갈아 신고서, 왼편에 있는 거실 겸 주방을 슬쩍 본다. 할머니가 돌아왔다면 저녁식사 준비를 하고 있을 것이 틀림없다. 하지만 싸늘한 어둠이 차 있을 뿐이다.

식당의 냉기 때문인지 코타로는 갑자기 오줌이 마려웠다. 화장실에 가려고 복도로 돌아오는데, 이상한 소리가 들린다. 멈춰서서 귀를 기울인다. 그렇지만 아무것도 들리지 않는다.

잘못 들은 건가 하면서도, 지금부터 아주 기분 나쁜 일이 일어날 것 같다는 불길한 예감을 느낀다. 그러자마자 몸이 부르르 떨리고 화장실에 가고 싶은 마음이 더욱 강해졌다. 황급히 화장실에 들어가려는데, 또다시 소리가 들린다.

틀림없다. 하지만 어디에서 들려오는 소리일까…….

조금 열었던 화장실 문에 손을 댄 채, 코타로는 움직이지 않고 가만히 기다렸다.

작, 작, 작…….

이윽고 흐릿하게 **뭔가를 하는** 듯한 소리가 들려왔다. 오른편에서…….

거긴 할머니의 방이었다. 역시 먼저 집에 돌아오셨다고 생각하며 그대로 다다미방으로 향하려다가 코타로는 다시 움직임을 멈췄다.

잠깐만……. 이거 뭔가 이상한데?

현관문은 잠겨 있었다. 신발 벗는 곳에 할머니의 신발은 없었다. 오늘 저녁은 코타로가 좋아하는 음식을 만들어주겠다고 말씀하셨는데, 식당에는 재료 같은 것이 보이지 않았다.

작, 작, 작…….

그러는 사이에도 기묘한 소리는 다다미방 안에서 들리고 있다. 점차 커지고 있다. 확실히 이쪽에 가까워지고 있다…….

문득 코타로의 머릿속에 최악의 광경이 떠오른다. 집에 돌아와서 다다미방에서 옷을 갈아입던 할머니가 갑자기 쓰러지고, 다다미 위를 기어서 도움을 청하려고 하는 모습이었다.

"하, 할……."

할머니, 라고 부르며 다다미방으로 달려가고 싶은 충동을 코타로는 간신히 참아냈다.

작, 작, 작…….

지금은 똑똑히 들려오는 **그 소리**가, 도무지 평범한 소리가 아니라는 느낌이 들었기 때문이다. 할머니가 쓰러진 심각한 상황이라면 고통에 몸부림치는 불규칙한 소리를 낼 것이다. 그러나 지금 코타로의 귀에 들리는 마찰음에서는 마치 사람이 아닌 무언가가 내고 있는 듯한, 어쩐지 오싹한 일그러짐이 느껴진다.

그래도 코타로는 어느샌가 다다미방의 미닫이문 앞까지 나아가 있었다. 뒤에서 철컥, 하고 화장실 문이 저절로 닫히는 소리가 났다.

작, 작, 자······.

그것에 호응하듯 다다미방 안에서 나던 소리가 뚝 그쳤다. 그것도 미닫이문 바로 너머에서······.

"하, 할머니······."

만일의 경우를 위해 코타로는 소리 내어 불러보았다. 하지만 방 안에서는 아무런 대답이 없다. 한동안 귀를 기울였지만, 쥐죽은 듯 조용할 뿐이다. 코타로는 망설이면서도 살며시 미닫이문에 오른쪽 귀를 대보았다.

···········. 아무 소리도 안 들려······.

미닫이문에서 귀를 떼고 문고리에 손가락을 대고는 조금만 문을 열어 실내를 엿볼까 생각했다. 하지만 그때 다시 묘한 소리가 들리기 시작했다.

가각······가가각······가각가각······.

마치 방 안에서 미닫이문 안쪽을 손톱이 벗겨지는 것도 개의치 않고 긁고 있는 것 같은, 자기도 모르게 소름이 돋을 정도로 기이한 소리였다.

문고리에 댔던 손가락을 곧바로 뗴었다. 문을 긁는 무시무시한 진동이 손가락으로 그대로 전해졌기 때문이다. 그것을 손끝으로 느낀 것만으로도, 순식간에 온몸이 부들부들 떨리기 시작했다.

"하, 하, 할, 할머니……."

자연스럽게 목소리가 떨리기 시작했지만 그래도 코타로는 계속 불렀다. 절대 아닐 거라고 생각하면서도, 미닫이문 너머에 쓰러진 할머니가 도움을 청하고 있을 가능성도 완전히 버릴 수 없다. 기분 나쁜 소리가 미닫이문 아래쪽에서 들리고 있었기 때문이다. 그러나 코타로의 부름에 답하는 것은, 그저 불쾌감과 공포가 느껴지는 소름 끼치는 이상한 소리뿐…….

어쩌면 할머니가 너무 고통스러워서 목소리를 내지 못하는 게 아닐까.

미닫이문 한 장 너머에 있는 **그것**이 할머니가 아님을 느끼고 있으면서도, 그런 생각이 계속해서 머릿속에 떠오른다. 이대로 도망쳐서는 안 된다. 그렇다고 미닫이문을 열 수 있는 배짱도 없다. 이 다다미방에 있는 것은 할머니가 아니다. 하지만 확인할 필요가 있다.

갑자기 눈앞에 던져진 엄청난 난제 때문에 그 자리에 못 박힌 당황한 사람처럼, 코타로는 다다미방의 미닫이문을 바라보면서 굳어 있었다.

대체 어떻게 해야 하지…….

머릿속이 새하얗게 되어서 아무것도 생각할 수 없었다. 지금 이라도 터져 나올 것만 같은 울음을 참으려 애쓰다가, 코타로는 그 불쾌감을 부채질하는 소리가 어느새 멈춘 것을 깨달았다.

지금이 방 안을 엿볼 찬스일지도 모른다. 그렇게 생각하고 다시 문고리에 손가락을 뻗으려고 하는 순간.

달칵, 달칵, 달칵, 달칵…….

갑자기 미닫이문이 흔들리기 시작했다. 지진인가 하고 몸을 움츠렸지만, 소리를 내며 진동하는 건 다다미방의 문뿐이다.

다다미방 안에서 **뭔가가 나오려 하고 있다**…….

곧바로 코타로는 대여섯 걸음 정도 뒷걸음질 쳤다.

지금 바로 공부방으로 달려가서 할머니가 돌아올 때까지 문을 잠그고 버티자. 그것이 지금 할 수 있는 유일한 선택이라고 판단했다. 오줌이 마렵다는 감각은 한참 전에 사라졌다. 애초에 화장실에 가려고 했던 사실조차 코타로는 잊고 있었다.

다다미방에 등을 돌리기가 무서워서 뒷걸음질로 계단까지 가려고 하다가, 코타로는 미닫이문의 왼쪽 가장자리에 묘한 세로선이 있는 걸 깨달았다. 처음에는 미닫이문의 테두리이겠거니 했지만, 문의 오른편에는 그 테두리 자체가 보이지 않았다. 그러고 보니 미닫이문의 흔들림도 완전히 멈춰 있다.

고개를 갸웃하면서 그 새까만 세로선을 응시하다가 간신히 깨달았다. 미닫이문이 소리 없이 조금씩 열리고 있다는 사실을…….

한순간에 온몸에 소름이 돋았다.

복도는 이미 완전히 어두웠다. 그러나 조금 열린 틈 사이로 보이는 다다미방의 내부는, 소름 끼칠 정도로 새까맸다. 가령 미닫이문 너머에 뭔가가 있다고 해도 틈새가 더 넓어지지 않는 한 아무것도 인식할 수 없을 것이다.

마치 코타로의 상태를 파악하고 있는 것처럼, 새까만 세로줄을 만든 정도에서 미닫이문의 움직임이 멈췄다.

코타로는 저도 모르게 멈추고 있던 숨을 단숨에 토해냈다. **뭔가**의 정체가 어떤 것인지는 몰라도, 지금 상태에서는 다다미방에서 나올 수 없는 것 같다. 하지만 이건 전혀 다른 기괴한 현상이 시작될 전조가 아닐까 하는 생각에 또다시 겁이 났다. 곧바로 몸을 움츠리고 대비했다.

그런데 아무 일도 일어나지 않았다. 기분 나쁜 소리도 나지 않고, 다시 미닫이문이 떨리거나 움직일 기미도 없다. 그렇게 고요한 공기가 흐르는 동안, 코타로는 어쩌면 저 틈새를 통해 **뭔가**가 이쪽을 엿보고 있는 것이 아닐까 하는 섬뜩한 생각이 떠올랐다.

다만 이쪽을 엿볼 정도로 문에 가까이 붙어 있다면, 약간이라도 뭔가가 보이기 마련이다. 그렇게 생각한 코타로는 그 새까만 틈새를 주시했다. 그렇지만 역시나 아무것도 보이지 않았다.

다다미방에 있는 **뭔가**가 미닫이문에서 몸을 뗀 것일까, 하고 열린 문틈을 위에서부터 아래로 훑어보았을 때였다. 어두컴컴한 문틈 맨 아래에서 기어 나오듯 뻗어 있는 아주 기묘한 물체가 눈에 띄었다.

그것은 말라붙은 식물의 덩굴로도, 바짝 마른 큼직한 애벌레로도, 괴물이 뻗은 기분 나쁜 촉수의 끄트머리처럼도 보였다. 다만 그 길쭉하게 생긴 물체가 세 개, 네 개로 늘어났을 때, 코타로는 으악! 하고 소리를 지를 뻔했다. 인간의 손가락임을 깨달았기 때문이다.

돌이킬 수 없는 실수를 저지르는 건 아닐까 하는 두려움에 사로잡힌 코타로의 시선 앞에, 어느샌가 몇 개의 손가락은 사람의 오른손처럼 변해 있었다. 주름이 깊게 파인 노인의 손처럼…….

"하, 할머니……?"

그렇게 부르면서도 코타로는 대체 어떻게 해야 좋을지 알 수 없어서 반쯤 공황상태에 빠졌다. 처음부터 쓰러진 할머니의 모습이 보였더라면 코타로도 망설이지 않고 119에 전화를 걸었을 것이다. 그러나 지금의 코타로에게 그런 냉정함을 바라는 건 무리한 요구였다.

"할머니……."

코타로는 할머니를 부르며 한 걸음, 두 걸음 다가가기 시작했다. 그러자 그 목소리에 응하듯이 오른손이 필사적으로 복도로 기어 나오려는 움직임을 보였다.

코타로가 다가감에 따라 손목이, 아래팔이, 팔꿈치가, 팔뚝이 차례대로 조금씩 문틈에서 나타나기 시작했다.

코타로가 나아가면 팔이 뻗어 나온다. 코타로가 앞으로 나아가자 팔이 더 뻗어 나온다. 코타로가 한 걸음 내딛으면 팔이 더욱 뻗어 나온다. 코타로가 가까이 다가갈 때마다 계속해서 팔이 뻗어 나온다. 코타로가……팔이 뻗어 나온다. ……팔이 뻗어 나온다. 팔이 뻗어 나온다. 쭈욱 하고 팔이 뻗어 나온다. 쭈욱쭈욱 하고 팔이 뻗어 나온다. 쭈욱쭈욱 쭈욱쭈욱 쭈욱쭈욱 하고 팔이 뻗어 나온다…….

어느샌가 뱀처럼 늘어난 팔이, 도저히 인간의 것이라고는 생각되지 않는 길이의 팔이 미닫이문 틈새에서 코타로의 발밑까지 뻗어 나와 있었다.

어두컴컴한 복도에서 희미한 저녁햇살을 받고 떠오른 **그 팔**의 실루엣은, 깜짝 놀랄 정도로 인간의, 그것도 노인의 팔과 흡사했다. 물론 비정상적인 길이는 제외하고…….

할머니의 손이 아니었어…….

간신히 눈앞의 광경이 비정상이라고 인식할 수 있게 되자, 코타로는 **그것**을 내려다본 채로 천천히 뒤로 물러서기 시작했다. 소리를 내지 않으려고 했지만 슬리퍼가 바닥에 쓸려서 슥, 스윽 하는 미세한 마찰음이 들린다. 그때마다 **그것**의 손가락이 움찔 움찔 반응하는 듯 보이는 건 기분 탓일까.

슬리퍼를 벗고 맨발로 움직일까도 생각했지만, 바닥을 미끄러지듯 이동하기에는 슬리퍼가 낫다고 판단했다. 다만 거리가 아주 조금씩밖에 벌어지지 않는다. 이 이상 팔이 뻗어올지 알 방법은 없지만, 거리를 좀 더 많이 벌려야 한다.

그렇다고 해도, 어디까지 물러나야 안전할까. 그렇게 자문하다가, 애초에 어디로 도망칠지조차 몰라서 코타로는 초조해졌다.

왼편에 있는 세면실과 화장실 문은 시야에 완전히 들어와 있다. 다만 세면실은 저 팔의 거의 바로 옆이라고 할 수 있는 위치

이기 때문에 즉시 후보에서 제외했다. 그렇다고 해서 화장실도 너무 가깝다는 기분이 든다. 문을 열고 닫는 시간을 생각하면 정말 위태위태하다.

2층으로 뛰어 올라가서 공부방으로 뛰어 들어가는 자신의 모습을 그려보지만, 금세 계단 중간에서 저 팔에 발목을 붙들려 질질 끌려 내려가는 모습이 연상되었다.

현관을 통해서 밖으로 도망치자는 결론에 이르렀을 때, 마룻바닥에 크게 미끄러진 슬리퍼가 기묘한 소리를 냈다. 필사적으로 생각에 전념하느라 발밑의 확인에 소홀한 사이 저도 모르게 힘이 들어간 모양이다.

다음 순간, 마치 뱀이 대가리를 쳐들듯 팔이 **몸**을 쑤우욱 일으켰다.

그 무시무시한 광경이 눈에 들자마자 코타로는 곧바로 몸을 돌려 뛰어가려고 했다. 그런데 이번에도 슬리퍼가 미끄러져서 그만 바닥에 넘어지고 말았다.

붙잡히겠어!

그렇게 전율하며 저도 모르게 몸을 움츠린다. 그것과 동시에 머리 위에서 묘한 공기의 움직임을 느낀 코타로는, 곧바로 무슨 일이 일어났는지를 알아차렸다.

코타로가 서 있던 공간을 노리고 팔이 뻗어왔지만, 갑자기 코타로가 바닥에 넘어지는 바람에 팔은 허공을 갈랐다. 간발의 차로 무사할 수 있었던 것이다. 한순간에 상황을 이해한 코타로는 이 행운을 놓치지 않았다. 곧바로 부리나케 뛰기 시작했다.

그런 코타로를 쫓아서 쭉쭉쭉쭉 팔이 뻗어오기 시작했다. 물론 코타로에게 보일 리가 없지만, 뭐라 말할 수 없는 흉측한 기척이 목덜미 뒤까지 육박해온다! 그건 보이지 않아도 실감할 수밖에 없는 수준이었다. 전혀 여유가 없다는 것이 온몸으로 느껴졌다.

다다미방의 반대 방향 복도로 도망치면서, 현관을 통해 바깥으로 나가는 방법은 즉시 포기했다. 현관문이 안쪽으로 열리기 때문이다. 앞으로 당겨서 문을 여는 동안, 신발 벗는 곳에서 적어도 몇 초의 시간을 낭비하게 된다. 그 몇 초 때문에 붙잡히게 될 것 같다. 그렇게 되면 남은 선택지는 정면에 보이는 거실 겸 주방밖에 없다.

식당 문은 식당 안쪽으로 열린다. 즉 복도에서 들어가는 코타로는 문을 밀면서 들어가게 된다. 게다가 식당 문은 손잡이를 좌우로 돌리는 방식이 아니라, 손잡이를 아래로 내리는 방식이다. 그러니까 이대로 달려가다가 손잡이를 내림과 동시에 문을 열면 안으로 즉시 도망칠 수 있다.

뛰기 시작하고 정면에 보이는 문에 도달할 때까지의 몇 초 동안 정신없이 머리를 굴린 코타로는, 거의 속도를 늦추지 않고 문을 향해 돌진했다. 그리고 오른손을 앞으로 뻗어서 손잡이를 쥐자마자 잽싸게 손잡이를 내리는 동시에, 열린 문틈으로 몸을 밀어 넣고 순식간에 뒤쪽으로 팔을 돌리며……

쿵!

문에 등을 붙이고 밀자마자, 딱 목덜미 바로 뒤편의 문 너머에서 **뭔가**가 부딪치는 무시무시한 소리가 났다. 코타로의 머릿속에서는 다섯 손가락을 펼친 손바닥이, 문 바깥쪽에 거세게 충돌하는 광경이 떠올랐다.

"살았다……."

안도하며 중얼거리는 것도 잠깐, 이제부터 문을 쾅쾅 두드리거나 손잡이를 철컥철컥 흔드는 기척이 전해지겠지……. 그렇게 마음먹고 대비한다. 그러나 문 너머는 고요하다. 갑작스레 아무런 소리도 들리지 않고, 아무런 기척도 느껴지지 않는다.

사라진 것일까 생각했지만, 이쪽의 눈치를 살피고 있는지도 모른다. 공교롭게도 이 문에는 자물쇠가 없다. 그렇다고 해서 테이블 같은 것으로 바리케이드를 설치하려면 아무래도 문에서 떨어질 필요가 있다. 잠깐 동안은 눈치를 살필 수밖에 없다.

문에 등을 바싹 붙이고 손잡이를 쥔 상태로 코타로는 실내를 돌아보았다.

이미 완전히 날이 저물었는지 식당 안은 어두컴컴하다. 다만 어두운 복도에 오래 있었기 때문에 코타로의 눈은 어둠에 빨리 적응했다. 그렇다고 해서 뭔가 보이는 건 없지만…….

전체의 3분의 2를 점하는 거실 겸 주방 공간에는, 식사를 위한 테이블과 의자 네 개, 그리고 이 방에 어울리지 않을 정도로 작아 보이는 텔레비전이 있을 뿐이었다. 보통 가정이라면 실내의 왼쪽 벽에 대형 텔레비전이나 비디오 세트나 장식장 등을 배치하고 그 앞에는 소파 같은 응접세트, 방 한가운데에는 테이블과 의자가 놓이고 그 오른편은 부엌으로 꾸밀 것이다. 하지만 할

머니와 손자 두 사람뿐인 가족에게 그 정도의 가구를 갖출 필요
도, 그럴 여유도 있을 리가 없다.

그렇기에 실내가 좀 휑한 느낌이 드는 게 사실이다. 하다못해
테이블이나 의자가 큼직하고 화려한 물건이었다면 인상이 조금
은 달라졌을지도 모른다. 텔레비전도 마찬가지다. 유감스럽게도
실내의 넓이나 분위기에 비해 그것들은 명백히 어울리지 않는
다. 가족이 단란하게 지내는 장소임에도 불구하고, 눈앞의 광경
은 너무나도 초라하다.

그런 광경을 어둠 속에서, 그것도 등 뒤에는 긴 팔 괴물이 꿈
틀거리고 있을지도 모르는 기괴한 상황 아래서 바라보고 있던
코타로는 언제 울음을 터뜨려도 이상하지 않은, 참으로 불안정
한 감정에 사로잡혔다.

낡은 임대주택이긴 했지만 치바 쪽의 집이 나았어…….

물론 부모님이 모두 건재했을 무렵의 집이다. 아니, 가령 아버
지와 어머니가 모두 세상을 떠난 뒤였다고 해도 이 집보다는 훨
씬 나을 것이다.

덮쳐오는 무시무시한 공포 뒤에 견디기 힘든 적막감에 감싸인
코타로는, 그 급격한 감정의 기복에 당황할 뿐이다. 지금이라도
흘러넘칠 듯한 눈물이 두려움 때문인지 슬픔 때문인지, 스스로
도 알 수 없다.

울지 않겠다며 고개를 주방 쪽으로 돌렸을 때, 그곳에 할머니
의 모습이 보였다……는 기분이 들어서 화들짝 놀랐다.

오른편에 위치한 부엌은, 거실 겸 주방과 같은 공간을 공유하

고 있다. 다만 그 연속된 공간을 구분하기 위해서인지, 동쪽 벽에서 서쪽 벽을 향해 실내를 가로지르듯 칸막이 같은 벽이 설치되어 있었다. 동쪽에서 서쪽까지 방의 폭 3분의 2 정도까지 이어진 벽이, 부엌 부분을 완전히 가리고 있는 것이다.

다만 칸막이 윗부분에는 사각형으로 창이 뚫려 있어서, 요리를 하면서도 가족의 모습을 볼 수 있도록 설계되어 있었다. 또한 그곳은 완성된 요리나 음식물을 전달하는 일종의 창구 역할도 하는 듯했다.

사각형으로 뚫린 그 창 너머로 사람의 형체가 보였다. 딱 머리만을 부엌에서 이쪽으로 내밀고 있는 모습이다.

역시 돌아오신 거야. 그래서 저녁 식사를 차리기 위해……

거기까지 생각하다가, 곧 그럴 리가 없다며 고개를 저었다. 잠긴 현관문, 신발과 식료품의 유무, 비어 있던 식당, 다다미방의 괴현상, 복도에서 벌어진 소동……. 그런 것들을 전부 제쳐두더라도, 대체 누가 불도 켜지 않고 요리를 하겠는가. 게다가 무엇보다 저 형체는…….

어딘가 이상해……

그렇게 느낀 것은 머리의 위치 때문이었다. 할머니가 부엌에 선 모습은 어제 낮과 저녁, 그리고 오늘 아침까지 적어도 세 번은 봤다. 어느 때나 칸막이 벽 너머로 가슴 부근까지는 보였다. 가령 자세를 낮추고 있기 때문이라면, 어지간히 부자연스러운 자세를 취하고 있다는 이야기가 된다. 게다가 그대로 꿈쩍도 하지 않는 것은 어째서인가…….

아, 그게 아니야……. 역시 이상해…….

코타로는 머리의 위치 문제가 위아래가 아니라 **앞뒤**에 있다는 사실을 간신히 깨달았다. 그 인물이 부엌에 서 있다고 한다면 머리는 좀 더 안쪽에 있어야 한다. 그런데 지금의 위치는 너무 앞으로 나와 있다. 그곳에 서려면 싱크대 위에 올라가서 아주 부자연스러운 모습으로 머리만 앞으로 쭉 내밀 필요가 있다.

하지만 그런 자세로도 보이지 않는다. 마치……, 그렇다. 마치 뚫려 있는 사각형 창문 가장자리에 **머리만** 놓여 있는 것 같은…….

원래는 요리를 하면서 가족의 모습을 살피기 위한 부엌의 커다란 창문 앞에서, 잘린 목 같은 것이 자신을 빤히 바라보고 있는 실루엣이 있었다. 긴팔 괴물로부터 간신히 도망쳤다고 생각했는데, 실은 다른 마물의 곁으로 들어와 버린 것뿐이다.

저 머리가 조금 전의 팔뚝처럼 나를 향해 다가온다면……. 그렇게 생각하니 코타로는 정말 미쳐버릴 것만 같았다. 어떻게 해야 할지 생각해보았지만, 아무런 묘안도 떠오르지 않는다. 아마도 비명을 지르며 쪼그려 앉든가, 저도 모르게 문을 열고 복도로 나가든가, 둘 중 하나겠지만 어느 쪽이나 가망이 없어보였다.

무시무시한 절망감에 사로잡혀 있을 때였다. 부엌에서 어떤 소리가 났다.

아니, 이번에는 또 뭐야! 그렇게 조금은 분노하는 듯한 기분으로 그 음산한 소리에 귀를 기울이고 있는 동안 모든 감정이 공포로 채워지고 말았다.

찰팍, 찰팍, 찌걱, 찰팍, 찌걱…….

바닥 위를 네발짐승이 기어오고 있는 듯한, 그것도 물이나 혹은 피에 젖어 바닥 위를 걷고 있는 듯한 소리였다.

설마, 이, 이, 이쪽으로 오는 거 아냐……?

코타로는 저도 모르게 오른쪽 어깨 너머, 옆쪽으로 고개를 돌렸다.

시선 끝에는 부엌의 출입구가 있다. 물론 문 같은 건 없고, 동쪽에서 뻗어 나온 칸막이가 서쪽 벽까지 도달하지 않고 중간에 끊어져 있는 빈 공간뿐이다. 코타로는 지금, 그 아무것도 없는 공간의 암흑을 응시하고 있다. 부엌으로 들어가는 통로를 열심히 바라보고 있다.

찰팍, 찌걱, 찰팍, 찰팍, 찌걱…….

온몸의 털을 곤두서게 하는 소리와 함께, 뭔가 시커먼 것이 부엌의 뒤편에서 모습을 드러내기 시작했다.

그것은 코타로의 상상 그대로 네발로 움직이고 있었다. 인간이 엎드려 있는 것인가 했는데, 그렇지 않다는 것을 곧바로 알아차렸다. 하지만 그것이 무엇인지, 어떤 형태를 하고 있는 것인지는 좀처럼 알 수 없었다. 처음에는 어둠 때문인가 했는데, 그 실루엣이 참으로 기묘하기 때문이란 걸 새삼스레 깨달았다.

머리 두 개가 앞다리의 **뒤쪽**에 보인다. 원래대로라면 얼굴이 있어야 할 곳에는 아무것도 없다. 그리고 두 개의 머리 더욱 뒤쪽, 보통은 배가 될 부분에 꼬리 같은 것이 늘어뜨려져 있다. 엉덩이 부분이 조금 높이 튀어나와서, 뒷다리는 잘 보이지 않는다.

그런 기괴한 존재가 천천히 다가온다…….

뱀처럼 길쭉한 팔을 지닌 괴물도 무서웠지만, 그래도 비정상적으로 길게 늘어진 노인의 오른팔이라는 인식을 할 수 있었다. 그러나 지금 자신에게 다가오고 있는 **존재**는 대체 무엇인지조차 전혀 알 수 없다. 그 사실이 공포를 더욱 부채질한다.

찌걱, 찰팍, 찌걱, 찰팍, 찰팍…….

그것은 이미 칸막이벽을 넘어선 지점까지 와 있다. 거실 겸 주방 공간으로 나오려 하고 있다.

그것이 좀 더 다가왔을 때, 코타로는 그 **정체**가 무엇인지 깨달았다. 하지만 모르는 편이 차라리 나았다. 얄궂게도 미지의 괴물이었을 때보다도 더욱 큰 공포를 몰고 왔기 때문이다.

기어오는 것은 목 없는 나체의 여자였다. 머리 두 개로 보인 것은 풍만한 유방이고, 꼬리처럼 보인 것은 찢겨진 배에서 흘러나온 창자인 듯하다. 칸막이벽 뚫린 창문에 얹혀 있던 것이 **그녀**의 머리일 것이다.

부엌에서 모습을 드러낸 목 없는 나체의 여자는 발걸음이 아주 불안했다. 게다가 어째서인지 테이블 쪽으로 나아가고 있었다. 똑바로 자기 쪽으로 올 것이라고 전율했던 코타로는 조금이나마 안도감을 느꼈다.

어쩌면 눈이 없기 때문이 아닐까. 그러고 보니 오른팔 괴물도 이쪽이 내는 소리와 기척을 살피고 있었다. 목 없는 여자도 오른팔 괴물도, 눈이 없기 때문에 분명 기척과 소리만을 의지하고 있는 것이다.

123

그렇다고 해도 목 없는 여자의 경우에는 잘린 머리가 신경 쓰인다. 실내가 너무 어두워서 저 목이 이쪽을 향하고 있는지 어떤지 알 수 없다. 그러나 빤히 이쪽 방향을 응시하고 있다는 오싹한 감각이 계속 느껴진다.

문득 그런 생각이 떠올랐다. 그러자 그걸 증명하듯이 목 없는 여자의 움직임이 변했다. 코타로 쪽으로 머리 없는 목의 절단면을 향한 것이다.

그 순간.

철컥, 철컥, 철컥…….

갑자기 문손잡이가 움직이기 시작했다. 힘없이 손잡이를 누르고 있던 코타로는, 당황하며 손잡이를 고쳐 잡고 혼신의 힘을 담아 내려가지 않도록 붙들었다.

아직 문 너머에 긴 팔 괴물이 있구나!

복도로 나가지 않기를 잘했다고 생각하는 것도 잠시, 이쪽으로 다가오는 목 없는 여자의 모습이 시야에 들어왔다.

찰팍찰팍……철컥철컥……찌걱찰팍찌걱……철컥철컥…….

비스듬히 앞쪽과 등 뒤, 끔찍한 괴물 사이에 끼어버린 코타로는 어쩔 도리 없이 그저 멍하니 멈춰 있을 뿐이다.

7장 유령의 집

도망칠 거라면 창문밖에 없어.

모든 용기를 짜내서 코타로는 결심했다. 거실 겸 주방 공간에는 북쪽과 동쪽에 창문이 하나씩 있다. 다만 동쪽 창문은 부엌의 칸막이벽 왼편에 있기 때문에, 그곳으로 도망치려면 목 없는 여자의 옆을 지나가야 한다. 테이블을 사이에 끼고 있다고 해도 너무 위험하다. 즉 자동적으로 북쪽 창문을 선택할 수밖에 없는데, 양쪽 다 동일한 문제가 있다. 창문이 열리는 방식이다. 자물쇠를 푸는 것뿐만 아니라 위쪽으로 밀어 올려야만 한다.

목 없는 여자밖에 없다면 도망칠 수도 있겠다는 생각이 든다. 하지만 저 오른팔 괴물은 문 바로 너머에 있는 데다 팔이 무한정 늘어난다. 가령 창문까지 갔다고 해도, 자물쇠를 풀고 창을 밀어 올리는 사이에 저 손에게 따라잡히게 된다.

그렇게 주저하고 있는 사이에도 목 없는 여자와의 거리가 좁혀지고 있다. 해볼 수밖에 없다고 결심하고, 코타로가 창문을 향해 뛰기 시작하려던 순간이었다.

손잡이가 흔들리는 소리 외에 문 너머에서 사람 목소리가 어렴풋이 들리는 걸, 코타로는 간신히 깨달았다. 그때까지 열심히 탈출 방법을 궁리하느라 소리에 소홀해졌던 것 같다.

"……로야, 왜 그러니? 코타로야, 거기 있지?"

그건 할머니의 목소리였다.

"하……."

할머니라고 말하려다가, 문득 **진짜** 할머니일까? 하는 의심이 들었다. 저 오른팔 괴물도 처음에는 할머니인 줄 알았다. 어쩌면 팔의 본체가 다다미방에서 나와 문 너머에서 자신을 꾀어내기 위해 할머니의 목소리를 흉내 내고 있다면…….

"코타로, 뭐 하고 있니?"

분명히 그럴 거야.

"코타로야, 대답 좀 하렴."

속이려 하고 있어.

"코타로, 문 열어!"

그런 수법에 넘어갈 줄 알고?

"코타로!"

시끄러워!

"코오타로오오오오!"

다음 순간, 코타로는 손잡이를 아래로 당기고 있었다. 그 외침이 **그때** 들었던 할머니의 목소리와 꼭 닮았기 때문이었다. 코타로가 황급히 문을 열자, 그곳에는 할머니가 서 있었다. 현관과 복도의 조명 사이에 보이는 모습은 틀림없이 할머니였다.

"할머니……?"

그래도 확인하는 것처럼 부르다가 코타로는 앗, 소리를 내며 황급히 등 뒤의 문을 닫았다.

"왜 그러니? 뭐 하고 있었어? 식당에 누가 있니?"

할머니가 계속해서 질문을 던진다. 하지만 코타로는 고개를 저을 뿐 아무 대답도 할 수 없었다. 하지만 그러면서도 재빨리 복도 전체를 둘러보고 오른팔 괴물이 어디에도 없다는 것만은 확인했다.

"코타로, 거기서 비켜보렴."

코타로의 수상한 행동을 관찰하고 있던 할머니는, 손자의 눈을 차분히 바라보면서 단호한 어조로 말했다.

"네……."

저도 모르게 대답한 코타로가 순순히 문 앞에서 떨어졌다. 그 박력에 압도된 탓도 있지만, 할머니가 나타났기 때문에 복도의 괴물이 사라졌다면 목 없는 나체의 여자도 마찬가지일지 모른다고 생각했기 때문이다.

아니나 다를까, 식당에는 아무것도 없었다. 조명을 켠 할머니는 부엌까지 들여다보았지만, 특이한 점을 조금도 찾을 수 없자 오히려 손자를 이상하다는 듯 바라보고 있었다.

말을 할까 말까 조금 망설였지만, 코타로는 아무 말도 하지 않

기로 결심했다. 아마도 할머니는 내 말을 믿어주지 않는 정도가
아니라, 손자가 부모님을 잃은 직후에 보였던 그 불안정한 정신
상태로 되돌아간 것이 아닐까 하는, 괜한 걱정을 할 것이 틀림없
기 때문이다.

그렇다고 해도 할머니가 다다미방에 들어갈 때에는 코타로도
동행했고, 부엌에서 저녁식사 준비를 할 때에는 테이블에 앉아
서 눈을 떼지 않았다. 저녁식사가 끝난 뒤에도 같이 텔레비전을
보자고 청했다. 할머니에게 괴이가 접근할까 걱정되었던 것뿐만
아니라, 혼자 있게 되는 상황을 피하기 위해서였다.

하지만 그것도 할머니가 목욕을 하는 사이에는 어쩔 방도가
없다. 설마 같이 들어가자고 할 수도 없고, 그렇다고 공부방에
올라가면 오늘 밤에는 방 밖으로 다시 나올 수 없게 될 것 같았
다. 어쩔 수 없이 볼륨을 높이 올리고 텔레비전을 보기로 했다.
처음에는 부엌에 등을 향하고 있었지만, 그것도 무서웠기 때문
에 부엌이 시야에 들어오는 위치로 의자를 옮겨서 대처했다.

목욕을 하고 나온 할머니가 바뀐 의자 위치를 보고는 이상한
표정을 지었다. 할머니는 뭔가 말을 하려다가, 결국 얼른 목욕하
라는 말만 건넸다.

이제 곧 4월인데도 해가 지고 나면 아직 공기가 싸늘하다. 게
다가 몸이 얼어붙을 듯이 오싹한 체험을 했던 코타로에게, 이날
밤의 목욕은 정말 각별했다. 욕조 가득 찬 물에 어깨까지 푹 담
그고, 눈을 감고서 그대로 온몸의 힘을 뺐다. 그러자 잇따라 덮
쳐온 공포에 긴장되었던 몸이 천천히 풀어지는 듯한 기분 좋은

감각이 느껴졌다. 하지만 한숨 돌리는 것도 잠시, 곧 코타로의 머리에는 작년 늦가을에 겪었던 오싹한 체험이 되살아났다.

작년 가을, 사고로 부모님을 잃고만 코타로는 한동안 무기력한 상태로 지내고 있었다. 어찌어찌 학교는 간신히 다니고 있었지만, 예전처럼 친구와도 놀지 않고 방과 후에 혼자 멍하니 보내는 일이 많아졌다. 정말 의미 없는 나날의 연속이었다. 코타로에겐 살아 있다는 실감조차 느껴지지 않는 하루하루였다.

어느 날, 코타로는 저수지 주변의 제방 위를 걷고 있었다. 그곳은 평소에도 인적이 뜸해서, 학교에서도 그 주변에는 가지 말라고 주의를 주곤 하는 장소였다. 아마 그 누구와도 만날 가능성이 없는 적적한 곳이었기에, 코타로도 어슬렁거리며 방황하고 있었던 것이다.

그런데 코타로가 그곳을 걷던 중에 제방 아래의 덤불 근처에 한 노파가 서 있는 걸 깨달았다. 머리에 쓴 수건 때문에 얼굴은 보이지 않았다. 어쩌면 할아버지였는지도 모르고, 사실은 어린 아이였을지도 모른다. 다만 머리에 쓴 수건과 엉거주춤하게 고개를 숙인 노인 특유의 자세에서, 왠지 모르게 노파라고 판단했을 뿐이다.

저런 곳에서 뭘 하고 있는 것인지 신경이 쓰여서 멈춰 서자, 그 노파가 코타로를 향해 손을 흔들기 시작했다. 지금이라도 지면에 쭈그려 앉을 듯한 자세를 한 채로, 오른손만 높이 들어 올려서 천천히 손짓했다.

조금 이상하다고 생각했지만 뭔가 부탁할 것이 있겠거니 하며, 어느샌가 코타로는 제방의 경사면을 내려가기 시작했다.

그러자 어째서인지 노파는 저수지 가장자리에 우거진 덤불 속으로 스윽 하고 모습을 감추는 것이 아닌가. 곧바로 코타로는 멈춰 서려 했지만, 덤불 안에서 오른팔만 쑤욱 나오더니 이리 온, 이리 온, 하는 몸짓을 되풀이하는 모습이 보였다.

여전히 영문을 알 수 없었지만, 코타로가 끌려 들어가듯이 살랑살랑 흔들리는 오른손을 향해 가고 있던 때였다.

"코오타로오오오오!"

등 뒤에서 자기 이름을 부르는 무시무시한 고함에 뒤를 돌아보니, 새파랗게 질린 할머니가 제방 위에 서서 소리치고 있는 모습이 보였다.

나중에 들은 할머니의 말로는, 장을 보고 돌아오다가 우연히 제방 위를 걷고 있는 코타로를 발견했다고 한다. 혼자 있는 것이 신경 쓰여서 지켜보고 있는데, 갑자기 코타로가 제방 너머로 휙 사라져버렸다. 황급히 제방으로 가보니, 저수지를 향해서 척척 나아가는 모습에 깜짝 놀라서 소리를 질러 멈춰 세웠다고 한다.

코타로는 자신이 본 노파에 대해 이야기했지만, 그 말을 할머니가 믿었는지는 알 수 없다. 다만 어린아이에게 들려주듯 모르는 사람을 따라가서는 안 된다는 주의를 주었을 뿐이었다.

그 당시 코타로가 할머니의 목소리에 뒤를 돌았다가 다시 앞을 보았을 때, 노파의 손은 스르륵 하고 덤불 속으로 사라지는 참이었다. 다만 할머니는 아무것도 보지 못했다지만……

해가 바뀌고 점차 기운을 되찾은 코타로는, 이사하기 전에 제일 사이가 좋았던 요시카와 키요시에게만 이 체험을 이야기했다. 조금 생각하는 시늉을 하던 키요시는, 그 노파는 사신(死神) 같은 것이며 코타로가 부모님을 잃고 정신적으로 몹시 약해진 틈을 노려서 덤불에서 저수지 바닥으로 끌어들일 생각이었다, 라는 해석을 내놓았다.

그 노파가 정말로 사신이었는지 어떤지는 아직도 알 수 없다. 그러나 그때 코타로가 무사했던 것은 할머니의 외침 덕분이었다는 것만큼은 분명한 사실이다. 오늘 저녁, 식당에서 코타로를 구해준 것도 할머니의 목소리였다.

그건 그렇고 코타로는 두 눈을 감은 채로 다른 생각에 잠겼다. 레나는 부정했지만 역시 네 번째 유령의 집은 바로 이 집이 아닐까. 주저하며 네 번째 유령의 집이 코쿠보 노인의 집이라고 말했던 레나의 이야기를 생각하면 영 수상하다. 처음에는 코쿠보 노인의 집이 마치 유령의 집처럼 그럴싸하게 보이니까 억지로 끼워 넣었다고 말했다. 하지만 코쿠보 노인의 부인은 마당 감나무에 목을 맸다고 했다. 그리고 레나는 이 사실을 나중에 알려주었다. 요컨대 끔찍한지 어떤지는 둘째 치고, 과거에 사건이 있었다는 이야기가 된다. 그것만으로도 충분히 유령의 집이라고 불릴 자격은 있다. 그런데 레나가 그 사실을 나중에야 알려준 것은, 마을 안에 **좀 더 어울리는 집**이 있었기 때문은 아닐까.

그것이 이 집이고, 당시에는 카미츠란 성씨의 가족이 살고 있었고……. 그리고 그 사람들이…… 아마도…… 살해당했다……? 적어도 다다미방에서 할머니가, 부엌에서 어머니가, 각각 참살당했다……?

퐁…….

욕조에 물방울이 떨어지는 소리가 나서, 코타로는 움찔하고 몸을 움츠렸다. 하지만 눈을 뜨지는 않고, 다시 어깨의 힘을 빼고 묵묵히 생각하기 시작했다.

다만 끔찍한 사건이 있었다고 이야기하면 집을 빌리겠다는 사람이 없어진다. 아니, 분명 오랫동안 아무도 입주하지 않았을 것이다. 사정을 전혀 모르는 다른 지방 사람이, 할머니 같은 사람이 나타날 때까지는…….

어쩌면 사건에 대해서 모르는 주민이 이제까지도 몇 가족인가 있었을지도 모른다. 다만 이사 온 가족 중 누군가가 괴이한 체험을 하는 일이 꼭 벌어졌기 때문에, 어느 가족들이나 오래 머무르지 못하고 나가는 일이 반복되었을 것이다.

찰팍…….

목욕물이 튀는 소리가 울렸다. 그러나 코타로는 신경 쓰지 않고 계속해서 생각했다. 그런 일이 이어지는 동안 집세는 점점 내려갔다. 그래서 우리 할머니가 싼값에 빌릴 수 있었다. 할머니의 벌이가 어느 정도인지, 물론 코타로는 모른다. 하지만 좀 오래된 연립주택에서 혼자 생활하는 정도가 한계일 것이란 생각이 들었다. 요컨대 이렇게 넓은 집을 빌릴 정도는 아니다. 반대로 생각하면 할머니는 어지간한 문제가 아니고서는 결코 이 집을 떠나려고 하지 않을 것이다.

여기가 진짜 유령의 집이라고 해도 할머니 본인이 실제로 괴

이한 체험을 하지 않는 한, 코타로가 무슨 소릴 하더라도 헛수고
란 이야기가 된다. 아니, 할머니라면 가령 이상한 현상을 겪더라
도 전혀 믿지 않을지도 모른다.

찰싹, 찰싹…….

여기서 코타로의 사고는 멈추고, 다시 몸에 묘한 힘이 들어갔
다. 지금 들린 소리는 물방울이 떨어진 게 아니라…….

천천히 눈을 뜨자, 목욕물 표면에 약간의 물거품과 함께 물결
이 이는 광경이 보였다. 무의식중에 손을 움직인 건가 싶었는데,
두 손은 목욕물 속 배 위에 맞잡고 있다. 욕조에 들어갔을 때부
터 계속 같은 자세였다. 그렇다면 우연히 커다란 물방울 하나가
떨어진 거겠지. 그렇게 생각하면서 천장을 올려다본 코타로는
그대로 굳었다. 물방울이 전혀 없다. 아마도 할머니가 욕실을 나
가기 전에 천장을 한 번 닦아두었던 모양이다.

그렇다면 지금까지 들었던 소리는 무엇일까. 거기에 생각이
미치자마자, 따뜻한 목욕물 안에 있음에도 코타로는 온몸이 싸
늘히 식는 듯했다.

하지만 욕실 안은 이렇게 밝으니 괜찮다. 다다미방도 복도도
식당도 전부 어두컴컴했다. 게다가 할머니가 집에 돌아온 뒤에
는 괜찮아졌다. 지금 불안해할 이유가 없다.

충분히 몸이 덥혀졌다고 생각한 코타로는, 욕조에서 나와 거
울 앞의 의자에 앉아 재빨리 머리를 감기 시작했다. 머릿속에 떠
오르는 이런저런 생각을 떨쳐내고 머리를 박박 감으니 기분이
상당히 좋아졌다. 찝찝한 생각들은 순식간에 흐려졌다.

그런데 이내 목덜미에 위화감이 느껴졌다. 이번에야말로 물방울이 떨어진 건가 했지만, 그것치고는 물기가 느껴지지 않는다. 머리에서 샴푸 거품이 목을 타고 흘러내린 감촉도 아니다. 예를 들자면…….

톡, 톡…….

마치 아주 작은 아기의 손가락으로 목덜미를 두드리는 듯한, 그런 기묘한 감각이 이어지고 있다. 바로 그 순간 그 손가락 같은 것이 쓰으으으윽 하고 목덜미에서 허리를 향해 등줄기를 타고 내려갔다.

"우와악!"

곧바로 몸을 앞으로 내밀며 의자에서 일어나 눈을 뜨면서 코타로는 뒤를 돌았다. 하지만 곧바로 샴푸 거품이 눈에 들어가서 눈을 감고 말았다.

아무것도 없었어…….

한순간이었지만, 자기 등 뒤를 확인할 수는 있었다. 기분 탓이다. 너무 예민해져 있는 것뿐이다. 그렇게 생각했을 때…….

찰팍, 찌걱, 찰팍, 찌걱…….

바로 앞에서 거울이 있는 벽과는 반대편 수도 쪽에서 뭔가가 자신을 향해 기어 오는 소리가 들리기 시작했다.

눈을 감아서는 안 돼…….

요컨대 그것은 자신을 어둠 속에 둔다는 이야기가 된다. 스스로 새까만 세상을 만들어내는 것이나 다를 바 없다.

그 사실을 깨달은 코타로는 두 눈을 억지로라도 뜨려고 했지만, 샴푸 거품 때문에 제대로 떠지지가 않았다. 보이는 듯 마는 듯 흐릿한 시야 속에서, 작고 검은 형체가 천천히 자신을 향해 기어오는 광경이 희미하게 보인다.

"아아아아아악!"

저도 모르게 소리치자 입 안에 샴푸 거품이 들어간다. 하지만 그런 건 전혀 신경 쓰이지 않는다. 그것보다 눈을 제대로 뜰 수 없다는 점이 코타로를 두려움으로 밀어 넣는다.

눈을 감으면 안 돼! 저것이 온다고!

공포와 초조감이 동시에 밀려들었지만, 눈이 따가워서 도무지 뜰 수가 없다. 떴다 감았다를 반복하는 동안, 작고 검은 형체는 점점 코타로에게 다가온다.

이미 눈앞까지 **그것**이 육박해 있다.

코타로는 거품을 씻어내기 위해 단숨에 욕조에 머리를 넣었다. 샤워기를 틀거나 욕조의 물을 퍼서 머리에 끼얹을 여유 따윈 없었다. 그리고 재빨리 욕조에서 몸을 일으킬 생각이었는데, 발끝이 바닥에서 떨어지는 바람에 하반신이 공중에 떠올라 앞으로 고꾸라지는 상태가 되고 말았다. 욕조 가장자리를 잡고 버티려고 했지만 욕조의 목욕물 속으로 주르르 미끄러져서, 어푸어푸거리며 버둥거릴 수밖에 없었다.

이러다가 빠져 죽겠어…….

따뜻한 물이 코와 입으로 마구 흘러든다. 부글부글 공기를 내뿜으며 괴로워하는 동안, 곧 머릿속이 둔한 통증으로 채워진다.

이런 꼴로……죽을 수는…….

그것은 공포라기보다 후회에 가까웠다. 물론 원인은 **저 작고 검은 형체**이지만, 욕조의 물속에 머리를 넣은 것은 자기 자신이 니까…….

코타로가 후회와 체념에 지배당할 때였다. 자신의 오른발 복사뼈를, 아주 작은 아기의 손이 붙잡은 듯한, 그런 감촉이 느껴진다. 다시 무시무시한 공포에 휩싸인다.

"와아아아악!"

다음 순간 세찬 물보라를 일으키면서 욕조에서 몸을 벌떡 일으킨 코타로는, 거울을 등지고 욕실 바닥에 주저앉았다. 콜록콜록 기침을 하고 가쁜 숨을 몰아쉬면서, 미친 듯이 머리카락을 쓸어 올려 얼굴에 흘러내리는 물방울을 몇 번이고 손바닥으로 훔치면서, 어쨌든 시야를 또렷하게 만들려고 했다.

"하아, 하아, 하아, 하아……."

거칠게 숨을 내쉬면서 주변을 둘러본다. 그러나 아무것도 보이지 않는다. 아무도 없다.

사, 사라진 건가……?

안도한 순간 온몸에서 힘이 쭉 빠져서, 거울에 등을 기댄 채로 그 자리에 주르르 몸을 늘어뜨렸다.

얄궂게도 코타로의 목숨을 구한 것은, 코타로를 공포에 빠뜨렸던 작고 검은 형체였다. 그것에게 오른발 복사뼈를 붙잡혔다고 생각한 순간, 발끝이 욕실 바닥에 닿았던 것이다. 코타로는 그런 느낌을 받지 못했지만, 어쩌면 코타로의 발을 잡아당긴 것인지도 모른다.

그 덕분에 위기에서 벗어났다고 할 수도 있다. 물론 그렇다고 감사의 마음 같은 것이 솟지 않았다. 애초에 원흉은 그 작고 새까만 형체였으니까…….

그제야 간신히, 지금의 소동이 할머니에게 들린 건 아닐까 하고 걱정할 마음의 여유가 생겨났다. 욕실과 다다미방은 상당히 가깝다. 코타로의 비명이나 욕조의 물 튀기는 소리가 다다미방까지 들렸다고 해도 이상하지는 않다.

욕실의 상황을 살피러 할머니가 나타나지 않을까 싶었는데, 계속 기다려도 아무런 기척이 나지 않았다. 소리가 밖으로 새어 나가지 않는 욕실 구조인지, 생각 이상으로 시끄럽지 않았던 것인지, 이미 할머니가 잠들었기 때문인지 이유는 알 수 없지만.

할머니가 알아차리지 못해서 다행이라고 안도했을 때, 코타로는 갑자기 추위를 느꼈다. 다시 욕조 안에 들어갈까 하고 생각했지만, 샴푸 거품이 들어간 목욕물에 들어가는 건 아무래도 찝찝하다. 실제로 거품이 둥둥 떠 있었다.

코타로는 대야를 들고 목욕물 표면에 떠 있는 거품과 때를 떠서 밖으로 버리기 시작했다. 보통 그런 일을 겪게 되면 지금쯤 알몸으로 욕실에서 뛰쳐나가도 이상하지 않을 것이다. 소설이나 영화라면 분명히 그랬을 거라며, 지금 자신의 행동이 너무나 비정상적이란 생각에 자연스레 쓴웃음이 나왔다.

그래도 갑자기 등 뒤를 돌아보거나 천장을 올려다보거나 하는 등, 자기도 모르게 갑작스런 동작을 하게 된다. 주위가 밝으면 괜찮다고 스스로를 안심시켰지만, 충동까지 억누를 수는 없다.

주위에 신경을 쓰면서 목욕물을 깨끗하게 하는 일을 대강 마치고, 코타로는 눈을 뜬 채로 샤워기로 머리카락을 헹궜다. 얼굴에 흐르는 물줄기를 손으로 계속 쓸어내며 절대 눈에 들어가지 않도록 한다. 그런 뒤에 다시 욕조에 들어가려고 했지만, 어째서인지 영 내키지 않았다. 결국 온몸이 데워질 때까지 샤워기로 따뜻한 물을 계속 뒤집어썼다.

마지막으로 샤워 수도꼭지 주변을 정리한 뒤에 욕조 뚜껑을 덮고서 욕실 전체를 둘러본다. 내일 아침에 할머니가 이 욕실에서 빨래를 할지도 모른다. 그때에 조금이라도 이상을 느끼지 않도록 주의를 기울일 필요가 있었다. 이제 됐다고 판단한 코타로가 욕조에 등을 돌리는 순간이었다.

찰팍, 찰팍…….

물을 튀기는 소리가 뚜껑 아래에서 들렸다. 천천히 돌아본 코타로의 시선 끝에서, 조금씩 뚜껑이 들려 올라오기 시작했다.

뚜껑을 닫은 욕조 안은 새까맣다. 그 어둠 속에서 지금 **뭔가**가 기어 나오려 하고 있다. 하지만 욕실은 밝다. 즉, 안에 있는 **뭔가**는 나올 수 없지 않을까. 그런 코타로의 추측이 맞았는지, 간신히 손이 들어갈 정도로 들려 올라왔을 때 뚜껑이 딱 멈췄다. 그이상은 빛이 들어오기 때문에 열 수 없는 것이리라.

바로 그 순간, 그 비좁은 틈새로부터, 온몸의 털이 곤두설 정도로 무시무시한 갓난아기의 울음소리가 울려 퍼졌다.

8장 녹색 언덕

목요일 아침, 할머니가 외출하는 것을 배웅한 뒤 코타로는 공부방으로 돌아가서 침대 위에 그대로 엎어졌다. 다시 자기 위해서가 아니라 온몸이 나른했기 때문이었다.

감기라도 걸린 걸까?

어젯밤에는 제대로 몸도 닦지 않은 채로 욕실을 뛰쳐나와, 그대로 2층으로 뛰어 올라가서 곧장 침대 안에 들어갔다. 물론 **그 아기**의 울음소리로부터 도망치기 위해서였는데, 물기를 완전히 닦지 않고 잠들어서 감기에 걸린 것인지도 모른다.

멍하니 천장을 올려다보면서 코타로는 가만히 생각해보았다.

어둡지 않으면 **녀석들**이 나올 수 없다는 건 아무래도 틀림없는 사실 같다. 또한 눈을 감은 상태가 어둠 속에 들어가는 것이나 마찬가지라는 점도 이해할 수 있다. 그런데 코타로가 눈을 감더라도 욕실 안은 밝은 상태였다. 그러면 그 아기는 밝은 조명 아래로 나왔다는 이야기가 되는 걸까? 그렇다면 어둠 속에서만 나올 수 있다는 전제 자체가 무너지게 된다.

하지만 감았던 눈을 뜨자 아기가 사라진 사실로 유추하면……. 그런 생각을 반복하는 동안 머리가 살살 아파오기 시작했다. 자신이 마주치는 괴이 현상 자체가 애초에 있을 수 없는 현상이다. 그런 비합리적인 일을 논리적으로 파악하려 하는 어리석음을 뒤늦게나마 깨닫고, 코타로는 무익한 고민은 그만두기로 했다.

그건 그렇고, 뭐 이런 집이 다 있담……. 새삼 놀라움과 두려움을 느끼면서, 아직 자신이 **그 집**의 침대 위에서 이렇게 천장을 올려다보고 있다는 사실이 믿기지 않았다. 그런 체험을 했으면서도 여전히 머물러 있으니까.

유령의 집을 무대로 한 호러영화를 보면서 '어째서 저 끔찍한 장소에서 얼른 도망치지 않을까'라고 생각하는 경우가 이따금씩 있었다. 그러나 그런 일이 현실에서 벌어지고, 게다가 그 무대가 자기 집이 되니 그렇게 간단히 해결할 수 없는 문제라는 걸 알게 되었다.

우리 집의 경우 할머니와 손자의 2인 가족인 데다, 집이 이상하다는 것을 깨달은 사람은 손자뿐. 할머니는 매일 아침마다 불단에서 열심히 기도를 올릴 정도로 신심이 깊고 미신 같은 것은 몹시 싫어하는 분이다. 그렇게 자조적으로 현재 상황을 따져보니 코타로의 머릿속은 혼란만 더 심해졌다.

할머니에게 이런 이야기를 해봤자 전혀 믿지 않을 것이다. 그 충격 때문에 또 우리 손자가 이상해졌다며 걱정할 뿐이겠지. 자칫 하다간 병원에 끌려가게 될지도 모른다. 요컨대 나 혼자서 이 일련의 괴이 현상과 맞서야만 하는 것이다.

우선 코타로는 오늘을 어떻게 보낼지 정하기로 했다. 무엇을 하고 놀까, 혹은 기괴한 현상을 어떻게 피할까, 같은 의미가 아니다. 지금 스스로에게 일어나고 있는 일에 어떻게 대처할지, 그것을 위해서는 무엇을 해야 좋을지를 고민했다.

우선은 과거에 이 집에서 뭔가 큰 사건이 벌어지지 않았는지를 조사할 필요가 있다. 가령 살인사건이 벌어졌다는 사실을 밝혀낼 수 있다면, 할머니에게 이사 가자고 조를 이유로 삼을 수 있다. 유령이나 괴물이 나온다고 호소하는 것보다는 훨씬 효과가 있을 것이다.

옛날 일을 조사하려면 도서관이 제격이다. 예전에 초등학교의 사회과목 체험학습에서 옛날 신문을 조사했던 적이 있었다. 그때는 도서관에서 신문 축쇄판을 살펴봤다. 하지만 어느 정도 옛날 신문을 찾아봐야 할까? 아무런 단서도 없는 상태에서 무턱대고 도서관에 가봤자 헤매기만 할 뿐이다. 적어도 이 집에 사람이 들어오고 나간 연도 정도는 조사해둘 필요가 있다. 하지만 마을 사람에게 물어본들, 정직하게 알려줄 거란 생각이 들지 않는다.

레나의 할아버지라면 여러 가지로 알고 있을지도 모른다는 생각이 들었을 때, 카즈사의 숲에서 무슨 일이 있었는지 레나에게 이야기하겠다는 약속을 떠올렸다. 하지만 어디까지 밝혀야 할까. 숲속에서 벌어진 일들을 이야기하려면 이 집에서 겪었던 괴이한 일들도 이야기해야 할 것이다. 그렇게 되면 우누키 마을에 온 뒤에 일어난 일 전부를 레나에게 알려주는 것이 된다.

역시 불안했다. 물론 어른을 상대로 이야기하는 것보다야 훨씬 말하기 편한 것은 분명한 사실이다. 다만 그렇기에 자신의 이야기가 받아들여지지 않았을 때가 두렵다. 이제 막 이사 온 데다, 아직 중학교 입학식도 치르지 않았다. 지금 코타로에게 유일한 친구라고 할 수 있는 사람은 오이카와 레나뿐이다. 그런 레나가 믿어주지 않는다면…….

그러나 홀로 맞서기에는 지금 자신에게 일어나는 현상은 너무나도 비정상적이다. 여기서는 어쩔 수 없이 레나의 협력을 얻고 싶다. 그리고 레나의 도움을 받기 위해서는 솔직히 모든 것을 털어놓을 수밖에 없다. 어중간한 것만 알려주고 적당히 얼버무리려다가는 분명 레나도 코타로에게서 멀어져갈 것이다.

오전 중에 여러 가지로 고민을 계속하던 코타로는, 점심으로 할머니가 만든 도시락을 먹은 뒤에 레나보다 먼저 오이카와 가쪽으로 가기로 했다. 갈 때는 자전거를 타고 가서, 마을에서 조금 벗어난 곳에서 이야기할 생각이었다. 역시나 레나의 집에서는 이야기하기는 부담스러웠다.

현관문을 잠그고, 집의 동쪽으로 돌아 들어가 창고에서 자전거를 꺼내고 있는데, 이웃한 타치바나 가의 마당에 코로가 있는 것이 보였다. 왼쪽으로 살짝 고개를 기울이고 이쪽을 빤히 바라보고 있었다.

"코로야……."

시험 삼아 코타로가 불렀더니, 꼬리를 흔들어주었다.

"아무 일도 없으면 놀아줬을 텐데 말이야."

그렇게 말했더니 더욱 꼬리를 힘차게 흔들며 쪼르르 코타로를 향해 달려왔다.

"아니, 그러니까 지금은 놀아줄 수가 없어."

개라고는 해도 상대가 기대에 찬 눈치로 이쪽을 바라보는 것 같아서, 코타로는 그렇게 정중히 거절했다.

코타로는 아쉬운 느낌으로 코로에게 손을 흔들고, 자전거를 밀면서 현관 앞으로 돌아와 대문을 열고 길로 나가려고 했다.

"코타로, 어디 가는 거야?"

또다시 레나의 목소리가 들려왔다. 오늘은 내가 먼저 오이카와 가로 가려고 했는데.

"으, 응……. 너, 너희, 그 너희 집에 가려던 참이었어……."

"진짜로? 자전거를 타고?"

"아, 아니, 이건 말이지……."

허둥지둥하는 코타로를, 레나는 장난기 어린 미소를 지으면서 바라보고 있다. 다만 미소 속에 불안도 섞여 있는 것처럼 보였다. 어쩌면 어제의 약속을 잊고서 혼자 어딘가로 외출하려고 했던 건 아닐까, 하는 의심을 품는 거겠지. 분명 자전거의 존재가 그런 추측을 더욱 강하게 만들었을 것이다.

제대로 설명해야겠다고 생각하면서도, 초조하니까 말이 잘 나오지 않는다. 이대로는 오해받게 될 텐데.

"그러면 오늘은 자전거로 외출할 생각이었구나?"

그 순간 레나가 구명줄을 던져주었다.

"마, 맞아. 실은 여러 가지로 이야기하고 싶은 게 있어. 그, 그래서 어딘가 사람이 없는, 하지만 밝고 기분 좋은 곳에……."

"그렇다면 노가와 강변의 녹지공원이 딱이지! 공원이라고 해도 미끄럼틀이나 그네 같은 건 없고 녹색 언덕이 펼쳐져 있는 곳이야. 잠깐만 기다려, 나도 자전거를 가지고 올게."

코타로가 끝까지 이야기하게 내버려두지 않고, 레나는 그렇게 말하자마자 발걸음을 돌려 부리나케 자기 집을 향해 뛰어갔다. 벌써 몇 번이나 레나의 도움을 받고 있기 때문에 부끄러운 마음은 있었지만, 일단은 가슴을 쓸어내렸다. 나중에 제대로 이야기할 수 있을지가 걱정이었지만 일단 해보는 수밖에 없다.

"오래 기다리셨습니다!"

레나가 자전거를 타고 나타났다. 그 뒤로는 레나가 앞서가는 상태로 노가와로 향했다. 마을 안에서 차가 다니지 않는 골목길들을 통해 강가로 갔다. 거기서부터는 강을 따라서, 강변을 내려다보는 지점에 설치된 산책로를 남동쪽으로 계속 나아갔다. 평일 오후이기 때문인지 지나치는 건 산책을 하는 몇몇 사람들뿐이다. 그것도 정년퇴직한 듯한 지긋한 나이의 남성이나 개를 데리고 있는 사람, 노부부 같은 면면이 대부분이라 다들 느긋하게 걷고 있다. 그밖에는 조깅을 하는 대학생 커플 정도였다.

이윽고 강의 하류에 펼쳐진 녹색 숲과 언덕이 보이기 시작했다. 나무 테이블이나 의자가 설치된 휴식 장소도 보였지만, 레나는 중간에 산책로에서 빠져나가더니 강이 내려다보이는 언덕의 경사면으로 나아갔다.

"자전거는 여기까지야."

언덕으로 이어지는 흙길의 경사가 심해지기 직전에, 두 사람은 자전거에서 내렸다. 거기서부터는 밀면서 언덕을 오른다.

이윽고 단숨에 시야가 탁 트이더니, 눈앞에 봄을 기다렸다가 싹트기 시작한 녹색 대지가 펼쳐졌다. 레나는 언덕 위에 우뚝 서 있는 커다란 나무 옆에 자전거를 세우면서, 그 나무가 벚나무라고 알려주었다.

"아주 예쁜 꽃이 피는 나무야. 하지만 공휴일이 되면 사람들이 몰려와서 요 주변 일대에 신문지나 돗자리를 깔고 대낮부터 술판을 벌이지만 말이야."

"허어, 마을 사람들이?"

"아니. 대부분이 다른 동네에서 온 사람들뿐이야. 여긴 이 부근에서 꽃놀이 명소로 꼽히거든."

녹지에 대한 설명을 하면서, 레나는 가지고 온 비닐 돗자리를 능숙하게 언덕의 경사면에 펼쳐서 두 사람이 앉을 장소를 만들었다.

한동안은 두서없는 대화가 이어졌다. 레나에게는 서두르는 듯한 기색이 전혀 없었고, 코타로도 일부러 그 이야기를 먼저 꺼낼 생각은 없었다. 단순히 서로 편안한 잡담을 즐기고 있었다.

잠시 후, 문득 침묵이 찾아왔다. 두 사람 모두 자연스럽게 입을 다물고 있었다. 언덕을 불어오는 기분 좋은 바람과 새들의 지저쪽이, 갑자기 선명한 음색이 되어서 귀를 울렸다.

이야기한다면 지금밖에 없어.

그렇게 생각한 코타로는, 새삼스럽게 레나 쪽을 보면서 입을 열었다.

"작년 가을에 있었던 일인데 말이야……."

스스로도 놀랐지만, 코타로는 교통사고로 부모님이 동시에 돌아가신 일부터 시작하고 있었다. 물론 그럴 생각은 전혀 없었다. 그런데도 입을 열자, 마치 예정된 것처럼 당연하게 그 이야기를 하고 있었다.

이 이야기에는 역시나 레나도 놀란 것 같았다. 할머니와 단둘이 살고 있으니 뭔가 사정이 있을 것 같다고 생각하고 있었는지도 모른다. 혹은 할아버지에게 코타로의 부모님에 대해서 미리 들었을 가능성도 있다. 하지만 이 자리에서 갑자기 본인 입을 통해서 그 정도의 깊은 이야기가 나오리라고는 생각도 하지 않았을 것이다.

그래도 레나는 아무 말도 하지 않고 묵묵히 코타로의 이야기에 귀를 기울여주었다.

부모님의 죽음부터 이사 올 때까지의 일들을 전체적으로 이야기한 코타로는, 이어서 기시감을 느낀 것, 코쿠보 노인의 기묘한 대사, 새 집에서 느낀 불안감, 카즈사의 숲에서 겪었던 체험, 그리고 어제 저녁부터 밤에 걸쳐 조우했던 그 집에서의 괴이한 현상까지, 모든 것을 쉬지 않고 단숨에 털어놓았다.

코타로가 입을 다물어서 두 사람 사이에 다시 정적이 내렸을 때, 레나가 자신의 얼굴을 조금 전부터 빤히 바라보고 있다는 사실을 간신히 깨달았다. 이야기하는 동안에는 정신이 없어서 거기까지 신경 쓰지 못했던 것 같았다.

역시 너무나도 얼토당토않은 이야기다. 내가 반대 입장이었다면 기시감이나 숲속에서 봤던 안개 같은 것이라면 몰라도, 뱀처럼 길쭉한 팔이나 머리 없는 여자나 기어 오는 아기 같은 건 허무맹랑한 소리라고 생각할 것이다. 실제로 그것들을 눈으로 보고 엄청난 공포를 맛봤던 나부터 믿어지지 않으니까. 그런 이야기를 만난 지 얼마 되지 않은, 그것도 자기 또래의 어린 여자아이에게 해버렸으니…….

따가울 정도로 강한 레나의 시선에서 눈을 돌리고, 코타로는 이 자리에서 어떻게 도망칠까 하는 궁리를 시작했다.

"지금 했던 이야기가 이사 왔던 월요일부터 화요일까지, 요 이틀 사이에 정말로 있었던 일이라고?"

여전히 코타로를 응시하면서 레나가 감정이 담기지 않은 목소리로 확인하듯 물었다.

"으, 응…….."

그 무뚝뚝한 말투가 마치 따져 묻는 것처럼 느껴져서 참으로 답답했다.

그런데 그 다음 순간…….

"너 진짜 굉장하다, 코타로!"

갑자기 흥분을 드러내며 레나가 바싹 다가왔다.

"어……어어……?"

"그도 그럴 것이, 요 이틀 동안 무서운 일들을 그렇게나 잔뜩 겪었는데도 이렇게 태연한 거잖아. 넌 정말 보통내기가 아니야."

"아, 아니……. 나 전혀 태연하지 않은데……."

"앗, 미안해. 아버지와 어머니 일에 대해 정말 안됐다는 말을 먼저 해야 하는데, 할아버지한테 두 분이 돌아가셨다는 이야기를 먼저 들었어. 하지만 내 쪽에서 그 이야길 꺼내는 건 뭐하다 싶어서……."

"그건 신경 쓰지 않아도 돼……. 아, 아니, 그게 아니라, 지금 내 이야기를 전부 믿는 거야?"

"응, 그도 그럴 것이……."

거기서 레나는 원래 위치까지 몸을 빼더니, 흘끗 코타로를 보다가 살며시 눈길을 돌렸다.

"혹시 어제 말한 네 번째 유령의 집이 사실은 우리 집이어서?"

"어, 알고 있었어?"

"역시 그랬구나……."

눈을 휘둥그레 뜨는 레나에게, 코타로는 자신이 한 추측을 이야기했다.

"우와, 코타로는 정말 날카롭구나."

솔직하게 감탄하는 레나에게 코타로는 살며시 쓴웃음을 지으며 말했다.

"어떤 내용이라도 좋으니, 아는 것을 다 알려줬으면 좋겠어."

그렇게 진지하게 부탁했다. 그러자 레나도 진지한 표정을 짓더니 대답했다.

"응. 뭐든지 이야기해줄게. 하지만 사실 나는 어제 했던 이야기 정도밖에 아는 게 없어."

"코쿠보 가가 네 번째 유령의 집이라는 얘긴 뭐였어?"

"미안해, 그건 거짓말이었어. 하지만 핑계를 대는 건 아닌데, 양쪽 다 정답이라고 해야 할지, 사람에 따라서 꼽는 게 제각각이라……."

"요컨대 유령의 집이 다섯 개 있다고도 할 수 있는 거구나."

"다만 코쿠보 할아버지네 집은 옛날에 부인이 마당 감나무에서 목을 맨 것하고 그 할아버지가 어쩐지 음침한 것 때문에 유령의 집이라고 말하는 애가 있었던 거야. 그건 이해가 되지. 하지만 코타로네 집에는 어째서인지 제대로 된 이유가 없어. 그냥 빈 집이기 때문이라는 이유 정도밖에. 그런데도 코쿠보 할아버지네 집보다도 더 확실하게 유령의 집이라고 불리고 있어서……."

"그건 아마도 카미츠라는 가족이 그 집에 살고 있던 적이 있었고……."

그때에 살인사건이 일어났던 것이 아닐까, 하고 코타로가 자신의 추리를 풀어놓자, 레나가 바로 대답했다.

"아, 그렇지. 그 카미츠라는 성씨에 대해서 할아버지한테 물어봤는데, 그런 사람이 우누키 마을에 살았던 적은 이제까지 한 번도 없었대."

"……."

"만일을 위해서 쓰는 한자가 다르더라도 카미츠랑 비슷한 성씨는 없었냐고 물어봤지만, 역시 기억이 나지 않으신댔어."

"하지만 저 집에서 무슨 일이 벌어졌던 것만큼은 틀림없어……."

그렇게 생각하면서도 예전에 살던 사람 중 카미츠라는 성씨가 없다는 사실을 알게 되자, 코타로는 약간 자신감을 잃었다.

"응, 나도 그렇게 생각해."

그런데 곧바로 레나가 코타로의 생각에 찬성을 표했다.

"우리 할아버지는 오랫동안 마을모임 회장을 맡고 계셔서 이 근방 일에 대해서는 자세히 아셔. 그런 데다 한 번 이야기를 시작하면 끝이 없어서 이런저런 것들을 알아내기에는 편리하지. 다만 내가 흥미를 보이면서 꼬치꼬치 질문하면 어린애는 그런 건 몰라도 된다면서 느닷없이 화를 내셔."

"어쩐지 쉽지 않겠는걸."

"맞아. 그래서 뭔가 알고 싶은 게 있지만 어린애한테 알려줄 것 같지 않은 내용이면, 직접적으로 물어볼 수는 없어. 우선 그쪽 방면의 이야기를 슬쩍 던져놓은 뒤에 할아버지가 말실수하기를 기다릴 수밖에 없으니까……."

"고마워. 카미츠란 성씨에 대해서도 일부러 알아봐줬구나."

"어? 응……. 하지만 대단한 일도 아니었으니까……."

레나가 웬일로 부끄러워하는 표정을 보였지만, 이내 고개를 갸웃하면서 말했다.

"그래서 말인데, 얘기를 하다 보니 카즈사의 숲보다 그 집에 대해서 이야기하기를 꺼려한다는 느낌을 받았어."

"뭔가가 있었다는 얘기겠지."

레나에게 말한다기보다, 자문하듯이 코타로가 중얼거렸다.

"하지만 이상하다고 생각하지 않아?"

"……."

"다른 유령의 집은, 사람이 사라졌다든가, 누군가에게 죽었다든가, 이상한 주민이 살고 있었다든가, 자살했다든가, 적어도 무슨 일이 있었는지는 전해지고 있는데 그 집만은 그런 게 전혀 없다니 말이야."

"그건 그 집에서 너무나 큰 사건이 벌어졌기 때문이 아닐까."

"무슨 소리야?"

"요컨대 엄청나게 끔찍한 일이었다든가, 생각하고 싶지 않을 정도로 비참했다든가……."

"예를 들면……."

"가족이 한 명도 남김없이 살해당했다든가……."

실은 어젯밤부터 머릿속에 계속 떠올라 있던, 그 집에서 무엇이 있었을까 하는 의문에 대한 답을 코타로는 조심조심 이야기했다.

"그, 그러면 네가 본 것은……."

"그 집에 예전에 살았던 가족 중에서 살해된 할머니, 어머니, 그리고 아기일지도 몰라. 그밖에도 내가 만나지 않았을 뿐이지, 아버지나 다른 자식이 있었다고, 아니, **있다**고 생각되고."

"가족 전부가 죽었다……."

"그것이 너무나 끔찍한 사건이기 때문에 마을이 하나가 되어 없었던 일로 만들려고 했다면……."

"일단 가능성은 있는 얘기네."

"문제는 그 사건이 언제 일어났는가 하는 점이야."

"으음. 내가 적어도 철이 들기 전에……아, 그렇지! 오빠한테도 물어봤어."

"오빠한테?"

"응, 우리 오빠한테. 너희 집이 유령의 집이라고 소문이 난 이유를 혹시 아느냐고 물어봤어."

"너희 오빠는 뭐랬어?"

"아무도 살지 않기 때문이라고만 했어."

"오랫동안 계속 비어 있는 채로 방치되어 있는 집이 흔히 그렇게 불리기 때문이라고?"

"정말, 중요할 때에 도움이 안 된다니깐."

"하지만 너희 오빠는 우리보다 두 살 위일 뿐이잖아. 좀 더 나이가 많은 사람에게 물어볼 필요가 있겠네."

"그러네. 다만 히가시 4번지에는 적당한 사람이 없어."

"응……."

"게다가 그 집, 그냥 방치된 건 아닌 모양이야."

"어, 무슨 소리야?"

"오빠가 말했는데, 한두 달에 한 번꼴로 집 청소를 하러 오는 사람이 있었대. 대부분은 낮에 와서 나도 본 적은 없지만."

"집주인일까?"

"글쎄……. 할머니였다고 했으니 그럴지도 모르고."

"그 사람에게 물어보면……. 아니, 이야기해줄 리가 없을까?"

"안 해주겠지. 그리고 도움은 별로 되지 않지만, 오빠한테도 묘한 기억이 있기는 했대."

"어릴 적의 기억?"

"응. 이 동네에 엄청난 소동이 났던 건 희미하게 기억하고 있댔어."

"그, 그건, 우리 집 일이 아닐까?"

"그런데 너희 집 같기도 하고, 다른 괴물의 집이었던 것 같기도 한 것이, 그리 확실치 않댔어."

"우리 집이 유령의 집이고 저쪽이 괴물의 집이니, 어느 쪽이나 마찬가지일까."

자조적으로 코타로가 힘없이 웃었다. 하지만 레나는 그것에 신경 쓰지 않고 말했다.

"아, 그렇지. 그 소동 뒤에 괴물의 집에서는 불이 났다고도 했어."

"뭐? 하지만 집은 남아 있고, 어디에도 불탄 흔적 같은 건 안 보였는데……."

흥미를 느낀 코타로는 힘없는 미소를 금세 거두었다.

"그렇지? 불이 난 뒤에 다시 집을 세운 거라면 좀 더 새 집이었을 거라고 생각해."

"오빠의 기억은 몇 살 정도의 기억일까?"

"아마도 너덧 살쯤이 아니었을까? 내가 두세 살 정도라 아무것도 기억하지 못했다면 앞뒤가 맞아."

"어제도 철이 들었을 무렵부터 괴물의 집 같은 느낌이라 아주 무서웠던 기억이 있다고 했지."

"응……."

"그건 그렇고, 코쿠보 씨의 부인이 목을 맸다는 건 언제야?"

조금 갑작스러운 질문이었지만, 레나는 신경 쓰는 눈치도 없이 바로 대답했다.

"글쎄……. 적어도 내 기억에는 없으니까……."

"그 수수께끼의 소동 직후에 벌어진 일일까?"

"그렇지. 엄청나게 옛날이라고 할 정도는 아니라고 생각하지만, 그게 왜?"

"네가 기억하지 못할 정도로 옛날 사건인데도 목을 맸다는 이야기는 전해져오고 있으니까."

"그런데도 그 집에 대한 소문이 전혀 없는 건 역시 좀 이상하다는 얘기구나."

이해력이 빠른 레나는 그렇게 대답하고서 살짝 얼굴을 흐리며 말했다.

"그래서 어떡할 생각이야? 할아버지를 계속 떠보기는 할 건데, 조금 전에 말했던 것처럼 시간이 좀 걸릴 거야. 다른 어른에게 물어보는 건 가능성이 없을 테니, 남은 것은 나이 차이가 나는 오빠나 언니가 있는 친구들한테 부탁해서……."

"미안해. 처음부터 제대로 부탁했어야 했는데, 저 집에 대해서 조사하는 것 좀 도와주겠어?"

"무, 물론이지!"

새삼스럽게 코타로가 그렇게 말하자, 레나가 멋쩍은 듯 미소를 보이며 대답했다.

"그리고 협력을 구해놓고서 이런 소릴 하는 것도 뭐한데, 되도록이면 조용히 처리하고 싶어. 가능하면 우리 둘만으로 조사할 수 없을까 하는데 말이야……."

"으, 응. 나는 별 상관없어."

고개를 숙이면서 대답하는 레나를 보고, 자기가 한 말이 누구에게도 방해받지 않는 단둘이 좋겠다는 것처럼 들렸음을 깨닫고, 코타로는 몹시 당황했다.

"아, 아니, 그게……. 이, 이, 이야기가 이리저리 알려지면 우리 할머니의 귀에, 들어갈 수도 있잖아. 그, 그건 가능하면 피하고 싶어."

"걱정하시니까?"

코타로는 할머니의 성격과 함께, 추측할 수 있는 자기 집의 경제 상황까지 레나에게 설명했다.

"그렇구나. 이제 막 이사 왔는데 갑자기 다른 집으로 옮기는 건 어렵겠지."

"우선 할머니도 납득하지 못하실 거야."

"그건 우리 집도 마찬가지일 거야. 우선 내가 코타로 같은 일을 당했다고 해도, 할아버지나 아버지, 어머니, 그리고 말할 것도 없이 오빠도 절대 믿어주지 않을 테니까."

"저기 말이야, 따, 딱히 의심하는 건 아닌데, 어째서 내 얘기를 믿는 거야?"

그렇게 묻는 코타로의 눈동자를, 레나가 빤히 보고 있다. 코타로도 그대로 시선을 돌리지 않아서, 두 사람은 한동안 서로 마주 보는 모습이 되었다. 다만 거의 동시에 서로 제정신이 든 것처럼 황급히 고개를 다른 방향으로 돌렸다.

"솔직히 말하면 말이지……."

그래도 레나는 곧바로 코타로 쪽으로 다시 시선을 돌리면서 말했다.

"긴팔 괴물이나 목 없는 여자가 저 집에 정말로 있다고는…… 그게, 나도 생각되지 않는다고 할까, 잘 모르겠어."

"어……."

"하지만 말이야. 너를 보면 뭔가 보통이 아닌, 아주 이상한 일이 벌어지고 있다는 걸 느낄 수 있어."

"하지만 내가 본 것은……."

"그 왜, 그런 존재는 보는 사람에 따라서 달리 보일지도 모르잖아? 그러니까 믿기지 않는다기보다, 눈에 보이는 것에 너무 얽매이지 않는 편이 좋을 것이란 기분이 들어서……."

"그렇구나. 눈에 보이는 것보다 더 중요한 부분에 주의를 기울일 필요가 있다는 얘긴가."

코타로는 새삼 오이카와 레나에게 모든 것을 밝히길 잘했다고 생각했다.

"그럼 이제부터 어떡할지가 문제네."

"도서관에서 옛날 신문을 조사해볼까 하는데, 어떻게 생각해?"

"네가 생각하는 무시무시한 사건이 있었다면 분명히 기사가 났을 거야."

156

"그래. 다만 몇 년 전 몇 월의 신문을 봐야 좋을지 짐작이 안 된다는 게 문제야. 너하고 오빠의 기억을 바탕으로, 대충 10년 전쯤을 기준으로 삼으려 하는데, 그 앞뒤 1년까지를 범위로 잡는다고 해도 3년 치 신문을 훑어봐야만 하잖아."

"그러고 보니 어느 신문에나 그 지방 뉴스만 싣는 지면이 있었지?"

"아, 있어! 지방판이라든가 지방면이라고 부르지 않았던가?"

"그 부분만 살펴봐도 되지 않을까? 아, 하지만 큰 사건의 경우에는 1면 같은 곳에도 실리지."

"그러면 1면하고 지방면만 본다고 치고, 365일 곱하기 3년 곱하기 2면이면……."

"2,190면의 신문지면을 확인할 필요가 있는 거지. 혼자서 1,095면이야."

그것이 얼마나 힘든 작업인지, 두 사람은 상상이 되지 않았다. 다만 상당히 고생하게 되리라는 점만큼은 틀림없어 보였다.

"역시 누군가 어른한테……. 그것도 10년 전을 기준으로 하면 적어도 지금 스무 살 이상의 어른에게 그런 사건이 있었는지 없었는지, 그리고 있었다면 몇 년 전인지를 먼저 물어봐둘 필요가 있겠지. 하지만 다른 사람을 끌어들이는 건 피하고 싶은데……."

"맞다, 시미짱은! 아, 안 되나……. 시미짱은 이케지리 빌라에 들어간 지 아직 반년밖에 안 되었으니까."

그렇게 부정하면서도 레나는 뭔가 떠올렸는지, 코타로의 안색을 조심스레 살피는 듯한 어조로 말을 이었다.

"저기, 시미짱에게 협력을 구하는 건 어떨까? 그 사람이라면 다른 어른에게 이야기하지 말라고 부탁하면 분명히 약속을 지켜 줄 거야. 게다가 시미짱은 인터넷을 잘 다루는 것 같으니 이것저 것 검색해서 간단히 알고 싶은 정보를 알 수 있을지도 몰라."

"으음……."

"게다가 말이지, 시미짱에게는 영감이 있다잖아. 그러니까 코 타로의 체험도 분명히 믿어줄 거라고 생각해. 오컬트에 관한 지 식도 풍부하니까 뭔가 도움이 되는 걸 알려줄지도 모르고. 맞다, 이것 좀 봐. 전에 시미짱이 마물을 쫓는 부적이라면서 줬던 거 야."

레나는 목에 걸고 있던 펜던트를 옷에서 꺼내, 조금 우쭐하듯 보여주었다.

"으흠, 멋지네."

그것은 솔직한 감상이었지만, 코타로의 안색은 좋지 않았다.

코타로에게 시미에의 인상은 결코 나쁘지 않았다. 오히려 꽤 좋은 인상이었다고 할 수 있다. 레나가 시미에와 친하게 지내며 신뢰하는 것도 고개가 끄덕여진다. 다만 역시 어른이라는 불안 이 있었다. 가령 그 집의 과거를 조사하던 중에 소름 끼치는 살 인사건을 찾아냈을 때, 그래도 시미에는 입을 다물 수 있을까. 배려하겠다는 마음으로 코타로의 할머니에게 모든 것을 밝히는 사태가 일어나지는 않을까.

코타로는 자신의 걱정을 솔직히 레나에게 털어놓았다.

"그렇구나……. 우리를, 코타로를 도우려고 우리 할아버지나

부모님, 코타로네 할머니에게 말해버리는 경우가 생길 수도 있
겠어."

다행히 레나도 코타로의 의견에 납득한 듯했다. 하지만 동시
에, 어른의 개입을 싫어하는 코타로의 완고한 태도를 이해하지
못하겠다는 눈치였다.

"하지만 언젠가는 할머니께 그 집에서 무슨 일이 있었는지, 그
것 때문에 어떤 기괴한 일이 일어나고 있는지는 말씀드릴 생각
이지?"

"응……. 하지만 그건 정말 마지막의 마지막에 하고 싶어. 괴
이한 일들의 원인을 알고 대처할 수 있다면야, 그 집에서 계속
사는 것도 상관없어. 어쨌든 나는 이 이상 할머니께 걱정을 끼치
고 싶지 않아!"

생각도 못한 코타로의 강한 발언에, 레나는 놀란 듯 숨을 삼키
더니 한동안 입을 다물었다.

"알았어. 우리 둘이서 하자."

하지만 그렇게 말하면서 레나는 빙그레 미소를 지어주었다.

"미, 미안해……. 너, 너한테 화를 낸 건 아니야……."

"그건 나도 알아. 그런데 말이야, 어른이지만 딱 한 명, 우리가
질문을 할 수 있을 만한 사람이 있다는 걸 잊고 있었어."

"어? 누, 누군데……?"

흥분하는 코타로와는 대조적으로, 레나는 냉정한 표정으로 말
했다.

"코쿠보 할아버지."

9장 마지막 집

레나의 말에 의하면, 코쿠보 노인이 마당에 모습을 드러내는 시간은 날마다 제각각이라고 한다. 다만 비가 내리든 바람이 불든 눈이 내리든, 어떤 날씨라도 반드시 하루에 한 번은 꼭 마당에 나온다. 그리고 그 감나무 옆에 가만히 서 있다……

원래 레나에게 코쿠보 가를 방문한다는 생각은 없었던 듯하다. 아마도 노인이 응대하러 나오지 않는 데다, 그 집에 찾아가는 모습을 마을 사람에게 들켰다간 언젠가 할아버지나 부모님의 귀에 들어갈 우려가 있기 때문이다.

따라서 느긋하게 마음먹고 노인이 마당에 나타나기를 기다렸다가 말을 걸기로 했다. 다만 레나가 그 역할은 자기 혼자 하겠다고 해서 코타로는 당황했다.

"안 돼, 혼자 하다니."

"코쿠보 할아버지는 너한테 이상한 소리를 했었잖아?"

"그러니까 혼자서는 위험하다는 얘기야."

"하지만 나라면 괜찮을 거라고 봐. 이제까지도 평범하게 인사를 했고, 가끔씩은 길가에 서서 이야기를 나눈 적도 있으니까."

"이야기를 나누다니, 어떤?"

"그, 그게, 별것 없는데……. 날씨 얘기라든가."

곧바로 거짓말이란 느낌이 들어서 코타로는 레나의 얼굴을 빤히 바라보았다.

"아, 알았어, 지금 말한 건 거짓말이었어. 하지만 내 쪽에서 말을 걸었던 적은 정말로 몇 번이나 있었거든."

"그것에 반응을 안 하는 거야?"

"제대로 반응할 때도 있지만, 얼마 못 가서 알아들을 수 없는 소리를 시작한다고 할지……."

"카즈사의 숲에 대한 얘기 같은 건?"

"아마 했을 거야. 하지만 어쩐지 오싹해서 자세히는 듣지 않았어."

"역시 두 사람인 쪽이……."

무섭지 않아서 좋을 거라고 코타로가 말을 이으려고 했는데, 그것보다 빨리 레나가 입을 열었다.

"그때는 별다른 목적 없이 그냥 인사를 한 것뿐이었는걸. 하지만 이번에는 그게 아니잖아?"

"그렇다면 더욱더……."

"응, 더욱더 나 혼자인 게 낫지. 아니, 오히려 코타로가 없는 편이 일이 더 잘 풀릴 거라고 생각해."

"어, 어째서……?"

"그도 그럴 것이, 코쿠보 할아버지가 한 말은 정말 알쏭달쏭하지만 최소한 코타로에 대해서는 알고 있다는 얘기잖아?"

"어……으, 응. 역시 그런 걸까."

"뭐라고 해야 할까……, 코쿠보 할아버지는 네가 '무나카타 코타로'라는 걸 모를지도 몰라."

"무슨 소리야?"

"말하자면 그냥 '저 집에 이사 온 아이'로 알고 있지 않을까……."

"의미를 잘 모르겠어."

"그건 나도 마찬가지야. 다만 나는, 코쿠보 할아버지는 저 집에서 살고 있는 아이에게 관심이 있는 게 아닐까 하는 생각이 들어."

"그러면 가령 나와 할머니가 이케지리 빌라에 들어가서 살게 되었더라면……."

"기묘한 소리를 들을 일은 없었을지도……모르지."

레나가 무엇을 말하고 싶은지는 흐릿하게나마 코타로에게도 전해지고 있었다. 다만 그 막연하고 요령부득한 분위기가 참으로 섬뜩하게 느껴진다. 그렇지만 코타로는 그런 기색은 조금도 내비치지 않고서 입을 열었다.

"요컨대 나랑 같이 있으면 그 할아버지가 이상한 소리만 할 가능성이 있으니까 혼자서 하겠다는 거야?"

"맞아. 제대로 이야기를 나눌 수 있다면야 곧바로 너한테 무슨 말을 하고 싶은 건지 물어보면 되겠지만, 그게 불가능할 것 같으니까 말이야. 옛날에 그 집에서 큰 사건은 없었는가, 있었다면 몇 년 몇 월쯤인가만 물어보는 거지. 이렇게 말하면 코쿠보 할아버지한테는 미안하지만, 우리가 알고 싶은 것만 물어볼 수 있는데다가 동네 어른들한테 알려질 염려도 없다는 점에서 정말 안성맞춤인 사람 아니니?"

"확실히……."

"하지만 그것도 생각대로 잘 안 될 수도 있어. 그러니까 되도록 나만 가는 편이 좋아. 몇 년의 몇 월쯤인가를 알아내면, 그다음에는 예정대로 도서관에서 둘이 분담해서 조사하자."

코타로는 설득당하는 형태로 레나의 의견에 따르기로 했다. 그래도 마지막에 코쿠보 노인에게 조금이라도 난폭한 구석은 없는지 물어보았다. 그런 면에서는 전혀 무해하다고 보증할 수 있다는 레나의 설득에, 두 사람은 히가시 4번지로 다시 돌아가기로 했다.

여기까지 오는 동안에는 여러 가지 걱정거리가 있었는데도 어쩐지 즐거운 기분이었다. 그런데 돌아가는 길은 어째서인지 침울한 느낌이었다. 역시 레나 혼자 그 노인 곁에 보내는 것이 불안하기 때문일까. 앞에서 상쾌하게 달려가는 레나의 등을 바라보면서, 코타로는 자문하고 있었다.

그렇다면 숨어서 몰래 지켜볼까? 이 생각이 머릿속에 떠오르자 이거다 싶어서 코타로는 금세 흥분했지만, 이내 적당한 장소가 없음을 깨달았다.

아마도 레나는 오이카와 가 안에서 코쿠보 가의 눈치를 살필 것이다. 그렇게 되면 코타로는 오이카와 가에서 나오는 레나나 코쿠보 가의 마당에 나타난 노인 중 어느 한쪽을 볼 수 있는 자리에 몸을 숨길 필요가 있다. 하지만 그렇게 딱 좋은 자리라면…….

그 숲밖에 없다…….

하지만 역시 그 생각은 탐탁지 않다. 두 번 다시 그곳에 들어가고 싶지 않다. 게다가 숲속에 몸을 숨기다니, 거의 자살행위 아닌가. 그런 생각을 하는 동안, 어느새 히가시 4번지에 도착해 있었다.

앗…….

저물어가는 저녁 햇살을 받은 길거리를 본 코타로는, 저도 모르게 마음속으로 소리쳤다. 곧바로 감상적인 기분에 감싸인다. 갓 이사 온 동네임에도 눈앞의 붉게 물든 풍경에 향수를 느꼈다.

이때만큼은 기분 나쁘다든가 무섭다든가 불길하다든가 하는 감정은 전혀 솟아나지 않았다. 아마도 석양 속에 떠오른 마을 풍경을 보고, 예전에 어머니가 기다리던 집으로 돌아가던 과거의 기억이 문득 떠오른 탓인지도 모른다.

"알겠어? 저곳까지 같이 가서 잠깐 엿보는 것뿐이야."

다만 코타로가 오래간만에 느낀 감상도 레나의 목소리에 깨끗하게 사라져버렸다. '저곳'이란 아무래도 옛 우에노 가 앞인 듯했다. 그 지점에서 코쿠보 가의 기척을 살피자는 이야기다.

두 사람은 괴물의 집 앞까지 자전거를 타고 가서, 'く'자 모양으로 꺾어진 길 너머를 엿보았다. 스즈노 베이커리까지 가면 그렇게 부자연스러운 자세를 취할 필요도 없지만, 그랬다간 코쿠보 노인에게 들킬 우려가 있기 때문이다.

"없는 것 같네."

유감스러운 듯한 레나의 어조에는 명백히 안도감이 섞여 있었다. 아무렇지도 않은 듯이 행동하고 있지만, 역시 속으로는 부담을 느끼고 있을 것이다.

"정말로 혼자서 괜찮겠어?"

"물론이야. 조금 긴장은 되지만 걱정할 것은 전혀 없어. 너야말로 괜찮니?"

무슨 소리를 하는 건가 하는 생각이 들었지만, 레나가 시선을 주는 곳을 보고 곧 이해했다. 그 시선 끝에 있던 것은 바로 자신의 집이었기 때문이다.

"으, 응……. 물론이지!"

주저하는 기색을 보였지만 어떻게든 밝게 대답한 코타로는, 노가와 강변의 녹지를 벗어날 때에 느꼈던 기분의 정체를 간신히 깨달았다.

저 집에 돌아가는 것이, 그것도 어제와 마찬가지로 해질녘에 돌아가는 것이 싫었던 거야…….

코쿠보 노인에 관련된 일들 때문에 집에 갈 걱정이 머리 한구석으로 밀려나버려서, 스스로도 그 마음을 인식하지 못하다가, 자리를 벗어나자 왠지 모르게 다시 침울해진 것이다.

"저기, 코타로. 진짜로 진짜, 괜찮은 거니?"

말과는 반대로 코타로의 얼굴이 어두웠기 때문인지 레나는 걱정스럽다는 듯 물었다.

"괘, 괜찮아. 오늘은 할머니도 이, 일찍 돌아온다고 하셨거든."

"흐음, 그렇다면 다행이지만."

코타로가 저도 모르게 둘러댄 거짓말을, 레나는 다 꿰뚫어 본 눈치였다. 다만 무슨 일이 생기면 꼭 자신의 휴대전화로 연락하라는 약속을 받아내고 일단은 만족한 듯했다.

"이제부터 날이 저물 때까지 맞은편 집을 감시하겠어. 만약 오늘 중에 코쿠보 할아버지와 이야기를 나누는 데 성공하면 밤에 전화를 할게. 실패하면 내일 아침부터 저녁까지, 그 할아버지의 모습이 보일 때까지 감시할게."

"응, 고마워. 몸조심해."

"그리고 코타로는 말이야, 내가 먼저 연락할 때까지 기다려줬으면 하는데……아, 그래도 괜찮겠니?"

아무래도 레나는 코타로가 저 집에서 계속 기다려야만 한다는 상황을 신경 쓰고 있는 모양이었다.

"알았어. 전화가 걸려올 때까지 기다릴게. 오늘은 곧 할머니가 돌아오실 테고, 내일도 아침이나 점심 중에는 아무 일도 일어나지 않을 테니 걱정 없어."

"그래……. 정말로 무슨 일이 생기면 곧바로 휴대전화로 연락하기야?"

레나는 코타로의 다짐을 받아내고서 집으로 돌아갔다. 자전거를 타고 손을 흔들면서 멀어져가는 레나를 배웅하며, 코타로는 집을 향해 걷기 시작했다. 집 전화가 현관으로 들어가자마자 정면으로 보이는, 식당으로 통하는 문 옆에 있기 때문에 무슨 일이 있었을 때 바로 연락할 수 있을지를 불안해하면서…….

히가시 4번지를 붉게 물들인 저녁 햇살을 바라보다가, 코타로는 해가 지는 시간대에 바깥에 걸어 다니는 사람이 거의 보이지 않는 걸 깨달았다. 시간이 조금 더 지나면 분명 퇴근하는 사람들의 모습이 보일 것이다. 하지만 레나가 없는 지금은, 코타로 외에 다른 사람은 한 명도 없다.

마치 나만이 이 마을에 살고 있는 것 같아…….

남은 길을 황급히 집까지 뛰어갔다.

집의 동쪽 창고에 자전거를 세우는데, 옆집의 코로가 잽싸게 달려와서는 왼쪽으로 고개를 살짝 기울이며 앉아서 코타로를 맞이해주었다. 그 모습이 마치 자신의 귀가를 기다리고 있던 것처럼 비쳐서 코타로는 괜히 기분이 좋아졌다. 다만 그것도 현관문을 열 때까지일 뿐이었다.

어제처럼 문이 잠겨 있었기 때문에, 아직 할머니가 귀가하지 않은 것은 신발 벗는 곳을 확인할 것도 없이 알 수 있었다. 그래서 코타로는 집에 들어가자마자 곧바로 복도의 불을 켜려고 했다. 거기서…….

…………

우선 어두컴컴한 복도 저편을 바라보면서, 막다른 곳에 있는 다다미방에서 그 소리가 들려오지 않는지 가만히 귀를 기울여보왔다.

아무 소리도 안 나…….

간신히 복도의 불을 켠다. 이어서 이번에는 조심조심 식당의 문을 천천히 열고, 살며시 고개만 들이밀고 살펴본다.

부엌에도 아무것도 없네…….

그렇게 확인하고 나서, 실내의 전등 스위치에 손을 뻗는다. 해가 졌다고 반드시 나오는 것은 아닌 모양이다. 일단은 안도했지만, 여전히 언제 다시 괴이한 일이 벌어져도 이상하지 않은 상황이다.

그러면 할머니가 돌아오실 때까지 어떡할까. 여기서 텔레비전이라도 볼까? 코타로는 다시 한 번 식당을 둘러보았다.

환하게 불이 켜진 거실 겸 주방은 초현실적인 존재 따위 전혀 느껴지지 않는 반면, 가정의 온기가 느껴지는 분위기도 전혀 아니었다. 이 싸늘한 공간에서 혼자 텔레비전을 봐야 한다고 생각하니, 방송 내용이 활기차면 활기찰수록 적막감에 감싸일 것 같은 느낌이 들었다.

그러나 공부방에 있으면 할머니가 집에 돌아와도 바로 알아차리지 못할 수 있다. 게다가 레나에게 전화가 걸려왔을 경우도 마찬가지다. 역시 이곳에 머무르는 게 제일 낫다고 결론을 내렸을 즈음, 문득 2층 복도의 조명이 신경 쓰였다. 저녁밥을 먹을 때까지 1층에 머물러 있으면, 어두컴컴한 상태에서 2층으로 올라가게 된다. 월요일 밤에 뭔가에 쫓겼던 끔찍한 기억이 곧바로 머릿속에 되살아난다.

168

황급히 식당에서 나와 계단 아래에 선다. 1층 복도에 켜진 전등 덕분에 계단도 층계참까지는 어슴푸레하게 밝다. 다만 그곳부터 위쪽은 이미 꽤 어두워져 있었다.

계속 불을 켜두는 것은 전기세가 아깝지만, 지금은 그럴 걱정을 할 상황이 아니다. 우선 층계참에 있는 불을 켜고, 코타로는 2층으로 올라갔다. 물론 복도의 전등만 켜놓고 바로 돌아올 생각이었다. 그런데 2층의 침실을 본 순간, 저도 모르게 쓸데없는 생각을 하고 말았다.

2층 방에는 **아무것도 없는 건가?**

레나에게 이야기했던 대로, 코타로가 본 괴이한 형체가 한 가족의 할머니와 어머니와 아기였다면, 적어도 아버지의 존재도 생각해볼 수 있다. 게다가 이만큼 넓은 집이니, 아기 말고도 다른 자식이 있었다고 해도 이상하지 않다.

아직 만나지 않은 주민이 2층에 있다?

정신이 들고 보니 코타로는 어느새 침실 문의 손잡이에 손을 뻗고 있었다. 그런 어리석은 행동은 그만두라고 자신을 나무라면서도, 아무것도 없음을 확인하고 안심하고 싶을 뿐이라고 스스로에게 핑계를 대고 있었다.

양쪽 다 본심이었지만 결국에는 무서워하면서도 보고 싶어 하는, 인간이기에 지닌 모순된 심리에 코타로가 저항할 수 없었던 것뿐인지도 모른다.

천천히 문을 열고 실내를 잠깐 들여다보았을 때…….

작년에 불의의 교통사고로 어머니와 함께 돌아가신 아버지가 그곳에 있는 모습을 본 코타로는 저도 모르게 방 안에 발을 들이고 있었다.

"아, 아버지……?"

곧바로 부르자 아버지는 빙그레 웃었다.

"아무리 무서워도 꿈이니까, 이젠 괜찮을 거야."

그곳은 치바에서 살던 임대주택의 방이었고, 다다미 위에는 코타로의 이부자리가 깔려 있었다.

그렇구나……. 부모님이 돌아가시고, 할머니와 둘이서 기분 나쁜 집으로 이사 왔다가 무서운 일을 겪는 이상한 꿈을 꾸고 있었던 거야…….

하지만 어쩐지 이상한데…….

"자, 그림책 읽어줄게."

그러나 뭔가 마음에 걸린다는 느낌도, 아버지가 재촉하는 목소리에 깨끗하게 사라져버렸다.

"아, 네, 금방 갈게요."

코타로는 방 안으로 들어가면서, 우리 집에 이렇게 넓은 다다미방이 있었구나, 하고 기분이 좋아졌다.

그런데 어째서인지 아버지는 코타로의 작은 이부자리 안에 있었다. 물론 두 팔과 두 다리는 완전히 이불 밖으로 삐져나와 있다. 어떻게 봐도 코타로가 같이 누울 수 있는 공간은 없다. 다만 두 팔로 펼쳐진 그림책을 들고 있는 것을 보면, 책을 읽어준다는 말은 진짜인 것 같다.

코타로는 이야기를 듣기 위해 아버지의 머리맡에 앉았다. 그러고 보니 어릴 적에는 자기 전에 이렇게 그림책을 읽어주곤 하셨지. 문득 그리운 생각이 밀려왔다.

어릴 적에……? 거기서 다시 뭔가가 마음에 걸렸다. 그러나 그림책의 제목이 눈에 들어온 순간, 신경 쓸 일 아니라며 또다시 잊어버렸다. 그 그림책의 표지에는 이렇게 적혀 있었다.

마지막 집.

이윽고 아버지의 낭독 소리가 들리기 시작한다. 어느샌가 주위는 이부자리 주변만을 남기고 암흑 속에 가라앉아 있다. 그 자리만을 비추는 어슴푸레한 스포트라이트가, 마치 어둠 속에 떠오른 것처럼 보인다.

"옛날 옛날에, 어느 숲 근처에 한 채의 커다란 집이 있었습니다. 그 집에는……."

『마지막 집』이라는 그림책의 페이지가 넘어감에 따라, 그 집에 사는 가족이 한 명씩 '식인자'라는 존재에게 참살되는 이야기라는 것을 코타로도 알게 되었다.

그러던 중 예전에도 읽어주었던 내용이라는 기분이 들기 시작한다. 이야기의 전개 자체에 대한 기억은 없지만, 커다란 설정은 어디선가 들은 듯한 기분이다. 하지만 모처럼 아버지가 그림책을 읽어주고 있어서 지금 그것을 물어볼 수는 없다.

"식인자는, 2층에 올라가서, 심한 감기로, 회사를 쉬고, 침실에서 자고 있는, 아빠의 머리맡에 섰습니다. 그리고 아빠의 목에, 식칼을 대고, 꾹 하고 누르고, 써억 하고 옆으로 휘둘렀습니다."

그때 묘한 소리가 그림책 **안쪽**에서 들렸다.

"촤아아악 하고, 대량의, 피가, 아빠의, 목에서, 잔뜩, 뿜어졌습니다……. 촤촥…하고…… 엄청, 난…… 피가, 촤, 촥……하고, 쿠훅, 우욱, 우구우우우욱……쿨룩, 쿨룩쿨룩…….."

지금 눈앞의 아버지가 기침을 하면서, 아니, 실제로는 목에서 피를 뿜으면서 그림책을 끈적끈적하게 적시고 있는 것을, 눈으로 보지 않아도 코타로는 알 수 있었다.

"아, 아, 아버……지……."

딱딱 이가 마주치는 소리가 날 정도로 떨면서도, 코타로는 필사적으로 아버지를 부른다. 그러자 두 팔에서 툭, 하고 그림책이 떨어지고, 아버지가 천천히 코타로 쪽으로 고개를 돌리기 시작한다.

"아, 아, 아버, 아버지……."

쩍, 하고 벌어진 목이 코타로에게 보일 즈음, 아버지는 뻐끔뻐끔 입을 움직이면서 뭔가 말을 하려고 한다. 그러나 아무것도 들리지 않는다. 저도 모르게 가까이 다가가려고 하던 코타로는, 눈앞에 누워 있는 사람이 자신의 아버지와는 **다른 사람**이란 걸 깨닫는다.

게다가 아버지는, 이미 돌아가셨잖아…….

눈앞에 있는 목이 찢어진 남자도 마찬가지라고 생각한 순간, 그것이 갑자기 몸을 벌떡 일으켜서 코타로를 끌어안았다.

"우와아아악!"

곧바로 몸을 뒤로 빼고서 필사적으로 다다미 위를 기어 도망친다. 아니, 그럴 생각이었지만 코타로는 자신이 아주 어두운 실내에서 차가운 바닥 위를 뒹굴고 있음을 깨달았다.

화, 환각인가……? 치바의 집 쪽이, 아, 악몽이었던 건가…….

그때 뒤쪽의 어둠 속에서 소리가 들려왔다.

어욱, 우우욱……쿨룩, 쿠후훅…….

온몸의 털이 곤두설 정도로 불쾌한, 저도 모르게 구역질을 느낄 정도의 소름 끼치는 소리였다. 게다가 그것이 이쪽으로 점차 다가온다!

코타로는 일어서는 것과 동시에 앞으로 뛰어나가려고 하다가, 문득 그 자리에 굳었다.

2층의 침실은 당분간 쓰지 않을 예정이라 덧창까지 닫아둔 상태였다. 그래서 지금 방 안은 완전한 어둠으로 가득 차 있다.

바로 조금 전에 코타로는 다가오는 **존재**로부터 도망치려고 바닥 위를 정신없이 기었다. 그랬던 탓에 이 어둠 속에서 문이 어느 방향에 있는지, 전혀 알 수 없게 되고 말았다.

쿠어훅……구훅…….

발끝 쪽에서 숨을 헐떡거리는 기분 나쁜 소리가 났다. 이리저리 뿌려지는 핏방울이 자기 다리에도 튄 듯한 기분이 들어서, 코타로의 두 다리는 후들후들 떨리기 시작한다.

이, 이, 이러면 안 돼……멈춰 서 있으면……어, 어, 어서 도망쳐야 해…….

그렇게 생각하고 뒷걸음질 쳤지만, 새까만 어둠 속에서 어디로 나아가면 좋을지 전혀 짐작이 되지 않는다.

넓다고 해봤자, 어차피 일반주택의 한 칸이다. 적당히 앞으로 나아가다가 벽에 닿으면, 거기서부터 벽을 타고 실내를 빙 돌다 보면 언젠가는 문에 도달한다. 그렇게 머리로는 알고 있지만, 좀처럼 실행에 옮길 수 없다.

혹시 내가 벽을 따라 이동하며 문을 찾으려 한다고, **저것**이 깨닫고서 방의 귀퉁이 부근에 매복하고 있다면……. 그런 무시무시한 상상만이 뇌리를 스친다.

쿨럭쿨럭……우웨엑…….

게다가 조금 멀어지는가 싶다가도 금세 그 불쾌한 소리가 뒤따라온다. 꾸물거릴 수 없다. 일단 벽까지 이동하자고 결심했을 때, 발뒤꿈치가 뭔가를 밟았다.

히이이익……!

터져 나오려던 비명을 삼켰다. 곧 아까 신고 있던 슬리퍼 중 한 짝이라는 것을 알았다. 도망치기 시작할 때에 양쪽 다 벗겨져 버렸던 모양이다.

잽싸게 수그려서 슬리퍼를 주워 들고, 자신의 현재 위치를 중심으로 전후좌우 방향을 임의로 정했다.

2층 침실의 북쪽에는 발코니에 접한 커다란 창문이 있고, 서쪽에는 그것보다 조금 작은 창문이 있다. 그리고 남쪽 벽은 대부분이 옷장 문이다. 지금 앞쪽으로 슬리퍼를 던져보고, 그것이 맞는 소리로 앞에 무엇이 있는지 알아내자. 물론 창문 옆의 벽에 맞을 가능성도 있으므로 완벽하다고는 할 수 없지만, 아무런 단서도 없이 막무가내로 나아가는 것보다야 훨씬 낫다.

한순간에 생각을 마친 코타로는, 기도하는 심정으로 눈앞의 어둠을 향해 힘껏 슬리퍼를 던졌다.

툭…….

곧 탁한 소리가 났다.

옷장이다!

그렇게 생각하자, 코타로는 두 손을 앞으로 내밀면서 빠른 걸음으로 나아갔다. 그러자 곧 왼쪽 앞 방향에서 그 구역질나는 이상한 소리가 들렸다. 문도 왼쪽 방향에 있다. 똑바로 가면 **저것**과 접촉하게 될지도 모른다.

바로 조금 오른쪽으로 방향을 돌리고 더욱 빠르게 걷는다. 이윽고 옷장 문 같은 판에 부딪쳤다. 거기서부터는 커다란 나무 판을 오른손으로 더듬으며 단숨에 왼쪽으로 달리기 시작한다. 그런데 앞쪽의 어둠에서 하수도에 오수를 쏟아버리는 듯한, 귀를 막고 싶어질 정도로 불쾌한 소리가 지금까지 이상의 큰 소리로 울려 퍼졌다.

"아아아아아아아아아아악!"

코타로는 고함도 비명도 아닌 큰 소리를 지르면서 그대로 내달렸다. 그리고 기분 나쁜 소리가 들렸다고 짐작한 지점에서 크게 뛰어올랐다. 그런 도약으로 **그것**을 피할 수 있을지는 알 수 없지만, 몸이 멋대로 움직였다.

착지하자마자 벽에 부딪쳤다.

문은 어디 있지? 문은?

곧바로 두 팔로 눈앞의 벽을 마구 더듬었다. 하지만 문의 감촉이 느껴지지 않는다.

말도 안 돼, 방향을 잘못 잡았을 리가 없어! 몹시 초조해진 코타로가 막 공황상태에 빠지려 하는데…….

구에에에에에에에엑…….

거대한 괴물 개구리가 우는 듯한 소리가, 바로 뒤의 바닥 위쪽에서 코타로의 머리 위를 넘어서는 높이까지 단숨에 뛰어올랐다. 그것은 마치 지금까지 땅을 기던 **뭔가**가 코타로 뒤에서 갑자기 일어선 것 같은, 뭐라 형용할 수 없는 오싹한 기척이었다.

아앗……. 저도 모르게 오줌을 지릴 것 같아서 벽을 더듬던 손을 반사적으로 사타구니로 가져갔다. 그 순간 손끝이 문손잡이를 스쳤다.

다음 순간 코타로는 문을 홱 열자마자 미끄러지듯 복도로 나가서 잽싸게 문을 닫았다. 그것은 정말로 멋진, 마치 물이 흐르는 듯한 동작이었다. 물론 본인에게 그런 자각 따윈 전혀 없었지만…….

"흐아……."

문에 등을 기댄 채로 코타로는 크게 한숨을 내쉬었다.

큰일 날 뻔했어……. 그렇게 생각한 다음 순간, 뒤늦게 몸이 부들부들 떨리기 시작했다. 방 안에서는 도망치는 데 사력을 다하느라 오한을 느낄 새도 없었던 것이다.

그 순간, 계단 아래에서 올라오는 듯한 **뭔가**의 기척에 얼굴의 핏기가 싸악 가셨다.

천천히 **다른 뭔가**가 코타로에게 다가오고 있었다.

10장 도서관

계단에서 모습을 보인 것은 다행히도 할머니였다. 침실에서 코타로가 무시무시한 일을 겪고 있는 동안 집에 돌아왔던 모양이다. 또다시 할머니의 귀가로 위기를 모면한 것이다.

그렇다고 마냥 기뻐하고 있을 수만도 없다. 어제와 오늘, 집에 돌아와 보니 요 이틀간 손자의 상태가 이상하다는 걸 느낀 할머니가 의아하게 여기지 않을 리 없다.

"코타로야, 너 대체……."

그때부터 할머니는 저녁식사 준비도 내버려둔 채 코타로를 힐문했다. 그렇지만 코타로가 그냥 놀고 있던 것뿐이라고 잡아떼었기 때문에 추궁도 오래가지는 못했다. 어디까지나 놀이였다는 코타로의 주장을 부정할 만한 근거가 없었기 때문이다.

저녁식사를 마치고 뒷정리를 거들고 있는데 레나의 전화가 걸려왔다. 날이 저물 때까지 감시했지만 코쿠보 노인은 모습을 보이지 않았다고 한다. 어쨌든 내일 코쿠보 노인에게 이야기를 들은 시점에서 바로 전화를 할 테니, 그 뒤에 같이 도서관에 가자는 약속을 했다. 다만 노인과의 접촉이 오후 4시 이후가 될 경우에는 이야기가 달라진다. 신문을 조사할 시간을 감안하면, 도서관은 모레 갈 수밖에 없다.

밤이 되어서 목욕하러 욕실에 들어간 코타로는 욕조에 들어갈 때나 머리를 감을 때 눈을 감지 않았다. 샴푸를 할 때 두 눈을 뜨고 있는 건 몹시 괴로웠지만, 고개를 젖혀서 어떻게든 버텼다.

그런데 막 잠자리에 들려던 중에 코타로는 아주 꺼림칙한 사실을 깨달았다.

잠을 자기 위해서는 눈을 감아야 하잖아…….

방의 불은 밤새 켜놓을 수 있지만, 아무런 도움도 되지 않는다는 건 욕실에서 겪은 일로 증명되었다.

코타로는 절망적인 기분이 들었다. 하지만 곧 월요일과 화요일에 이 방에서 잤을 때도 별다른 일은 일어나지 않았다는 사실을 떠올리고, 아마도 괜찮지 않을까 조금은 안도했다. 그렇다면 이 모순은 어떻게 설명해야 할까?

다만 고민은 오래가지 않았다. 자신이 또다시 비합리적인 현상을 논리적으로 생각하고 있음을 깨달았기 때문이다. 그래도 눈을 감는 것이 왠지 무서워서 좀처럼 잠들 수 없었다. 하지만 결국 수마를 이기지 못했는지, 어느샌가 곤히 잠들었던 모양이다. 눈을 떠보니 이미 목요일 아침이었다.

아침식사를 마친 코타로는 자신을 걱정하는 할머니를 안심시키고 배웅한 뒤에 자기 방 책장에서 마크 트웨인의 『허클베리 핀의 모험』을 가져와 식당 의자에 앉아 읽기 시작했다. 『톰 소여의 모험』과 이 책은 코타로의 애독서라 벌써 몇 번이나 읽었다. 다만 예전에는 '톰' 쪽을 좋아해서 다시 읽은 횟수도 많았지만, 요즘 들어서는 '허클베리' 쪽이 재미있게 느껴졌다.

정오가 되기 전에 레나에게서 전화가 걸려왔다. 오전 중에는 별 소득이 없었던 모양이다. 원래부터 오후에 모습을 보이는 편이라면서 코타로를 위로했지만, 그 어조로 봐서는 레나 자신도 낙담하고 있는 듯 느껴졌다.

점심은 평소대로 할머니가 만들어준 도시락을 먹었다. 이번 일을 처리하고 나면 레나와 함께 노가와 강변의 경치 좋은 곳으로 소풍을 가자. 분명 재미있을 거야……. 그런 생각을 하던 중에 정말 이 일을 제대로 처리할 수는 있을까, 하는 뭐라 말할 수 없는 불안감에 감싸였다.

레나가 그 노인에게 정보를 얻고, 그것을 근거로 옛날 신문을 조사하고, 그 결과 이 집의 과거를 알았다고 하자……. 그리고 그다음에는 어떻게 하지? 레나에게는 원인을 알면 대응할 방법도 있다고 말했지만, 실제로는 전혀 자신이 없었다.

어쩌면 나는……, 아니, 우리 두 사람은 어린아이는 도저히 감당할 수 없는 시커먼 어둠과 별생각 없이 맞서려는 건 아닐까. 이런 공포심이 서서히 코타로의 마음속에 솟아나기 시작했다.

점심식사 뒷정리를 한 뒤, 책도 펼치지 않고 코타로가 이런저런 생각에 잠겨 있는데, 갑자기 코로가 짖는 소리가 들리기 시작했다. 처음에는 집 마당에 길고양이라도 들어온 것이겠거니 하며 신경 쓰지 않았는데, 문득 그저께 봤던 남자아이가 떠올랐다.

그러고 보니 그때도 딱 지금 시간대였다. 어쩌면 이 부근이 노파와 손자 둘의 산책 코스인지도 모른다.

코타로는 서둘러 현관까지 달려갔지만, 만일 그 아이가 있을 경우에는 뭐라고 말을 걸어야 좋을까 하고 난감한 기분이 들었다. 상대는 아직 어린아이다. 만약 이 마을의 길거리와 이 집에서 뭔가 느껴지는 것이 있다고 해도, 그 점에 대해 상세히 듣기는 쉽지 않을 것이다. 상당한 시간이 걸릴 것이 틀림없다.

게다가 할머니로 생각되는 노파도 같이 있을 것이다. 만에 하나 그 남자아이와 자연스럽게 이야기를 나눌 수 있게 되었다고 해도, 자신의 첫인상이 좋지 않았던 것을 생각하면 방해받을 것이 빤하다.

그래도 일단은 확인해두자며 현관문을 살짝 열고 바깥을 엿보았다. 그런데 아무도 보이지 않았다. 문을 조금 더 열고 얼굴을 내밀어서 마을 서쪽을 남북으로 잇는 길을 살펴본다. 하지만 이미 지나가버렸는지 노파도 어린아이의 모습도 보이지 않는다. 이래서는 있었는지 없었는지조차 판단할 수 없다. 좀 더 일찍 내다볼 걸 그랬다.

후회와 실망을 느끼면서 고개를 집어넣으려고 하다가 별 생각 없이 반대편을 보았을 때, 코타로는 딱 굳고 말았다. 스즈노 베이커리 앞에서 이쪽을 돌아보며 의아하다는 듯한 시선을 보내고 있는 시미에의 모습을 보았기 때문이다.

분명 시미에는 레나의 오빠인 레이지를 가르치러 가는 도중일 것이다. 코로의 짖는 소리 때문인지, 무나카타 가의 현관문이 열리는 기척이 느껴져서인지, 또는 다른 이유 때문인지 아무튼 뒤를 돌아보았더니 코타로가 얼굴만 내밀고서 기묘한 행동을 하고 있다. 그래서 대체 뭘 하고 있나 하고 빤히 바라보고 있던 것이 틀림없다.

이런, 이상한 녀석이라고 생각하겠어. 부끄러움에 얼굴이 붉게 물든다. 하지만 시미에 쪽은 웃는 얼굴로 손을 흔들어주었다. 다만 시미에의 미소는 서로의 어색함을 얼버무리기 위해 황급히 지은 것처럼 보였다.

코타로는 곧바로 꾸벅 인사만 하고 도망치듯이 고개를 쏙 집어넣고서 문을 닫았다. 레나에게 내 행동이 전해질까 하고 생각하니 또다시 부끄러워졌다. 하지만 곧 문제는 그런 점이 아니란 걸 깨달았다.

지금의 행동을 보았다고 해서 시미에가 무언가를 의심할 염려는 없다고 생각한다. 다만 시미에에게는 영감이 있다. 이 근방에서는 제대로 작동하지 않는다고 들었지만, 분명 일반인보다는 감이 날카로울 것이다. 게다가 레나와는 사이가 좋다고 했으니, 레나가 부자연스럽게 코쿠보 가를 의식하고 있다든가 하는 점을 금세 알아차릴지도 모른다. 코타로와 레나의 눈치가 이상한 것에 시미에가 흥미를 품는다면…….

전화해서 알릴까도 생각했지만, 그것은 너무 호들갑스러운 반응일 것이다. 레나에게 연락이 왔을 때 이야기하는 것으로도 충분할 테지.

정작 중요한 레나의 전화는 그날 저녁에 걸려왔다. 전화를 받은 코타로에게, 레나는 감탄사가 나올 정도로 코쿠보 노인과의 구체적인 대화를 깔끔히 생략하고 본론으로 들어갔다.

"그 집에서 10년 정도 전에 아주 무서운 사건이 있었던 모양이야……"

또 노인의 부인이 마당에서 목을 맨 것은 문제의 무시무시한 사건이 일어나기 몇 주 정도 전이었으며, 아무래도 두 사건 사이에는 연결점이 있어 보인다고 했다. 그런 데다 레나가 받은 인상으로는 그 밖에도 관계있는 사건이, 아직 자신들이 모르는 사정이 많이 감춰져 있는 느낌이라고 한다.

결국 그것밖에 듣지 못했다며 레나는 낙심했지만, 당초의 목적은 사건이 일어난 시기를 좁히는 것이었으니 대성공이라고 코타로는 스스로를 위로했다.

전화를 끊기 전 두 사람은 내일의 일정에 대해 의논했다. 오전 9시에 무나카타 가로 레나가 찾아와서, 자전거를 타고 도서관으로 향한다. 신문 축쇄판은 만일을 위해 11년 전부터 9년 전 분량까지 빌리고, 둘이 분담해서 3월부터 4월 기사를 훑어본다. 두 사람 모두 도시락을 지참하고, 오전 중에 다 조사하지 못했을 경우에는 오후에도 계속해서 도서관에서 조사하기로 결정했다.

전화 통화를 마친 뒤에 잠자리에 들 때까지, 코타로는 마음이 다른 곳에 가 있는 듯한, 어딘지 모르게 멍한 상태로 시간을 보냈다. 귀가한 할머니가 저녁식사 준비를 하면서 손자의 상태를 살피고 있어도, 저녁식사 자리의 대화도, 이어서 텔레비전을 같이 볼 때도 코타로는 건성이었다.

내일 도서관에서 뭘 알아낼 수 있을까. 머릿속에는 온통 그 생각뿐이었다. 10년 정도 전에 이 집에서 일어난 무서운 사건이란……. 다른 생각은 아무것도 떠오르지 않았다.

간신히 침대에 들어갈 시간이 되어도, 여전히 코타로는 내일의 무서운 발견에 대한 생각으로 흥분해서 좀처럼 잠을 이룰 수 없었다. 그래도 어젯밤과 마찬가지로 어느새 잠들었던 것 같다.

다음 날인 금요일. 오늘은 낮에 출근해도 괜찮다는 할머니는, 레나와 도서관에 간다는 코타로의 말을 듣고 기쁜 듯 웃었다. 아무래도 손자에게 귀여운 여자 친구가 생긴 듯하다는 것, 행선지가 도서관이라는 것. 이 두 가지를 몹시 환영하는 눈치였다.

할머니, 미안해요…….

기뻐하는 얼굴의 할머니에게 코타로는 마음속으로 사죄했다. 전자의 커다란 오해는 둘째치고, 후자의 목적을 할머니가 안다면……. 그렇게 생각하니 몹시 마음이 켕겨서 자연스럽게 긴장되었다.

어떻게든 노력해서 웃는 표정으로 "다녀오겠습니다"라고 인사하고, 문앞까지 배웅 나온 할머니를 향해 밝게 손을 흔들어 보이며 집을 나섰다.

시립도서관은 아담한 3층 건물이었다. 1층 카운터에 용건을 전하자, 무슨 신문이냐는 질문을 들었다. 거기까지 생각해두지

않아서 난처해하자, 곧 레나가 집에서 구독하는 신문의 이름을
말했다.

담당 직원이 두 사람의 요청을 들으면서 용지에 필요사항을
기입했다. 다 적고 난 담당 직원은 잠시 기다리라는 말을 하고서
신문 축쇄판이 보관되어 있는 서고로 모습을 감추었다.

코타로는 두근거리는 마음으로 다른 이용자들에게 방해되지
않도록 카운터 옆으로 이동했다. 집을 나서기 전에 녹차를 마시
고 왔는데도 벌써 목이 말랐다. 그런 코타로에 비해 레나는 아주
침착해 보였다.

이윽고 여섯 권의 두툼한 책자를 안고 담당 직원이 서고에서
돌아왔다. 신문 축쇄판은 한 달 치를 한 권씩 엮어놓았기 때문
에, 11년 전부터 9년 전의 3년간, 그 3월과 4월의 두 달 치가 총
여섯 권이 된다.

코타로와 레나는 각자 세 권씩 나눠 들고 열람실로 향했다. 코
타로는 자신이 10년 전의 3, 4월분과 9년 전의 3월분을, 레나가
11년 전의 3, 4월분과 9년 전의 4월분을 담당하는 것이 어떻겠
느냐고 제안했다. 가장 가능성 높은 10년 전을 코타로가 먼저
보는 것이었지만, 레나는 아무런 불만도 제기하지 않았다. 아마
도 그 집의 과거를 발견하는 역할은 역시 코타로가 맡아야 한다
고 생각했기 때문일 것이다.

우선 코타로는 10년 전의 3월 1일 기사부터 훑어보기 시작했
다. 처음에 1면을 확인하고, 지방면으로 건너뛰는 방식이다.

작업을 시작한 지 얼마 되지 않아 이맘때, 즉 3월이나 4월 정

도로 시기를 좁히길 잘했다고 생각했다. 하루당 두 군데 뿐이라고 해도, 1년 분량을 모두 훑어보는 것은 정말 큰 작업이란 걸 실감했기 때문이었다.

그래도 이제 곧 그 집에 감춰진 과거를 알 수 있을 거라고 생각하면 페이지를 넘기는 손에도 힘이 실린다. 저도 모르게 페이지를 넘기는 속도가 올라가는 것을 억제하려고 노력했다. 너무 속도를 내다가, 정작 중요한 기사를 못 보고 넘어가기라도 했다간 정말 큰일이다.

그런데 그런 걱정은 완전한 기우였다. 3월 마지막 주에 들어서서 며칠이 지난 **그날**의 1면 기사로 명확해졌다. 그곳에는 큰 글자로 이렇게 적혀 있었다.

주택가의 참극! 일가족 참살!

신문의 헤드라인이 눈에 들어온 순간, 코타로는 확신했다. 기사를 읽지 않아도 그 집에서 일어난 사건이 **이것**이라고 단언할 수 있었다.

예상하고 있었다고는 해도, 어느샌가 코타로의 몸은 파르르 떨리기 시작했다. 그리고 입 안이 바짝바짝 마르고, 이마에는 땀이 배어 나오고, 호흡이 가빠지기까지 했다.

하지만 진짜 공포는 아직 시작도 되지 않았다. 코타로의 눈앞에 새까만 입을 쩍 벌리고 있기는 했지만, 아직 그곳에 빠진 것은 아니다. 이대로 신문 축쇄판을 덮고 도서관을 뒤로 하면, 진정한 공포로부터는 도망칠 수 있을 것이다.

코타로의 본능은 줄곧 속삭이고 있었다. 여기서 멈추라고. 이 이상 나아가지 말라고.

그러나 코타로는 기사를 읽기 시작하고 말았다.

그 순간, 머릿속이 새하얗게 탈색되었다.

정말 무슨 소린지 모르겠다고 생각하면서도 모든 것을 이해한 듯한 이 기분. 참으로 모순된 감각에 감싸인다. 마치 머릿속이 합선된 듯한 기분이다.

뭐, 뭐지……이건?

코타로가 본 신문기사. 그곳에는 참극이 일어난 집에 살던 가족의 성씨가 '무나카타'라고 적혀 있었다.

게다가 혼자 살아남은 장남의 이름은 '코타로'였다.

11장 10년 전

코타로는 정신없이 문제의 신문기사를 탐독하기 시작했다. 하지만 글자를 단순히 눈으로 좇기만 할 뿐 문장의 의미가 전혀 머리에 들어오지 않았다. 다만 무나카타 가의 가족 이름만이, 몇 번이고 몇 번이고 되풀이해서 눈앞을 지나갔다.

할머니인 이토코, 아버지인 코이치, 어머니인 시오리, 장녀인 카오리, 차남인 코지, 그리고 유일하게 무사히 살아남은 장남 코타로······.

이건······ 나를 말하는 건가?

정신이 들고 보니 도서관 직원이 코타로의 어깨를 잡고 가볍게 흔들고 있었다.

"애, 너 괜찮니? 어디 몸이 안 좋니?"

바로 옆에서는 레나가 걱정스러운 얼굴을 하고 있다.

"아, 네……. 아, 아무것도, 아니에요……."

어떻게 된 일인지 전혀 모른 채, 그저 문제를 일으키면 안 되겠다는 생각에 코타로는 재빨리 그렇게 대답했다.

"그렇다면 다행이긴 한데……."

미심쩍은 듯한 표정의 도서관 직원에게, 레나가 "죄송합니다"라고 사과하며 어떻게든 그 자리를 수습해주었다.

"코타로, 어떻게 된 거야? 정말 괜찮은 거야?"

그러나 단둘이 있게 되자, 레나는 재빨리 코타로 곁에 의자를 붙이며 물었다.

"조금 전부터 몇 번이나 불렀는데, 전혀 반응을 안 해서……."

이야기를 들기론, 코타로가 몸을 경직시킨 채로 조금도 움직이지 않고, 잡아먹을 것처럼 신문 축쇄판을 응시하고 있었다고 한다.

"눈도 깜빡이지 않아서……조금 무서웠어."

아무래도 레나가 부르는 목소리가 너무 커서 도서관 직원의 주의를 끌게 된 것 같았다.

"미안해……."

코타로는 사죄하면서도 지금 막 알게 된 사실을 전해야 할지 고민했다. 레나에게는 아무런 관계도 없는 사건이지만, 알게 되면 틀림없이 몹시 놀랄 것이다. 아니, 레나의 성격을 생각하면 상당한 정신적 충격을 받을 것이라 예상할 수 있다.

하지만 레나에게도 알 권리가 있어. 같이 의논하고 협력해주었으니까…….

고개를 숙이고 입을 다물어버린 코타로를, 레나는 걱정스러운 듯 바라보면서 작은 목소리로 말했다.

"혹시, 찾던 기사를 발견한 거니?"

잠시 망설이던 코타로는 자기 앞에 펼쳐진 신문 축쇄판을 레나의 앞쪽으로 말없이 밀었다.

"아, 이거구나."

속삭이는 듯한 목소리로 받아든 레나는, 바로 기사를 읽기 시작했다. 그러나 얼마 되지 않아 "에엑! 마, 말도 안 돼!"라며 도서관 안의 모든 사람이 일제히 주목할 정도의 큰 소리로 외쳤다.

"아이고, 얘들아……."

눈 깜짝할 사이에 조금 전의 도서관 직원이 다시 달려왔다. 코타로는 흥분하는 레나를 달래는 한편으로, 아무 일도 아닌데 아까부터 계속 시끄럽게 해서 죄송하다며 사과를 연발했다. 다만 그 덕에 코타로 자신은 쇼크 상태에서 조금이나마 빠져나올 수 있었다.

그리고 이 상황에서 도서관에 가만히 앉아 신문 축쇄판을 읽는 것은 무리라고 판단했다. 무엇을 조사하고 있는지 들키는 것도 되도록 피하고 싶었다.

"이제 그만 가자. 자, 어서."

코타로는 아직 기사에서 눈을 떼지 못하고 있는 레나에게 축쇄판을 빼앗아 들고서 여섯 권을 한번에 카운터에 반납했다. 그리고 어리둥절해하는 도서관 직원에게 감사 인사를 하면서, 여전히 망연자실 상태인 레나의 손을 쥐고 서둘러 도서관을 뛰어

나왔다.

"어, 어디 가는 거야?"

끌려가는 듯 코타로를 따라 달리던 레나가, 도서관에서 꽤 멀리 떨어진 곳에서 작은 목소리로 외쳤다.

"어, 어디라니……."

저도 모르게 멈춰선 코타로는, 자신이 아직도 레나의 손을 쥐고 있는 것을 깨닫고 황급히 손을 놓았다.

"어딘가 이야기를 나눌 수 있는 곳으로……."

"그러면 저쪽에 작은 공원이 있으니까 거기로 가자. 자전거는 집에 돌아갈 때 가지러 오면 되니까."

자전거에 대해서 까맣게 잊고 있던 코타로는, 그 제안에 순순히 끄덕이고 레나가 가리킨 방향으로 걷기 시작했다.

거기서부터 두 사람의 발걸음은 갑자기 무거워졌다. 둘 다 입을 다문 채로 묵묵히 걸어갈 뿐이다. 도서관에서 소란을 피우다 함께 도망쳐 나온 두 사람은, 바로 조금 전까지 아주 고양된 기분에 감싸여 있었다. 그러나 지금부터 꺼림칙한 과거의 현실에 대치해야 한다고 생각하니 그 기분도 한순간에 사라지고, 곧바로 두 사람 사이에 답답한 공기가 떠돌기 시작한 것이다.

이윽고 놀이기구나 모래밭이 구색 맞추기 정도로 설치된 작은 공원에 도착했다. 안쪽에 벤치가 있어서, 어느 쪽이 먼저랄 것도 없이 자연스레 그곳에 앉았다.

여름 방학인데도 이 공원은 어린아이 한 명 없이 아주 조용했다. 다만 코타로와 레나 사이에는 그 이상의 정적이 맴돌았다.

게다가 단순히 한산한 것뿐만이 아니라 그 상태를 깨는 것 자체가 아주 두렵다는, 그런 기묘한 공기가 흐르고 있었다.

"기시감은 진짜였구나……."

한숨을 내쉬듯이 가만히 코타로가 중얼거렸다.

"**그 집**에 네가 살고 있었다니."

어딘지 모르게 배려하는 듯한 어조로, 레나가 코타로의 말을 받았다.

"아마도 나는 이 동네에서 태어나고 자랐던 거야. 하지만 완전히 철이 들기 전에……."

"**그 사건**이 일어난 거고……."

코타로가 낮게 신음하자 레나가 코타로의 얼굴을 걱정스러운 듯 들여다보았다. 다만 입을 다무는 것보다 이야기를 하는 편이 낫다고 판단했는지, "그렇다면 치바에 계시던 부모님은……"이라고 말을 이으려다가 너무 예민한 화제라는 걸 깨달은 듯했다. 결국 레나는 그대로 입을 다물어버렸다.

하지만 코타로는 오히려 담담한 눈치로 말했다.

"아버지에게는 형이, 어머니에는 언니가 있었는데 두 사람 모두 10여 년 전에 병으로 돌아가셨다고 들었어."

"뭐? 설마 그 형하고 언니란 사람들이……."

"우리 아버지의 이름은 코지, 어머니의 이름은 사오리야."

"하지만 조금 전의 신문 기사에서는 확실히……."

"아버지가 코이치, 어머니가 시오리라고 적혀 있었지."

"어떻게 된 거지? 요컨대 한 형제와 한 자매가 각각 결혼했다는 얘기?"

그때까지 가라앉아 있던 레나의 목소리가 갑자기 높아졌다.

"아마도 그런 거겠지."

"요컨대 장남과 장녀, 차남과 차녀가 만나서 가정을 이룬 거구나."

"그리고 나는 그 장남과 장녀의, 그러니까 코지와 시오리의 장남으로 태어났던 거야. 그리고 사건이 벌어진 뒤에, 아마 아이가 없었던 아버지와 어머니가 나를 맡아 길렀던 거지."

"응……. 사실은 작은아버지와 작은어머니가……."

"아니야! 치바에서 같이 살던 사람들이 진짜 내 아버지와 어머니야!"

스스로도 왜 이러는지 알 수 없었지만, 코타로는 몹시 화가 치밀어올랐다. 그러나 레나가 "미안해"라고 사죄하며 뭐라 말할 수 없는 표정으로 자신을 바라보자 그 감정도 단숨에 스르르 식어버렸다.

"아, 아니……. 나, 나야말로…… 미, 미안해……."

코타로의 기운 없는 사과에 미소로 답한 레나는 곧 표정을 바꾸며 말했다.

"그렇구나! 우리 오빠가 봤다던 집 청소를 하던 집주인으로 보이는 사람은, 혹시 코타로의 할머니였던 게 아닐까?"

"뭐……? 아, 그런가……. 집세가 싼 것이 아니라, 애초에 그런 것을 낼 필요가 없었던 거구나. 사건이 있은 뒤에 아마도 할머니의 집이 되었던 거야."

"하지만 할머니도 치바의 부모님도, 역시나 코타로하고 여기서 같이 살겠다는 생각은 없었던 거지. 게다가 임대하려 해도 빌리려는 사람이 없었어. 팔려고 해도 팔리지 않아. 그렇다고 방치했다가는 말 그대로 유령의 집이 되어버리겠지. 그래서 정기적으로 청소를 하며 관리했던 것이고."

"응. 그런데 아버지와 어머니가 돌아가시고 임대주택에서 쫓겨나게 된 할머니는 곤란하셨던 거지. 나를 떠맡기에는 할머니가 살던 연립주택은 너무 좁았으니까……. 그때, 이 집을 기억해냈던 거야. 집의 넓이는 충분하고도 남을 정도고, 뭐니 뭐니 해도 집세를 낼 필요가 없어. 할머니는 아주 좋은 아이디어라고 생각하셨을 거야."

"이렇게 말하기는 좀 뭐 하지만……."

"자기 가족들이 살해당한 집인데……?"

코타로가 시원스레 말하자 레나 쪽이 당황했다. 하지만 코타로는 오히려 쓴웃음을 지으며 말했다.

"우리 할머니는 미신 같은 걸 몹시 싫어하거든. 그러니까 유령이 나온다든가 하는 얘긴 요만큼도 믿지 않을 거라고 봐. 다만 신앙심은 또 깊으셔서 말이지……. 그래서 이사 온 뒤로 아침과 저녁마다 빼먹지 않고 정말로 열심히 불단에 기도를 올렸던 거구나. 그건 할머니 나름의 공양이었던 거겠지, 분명히."

"코타로한테는 누나하고 동생이 있었구나."

조심스럽게 레나가 말했다.

"당시에 언니인 카오리가 다섯 살이고, 남동생인 코지가 생후

6개월……."

그리고 자신은 아직 세 살이 되기 전이었다. 코타로에게는 그런 나이 차이가 어째서인지 생존의 갈림길처럼 느껴졌다.

"분명히 범인은……, 정상이 아니야."

분노와 두려움이 뒤섞인 어조로 레나가 말했다.

"범인의 이름……, 봤어?"

"응. 설마 '괴물의 집'의 아들이었을 줄이야. '上野'라고 쓰고 '카미츠케'라고 읽는 성이 있다니, 정말 생각도 못했어."

"그러게 말이야."

"정말 참! 할아버지는 다 알면서, 어떻게 하나도 안 가르쳐줄 수가 있담."

"사건에 대해서 감추려는 건 마을모임의 회장이니까 어쩔 수 없어. 우리 할머니한테도 그렇게 해달라는 부탁을 받았을 것이 틀림없고 말이야. 게다가 너희 할아버지께는 '카미츠'라는 성씨를 가진 사람이 없었느냐고 질문했잖아. '카미츠케'라고 말한 건 아니야."

"그건 그렇지만……."

언젠가 레나의 불만이 형태를 바꿔서 할아버지로 향할 것 같다고 생각한 코타로는, 이런 상황 속에서도 조금 우스꽝스럽다는 기분이 들었다.

물론 코타로의 마음을 알 리가 없는 레나는 몹시 언짢은 눈치로 질문을 해왔다.

"난 마지막까지 기사를 읽지 못해서 잘 모르겠는데, 범인의 동기는 뭐래?"

"그건 나도 마찬가지이긴 한데, 아무래도 고등학교 입시에서 실패한 게 동기 같다고……."

"뭐라고? 그것 때문에 화가 나서 아무런 관계도 없는 이웃 가족을 모두 죽이려고 했다는 거야?"

겁먹은 레나의 얼굴이 단숨에 분노의 표정으로 바뀌었다.

"그 기사에는 그 이상의 이야기는 아무것도 적혀 있지 않았을 거야. 아마도 이어지는 기사를 읽지 않으면 사실이 어떤지는 알 수 없지 않을까?"

"다른 도서관에 가볼래? 자전거로 간다면 이웃 마을에라도……."

거기서 레나는 갑자기 이야기를 멈추더니, 잠시 생각에 잠기는 듯하다가 말을 이었다.

"저기 말이야, 역시 시미짱에게 상담해보지 않을래? 사건 전체를 제대로 이해하기 위해서는 언젠가는 어른의 협력이 필요하다고 봐. 그렇다면 지금 부탁하는 편이……."

"실은 나도 그렇게 느끼고 있었어."

생각지도 못한 코타로의 동의에 레나는 놀란 눈치였다. 다만 그 놀라움은 다른 놀라움으로 곧 바뀌게 되었다.

"그리고 우리 편이 되어줄 만한 어른이 누가 있을까 하고 생각하면 확실히 시미짱이 제격이야. 하지만 이런 식으로 말하면 미안하지만, 분명히 그 사람으로는 역부족일 거야."

"뭐?"

"이사 온 지 얼마 되지 않았다면 그 사람도 나하고 큰 차이가 없어. 역시 사건에 대해서 확실히 알려면 기존의 마을 사람에게 물어볼 수밖에 없다고 봐."

"마을 어른 중 누군가에게 물어봐야 한다는 얘기야? 하지만 그런 사람은……."

"그 할아버지 있잖아."

"에엑! 코쿠보 할아버지? 하, 하지만, 그건 아무래도……."

코타로의 시도가 헛수고로 끝나리라고 확신하는 듯한 반응이었다.

"물론 간단하지는 않을지도 몰라."

"응. 백해무익이라는 말이 있잖아? 나는 그렇게 될 것 같다는 기분이 들어. 그렇다면 차라리 우리 할아버지를 설득해서 이야기를 듣는 편이……."

"아니, 내가 그 할아버지를 고른 것은 신문기사에 적혀 있는 것 이상의 정보를 알고 있지 않을까 해서야."

"무슨 뜻이야?"

"그건……아직 나도 잘은 모르겠어. 다만 그 할아버지는 '꼬마야, 다녀왔니'라고 말했어. 즉 10년 전의 사건에서 혼자 살아남은 아이가 나라는 걸 알고 있다는 얘기가 되지. 물론 그 사실은 마을 사람들 모두가 알고 있을지도 몰라. 하지만 나랑 할머니가 이사 온 날, 그 할아버지는 코쿠보 가의 마당에서 밖으로 한 걸음도 나오지 않았을 거 아냐? 그런데도 내가 숲 앞에 서 있는 것만을 보고도 '꼬마야, 다녀왔니'라고 말했어."

"코쿠보 할아버지네 마당에서 코타로 군의 집은 굽어 있어서 보일 리가 없지. 그런데도 그 할아버지는 네가 누구인지 알고 있었다고……?"

"이것만 놓고 봐도 그 할아버지는 틀림없이 뭔가 알고 있다고 생각해."

"그것도 상식적으로는 생각할 수 없을 만한 일을 말이지?"

"응. 사건의 범인은 고등학교 입시에 실패한 카미츠케 가의 아들이겠지만 그 일에는, 그 배후에는 **저 숲**도 분명히 관여하고 있다는 기분이 들어."

코타로는 히가시 4번지의 길거리와 무나카타 가를 응시하던 어린아이와 2층 침실에서 조우했던 그림책을 읽는 아버지에 대해서 레나에게 이야기했다. 『마지막 집』이라는 그림책 안에 '식인자'라는 존재가 나왔다는 것도.

이야기 끝에 코쿠보 노인에게 물어본다는 제안을 레나가 승낙하자, 두 사람은 도서관의 자전거 주차장으로 돌아갔다. 이미 점심때가 되었는데도 두 사람은 전혀 식욕이 없었다. 그래도 오후부터 움직일 것을 생각하면 조금이라도 먹어둘 필요가 있었다.

"그러면 저 녹색 언덕까지 경주하기야!"

레나가 갑자기 그렇게 외치는가 싶더니, 자전거에 올라타고 달리기 시작했다.

"엇……."

한순간 뒤처지기는 했지만, 황급히 코타로도 뒤를 쫓았다.

그리하여 두 사람은 수요일에 갔던 노가와 강변의 언덕까지 전속력으로 자전거를 몰아갔다. 적당한 운동과 좋은 경치가 조금이라도 식욕을 되찾게 해줄 거라고 레나 나름대로 생각했던 모양이다.

"내가 1등!"

커다란 벚나무 아래에 레나 쪽이 먼저 도착했다. 솔직히 도중에 앞지르려고 하면 얼마든지 그럴 수 있었지만, 코타로는 일부러 레나의 등을 보면서 달렸다.

식사 도중에, 그리고 식후에 차를 마시는 동안에도 서로 무난한 화제만을 골랐다. 코타로는 최대한 레나와 소풍을 왔다고 생각하려고 노력했지만 역시나 불가능했다. 말이나 태도로 드러내지는 않았지만, 머릿속에는 감나무 옆에 멈춰 서 있는 괴노인의 모습이 흘끗흘끗 보이고 있었다.

"그래서, 어떡할래?"

슬슬 출발하려 할 때 레나가 구체적으로 질문했다.

"우선은 내가 감시를 하다가 코쿠보 할아버지가 마당에 나왔을 때 너희 집으로 전화를 할까? 그런 뒤에 우리 집 앞에서 만나서……."

"아니, 직접 만나는 게 좋다고 봐."

"뭐……? 직접이라니, 코쿠보 할아버지네로 찾아가겠다는 거야?"

코타로의 단호한 말투에 레나는 당혹스러운 듯했다.

"하지만 아마 상대해주지 않을 거야. 그냥 마당에 있을 때에 말을 거는 편이……."

"그러면 울타리를 사이에 두고 서서 이야기를 나눠야 하잖아. 좀 더 차분히 이야기를 들을 수 있어야 해."

"으음……. 하지만 집으로 찾아가게 되면 이웃 사람에게 들키지 않을까……."

"그건 바깥에 서서 이야기할 때도 마찬가지고, 계속 서서 이야기하는 게 훨씬 눈에 잘 띄어. 그것보다는 차라리 과감하게 집으로 찾아가서, 안에 들여보내주기를 기대하는 편이 나아."

"코타로, 뭔가 생각해둔 게 있는 거야?"

은근히 고집스런 코타로의 태도에 레나는 그렇게 느낀 모양이지만, 코타로에게 그런 것이 있을 리가 없다. 하지만 어째서인지 잘되리란 느낌은 있었다. 분명히 코쿠보 노인이 받아들여줄 것이라는 예감이 들었다.

"그렇게 말을 걸어왔다는 것 자체가 나에게 흥미를 품고 있는 증거라고 생각해."

다만 레나에게는 자신의 특별한 느낌을 제대로 설명하기 어려울 것 같아서 무난한 설명을 해두었다.

마을에 돌아온 두 사람은 각자의 집에 자전거를 놔둔 뒤에 다시 모여 코쿠보 가로 향했다. 다행히 히가시 4번지 일대는 마치 오침에 들어간 것처럼 조용했고, 집 밖에 나와 있는 사람의 모습은 어디에도 보이지 않았다.

코쿠보 가 앞까지 와서 레나는 문 앞에서 망을 보고, 코타로가 현관에서 코쿠보 노인을 부르기로 역할을 분담했다. 만약 노인과의 교섭이 오래 걸려서 마을 사람의 주의를 끌게 될 것 같으면, 레나가 경고 신호를 보내서 일단 후퇴했다가 다시 시도한다는 전략이었다. 또한 노인의 반응에 따라서는, 다른 협력자를 찾을 필요가 있을지도 모른다.

코타로는 이것이 처음이자 마지막 기회라는 마음가짐으로 코쿠보 가의 현관문 앞에 섰다.

괜찮아. 잘될 거야.

그렇게 스스로에게 들려준 뒤에 우선 인터폰을 누른다. 하지만 묘하게 반응이 느껴지지 않는다. 집 내부에 소리가 울리는 기척도 느껴지지 않는다. 망가진 것인지도 모른다. 그래서 문을 노크해보았다. 처음에는 조심스럽게 살살, 그리고 점차 강하게 노크를 반복한다.

아무도 없지는 않을 것이다. 그렇다면 사람이 없는 체하는 것일까. 하지만 찾아온 사람이 나라는 것을 알면……. 이런 생각을 할 때, 문 옆의 길쭉한 유리창 너머로 집 안에서 움직이는 사람의 형체가 눈에 들어왔다.

"코, 코쿠보 할아버지……."

코타로가 부르자마자, 사람의 형체가 움직임을 딱 멈췄다.

"10년 전에 무나카타 가족이 살던 집에 이사 온 무나카타 코타로예요. 그 사건에서 혼자 무사했던 장남 코타로에요. 사건에 대해서 꼭 할아버지께 말씀을 여쭙고 싶어요."

정신을 차려 보니 코타로는 스스로도 깜짝 놀랄 정도로 유창하게 그런 말을 하고 있었다.

그러자 유리문 너머에서 다시 사람의 형체가 움직인 듯 보였다. 자신의 호소를 노인이 알아들었다며 기뻐하는 것도 잠시, 그 림자는 안쪽으로 물러가듯 스윽 사라졌다.

묘한 자신감이 있었던 만큼 절망감에 사로잡혔을 때였다.

찰칵…….

갑자기 현관문 안쪽에서 자물쇠 풀리는 소리가 나고, 천천히 눈앞의 문이 열리기 시작했다.

심장이 쿵쾅거리는 소리가 귀를 울리고, 지금 당장 도망치고 싶다는 충동에 사로잡혔다. 어떻게든 필사적으로 가라앉히면서 점차 열려가는 문으로, 그 뒤에 있을 인물에게로 코타로는 눈을 향했다.

이윽고 나타난 것은 이사 온 당일에 섬뜩한 말을 해왔던 그 코 쿠보 노인이었다. 틀림없었다. 여전히 기괴한 용모와 꾀죄죄한 옷차림의, 나이를 짐작할 수 없는 작은 몸집의 노인이었다. 그런 데 근본적인 부분에서 무언가가 전혀 달라진 것처럼 보였다.

"자아, 들어오렴……."

그 위화감은 노인의 입에서 나온 말에 의해 증명되었다. 아주 또렷한 정상인의 말로 들렸기 때문이다.

"아, 저기……."

"나한테 할 이야기가 있어서 온 거지? 그렇다면 이런 곳에서 서서 이야기할 수는 없겠지."

할머니와는 다르지만, 어딘지 모르게 간사이 지방에 가까운 억양이었다.

"네, 그럴게요……."

코타로가 황급히 뒤를 돌아보며, 입을 쩍 벌리고 이쪽을 엿보고 있는 레나를 손짓으로 불렀다.

"뭐냐, 일행이 있었어? 뭐, 괜찮다. 자, 올라오려무나."

그렇게 노인은 두 사람을 재촉하더니 자기 먼저 재빨리 집 안으로 들어갔다.

이 전개에는 레나도 깜짝 놀랐는지, 말도 제대로 나오지 않는 듯했다. 레나는 코타로의 등 뒤에서 몸을 반쯤 숨기고 조심조심 집 안을 들여다보았다.

"뭘 하고 있냐. 사양할 것 없다니까."

안쪽에서 조금 짜증 섞인 코쿠보 노인의 목소리가 들렸다.

"아, 아, 알겠습니다."

결심한 코타로가 현관의 신발 벗는 곳에 발을 들이자 레나도 곧바로 뒤를 따랐고, 두 사람의 뒤에서 문이 조용히 닫혔다.

"시, 실례하겠습니다."

신발을 벗고 올라서자마자, 발밑에서 먼지가 풀썩하고 피어올랐다.

"오늘은 아끼는 양말을 신고 왔는데……."

맨발인 코타로를 보면서, 레나가 어린애마냥 울 것 같은 표정으로 속삭였다.

코타로가 단호한 표정으로 고개를 젓자, 레나도 어쩔 수 없다는 듯 신발을 벗었다. 그런 뒤에 두 사람은 나란히 발을 내딛기 시작했다.

"이제야 왔구나. 여기다."

바로 안쪽에서 목소리가 들린다. 어두컴컴한 복도를 빠른 걸음으로 나아간다. 그러자 응접실이라 생각되는 방에서 노인이 기다리고 있었다. 그곳은 집의 외관에서는 상상도 할 수 없을 정도로 엉뚱한 느낌을 주는 서양식 방이다.

"적당히 편히 앉아."

그런 말을 들었지만, 어디를 보더라도 노인의 앞에 있는 3인용 소파 외에 앉을 만한 장소가 없었다. 가죽 이쪽저쪽이 갈라져서 안을 채운 솜이 엿보이고, 덤으로 가죽 표면에 쌓인 먼지가 육안으로도 또렷하게 보이는 소파였다.

우선 코타로가 살며시 앉았다. 이어서 코타로의 옆에 찰싹 붙듯이 레나도 천천히 앉았다. 하지만 그런 움직임만으로도 두 사람 주위에는 봄바람에 실려 온 솜털 같은 먼지가 피어올랐다.

"그런데 너희하고 만나는 건 이게 처음이 아니지?"

가만히 두 사람을 관찰하고 있던 듯한 코쿠보 노인의 질문에, 역시 뭔가가 다르다는 기분이 들었다. 다만 상대가 제대로 이야기를 할 수 있는 것은 환영할 만한 일이므로 코타로는 월요일에, 레나는 목요일에 각각 마당에서 노인과 만났음을 전했다.

"흠흠, 그러고 보니 그쪽에 앉은 아가씨는 몇 번인가 만난 것 같기도 하구먼……."

아마도 레나가 가끔씩 노인에게 말을 걸었던 걸 기억하는 듯하다고 생각했다. 그러나 아무리 봐도 그때의 괴노인과 눈앞의 코쿠보 노인은 마치 다른 사람처럼 느껴졌다.

"저기, 마당에서 누구와 만났는지 잘 기억이 안 나시나요?"

그래서 조심스러운 어조로 주뼛주뼛 코타로가 물었다.

"으음……. 실은 말이다, 문득 정신이 들고 보면 마당 감나무 옆에 서 있는 경우가 많아. 게다가 그 사이에 있던 일은 거의 기억이 안 나고……."

"그, 그러신가요……."

생각해보면, 노인도 24시간 내내 그런 무의식 상태여서는 일상생활을 할 수 있을 리가 없다. 요컨대 마당에 나와 있을 때만 치매인 듯한 무의식 상태가 되는 모양이었다.

"10년 전에 집사람이, 유에가 저 감나무에 목을 맨 뒤로부터지. 분명히……."

"무, 무슨 일이, 있었나요……?"

코타로는 10년 전 3월의 신문기사를 도서관에서 축쇄판으로 본 것, 자신이 그때 피해를 입은 무나카타 가의 생존자라는 것, 카즈사의 숲과 지금 이사 온 집에서 믿기지 않는 괴이한 일을 겪은 것을 노인에게 이야기했다.

다만 마지막의 괴이한 체험만은 너무 구체적으로 설명하지 않았다. 이 노인이라면 괜찮을 거라고 느끼긴 했지만, 주의해서 나쁠 것은 없다.

"으음……."

코쿠보 노인은 묵묵히 귀를 기울이고 있었다. 그리고 코타로의 이야기가 끝나자, 크게 신음하는 듯 한숨을 내쉬더니, 생각에 잠기듯 고개를 푹 숙여버렸다.

"저번에 마당에서는 왜 저에게 말을 거셨나요?"

아무리 시간이 지나도 노인이 입을 열지 않아서, 코타로는 답답한 맘에 먼저 질문을 해보았다.

"아니, 미안하지만 마당에 나가 있을 때의 일은 잘 기억이 안 나서 말이다. 그런데 그때 내가 뭐라고 했지?"

노인은 오히려 질문을 해왔다. 코타로는 그때 노인에게 들었던 말을 최대한 정확하게 떠올려서 전했다.

"그렇구먼……. 이 나이가 되면 무서운 것은 거의 없어지기 마련인데, 네가 **그 집에 이사 왔다**고 생각하면 말이야, 참으로 무서워지는구나."

"……"

코타로와 레나는 저도 모르게 서로의 얼굴을 마주보았다.

"이 일대는 옛날에는 전부 카즈사 가문의 땅이었거든."

그리고 두 사람의 기색 따위는 전혀 눈에 들어오지 않는 것처럼, 코쿠보 노인이 갑자기 이야기를 시작했다.

"그랬는데 전쟁이 끝난 뒤에 실시된 농지개혁으로, 순식간에 소유한 땅의 대부분을 잃어버리고 말았지. 뭐, 그것이 문제의 시작이었지. 새로 손댄 사업도 모조리 실패하며 우왕좌왕하는 사이에 몰락의 길을 걷게 되었던 건데……."

이후 카즈사 가의 운명과 카미츠케 가의 관계에 대해, 노인은 상당히 자세히 이야기했다. 기본적으로 레나가 이야기해준 내용과 큰 차이는 없었기 때문에 코타로는 조금 초조해졌다.

"……요컨대 이미 카즈사 가문이 이 지역 주민들에게 아무런 의미도 없는 시대가 되었음에도, 카미츠케 가 녀석들은 달랐던 게야."

"우리는 특별하다……라고 생각하고 있었다고 들었는데요."

저도 모르게 코타로가 끼어들자, 코쿠보 노인은 고개를 크게 끄덕이며 말했다.

"카즈사 가와 카미츠케 가가 먼 친척 관계라는 건 이야기했지? 그리고 그 일족에는 아주 거창한 느낌의 성씨가 많았는데, 그런 것을 가지고도 거들먹거리는 녀석들이었어. 자기 성씨를 '우에노'라고 읽는 사람을 보면 길길이 날뛰면서, 너희 같은 녀석들하고는 신분이 다르다는 소리를 하곤 했지. 카즈사 가의 후손이 그렇게 말한다면야 납득은 하겠지만, 카미츠케 가 녀석들이 그러고 있으니 참 기가 찰 노릇이지. 애초에 먼 친척이라고 으스대는 꼴이……."

"저기요, 죄송한데요……."

이대로라면 사건에 대해 이야기할 때까지 한참 걸리겠다고 걱정한 코타로가 본론으로 들어가기 위해 말을 걸었다.

"응? 어이쿠, 이거 미안하구나. 나이를 먹고 난 뒤론 나도 모르게 이야기가 장황해지지 뭐냐."

그런 기색을 알아차렸는지, 코쿠보 노인은 부끄러운 듯 머리를 긁었다.

"어쨌든 그래서 그 카미츠케 가가 말이야, 당시에는 아버지인 츠구타네(嗣胤), 어머니인 아키코(亜紀子), 장남인 군지(郡司), 장녀인 시메이(司命)까지 네 사람이 살고 있었어. 마찬가지로 먼 친척 사이이기는 해도, 이미 카즈사 가와는 거의 관계가 없는 집안

에 시집온 어머니를 제외하면, 아버지와 남매의 이름이 정말 과
장스럽다는 걸 알겠지?"

그런 말을 해왔지만 코티로는 잘 알 수 없었다. 아무래도 레나
도 마찬가지인 듯했다. 그래도 두 사람 모두 동시에 끄덕이며 노
인의 다음 말을 재촉했다.

"그렇다고 해도 자식들이 어릴 적에는 그나마 나았어. 큰아들
인 군지가 중학생이 된 뒤에 카즈사의 숲에 뻔질나게 드나들게
된 뒤부터였지. 그 집의 가족들이 급격하게 이상해진 것은……."

"어째서요?"

"숲 속에 모셔진 야시키가미를 그 아들놈이 광신적으로 믿기
시작했던 거야. 물론 선조 대대로 그 집안에서 모셔오던 신령이
기는 했지. 하지만 군지의 신앙은 도가 지나쳤어."

레나의 이야기에 나왔던 머리가 이상한 주민이란, 이 일을 말
한 것일까.

"그 녀석의 광신은 곧 가족에게도 영향을 주기 시작했어. 게다
가 어느샌가 군지가 교주처럼 굴었고 부모와 여동생은 마치 녀
석의 신자처럼 되어버렸지. 나중에 생각해보면, 사건이 일어나
기 3년쯤 전부터 카미츠케 가는 완전히 이상하게 변했던 게지."

"마을 사람들은……."

"물론 다들 못 본 체하고 있었지. 괜히 긁어 부스럼을 만들 필
요는 없으니까. 게다가 야시키가미를 향한 광신도 아들이 교주
처럼 구는 것도, 그 집 내부에서만이라면 딱히 누군가에게 피해
를 주는 것도 아니야."

"허어……."

"그런데 말이다, 어느 때인가 그것이 역효과를 낸 거야."

거기서 코쿠보 노인이 갑자기 목소리를 바꿨다. 저도 모르게 등줄기가 오싹해질 정도로 음산한 어조였다.

"딱 10년 전 지금쯤이었지. 아니, 원래는 2월 중반쯤일까……. 중학교 3학년이던 군지가 고등학교 입시에 실패했던 거야. 안전 지원으로는 한 군데도 원서를 내지 않았던 그 녀석은, 고교 입시에서 재수할 수밖에 없게 된 거지. 그런데도 어찌된 영문인지, 그놈은 고등학교에 떨어진 것이 카즈사 숲의 야시키가미 때문이라고 생각했어. 평소에 그렇게 열심히 모시고 있었는데 배신당했다고 생각한 거야. 그래서 멍청하게도 신령님에게 앙심을 품었지."

"호, 혹시 사, 사당에 손을 댔던 거 아닌가요?"

코타로의 머릿속에는 숲속에서 봤던 기묘한 사당의 모습이 되살아났다.

"맞아. 이 부근 사람은 모두, 옛날부터 그 숲을 두려워해서 가까이 가지 않았어. 그래서 사당에 제사를 올린 적은 한 번도 없지만, 그 대신에 무례한 행동도 하지 않았지. 참으로 오싹하고 기분이 나쁘지만 상대는 신령님이니까 말이야. 그걸 그 모자란 놈이 철저하게 때려 부쉈던 게야."

"가족들은 아무도 말리지……."

않았나요? 라고 물으려 하다가 코타로는 말을 삼켰다.

코쿠보 노인의 눈치가 갑자기 이상해졌기 때문이었다. 어딘지 모르게 공허한 눈빛으로, 반쯤 입을 벌린 채 멍하니 있는 것처럼 보인다. 마치 마당에서 만났을 때의 그 기분 나쁜 괴노인으로 돌아간 듯한 분위기였다.

"아, 저기, 괘, 괜찮으신가요?"

"무, 물을……가져올까요?"

코타로와 레나가 걱정스럽게 말을 걸었지만, 노인은 전혀 반응하지 않았다.

"그런 폭거가 3월 첫 주에 있었다. 그리고 그다음 주였지……."

담담하면서도 온몸에 소름이 돋을 듯한 어조…….

"우리 집사람이 마당 감나무에 목을 맨 것은……."

"엑……."

너무나 갑작스러워서 코타로도 한순간 무슨 소리를 하는 건가 당황했다. 그러나 코쿠보 노인은 신경 쓰지 않고 말을 이었다.

"확실히 병을 앓고 있기는 했지만, 절망해서 자살할 정도는 아니었어. 그래서 나는 도저히 납득할 수가 없었다."

"……"

"그다음 주였어. 오시바 씨네 할아버지가 갑자기 돌아가셨다."

"네에?"

"전날까지 아주 쌩쌩하시던 양반이, 갑자기 픽 가버린 거야. 그 집 가족들이 발견했을 때는 마당에 내놓은 의자에 앉아서 우리 집 방향을 향한 채로 아주 깜짝 놀란 듯한, 무시무시한 표정을 짓고 있었다고 하지……."

"그, 그건 대체⋯⋯."

"그리고 그다음 주, 이번에는 이시바시 씨네 집에서 같이 살던 남동생이 죽었어."

"⋯⋯."

"아침에 출근하는가 싶었는데 얼마 안 있다가 집에 도로 돌아 왔더군. 역으로 가는 도중에 차에 부딪쳤다면서. 그래서 이시바 시 씨의 부인이 괜찮냐고 당황했는데, 본인은 아픈 곳도 없고 더 러워진 옷을 갈아입고 바로 다시 나가려고 했어. 그런데 현관을 나간 직후에 푹 쓰러지더니 그대로⋯⋯. 결국 뺑소니 사고를 당 했던 것으로 처리되어버렸지⋯⋯."

"자, 잠깐만요!"

이야기를 계속하려는 노인을 코타로가 제지했다.

"대체 어떻게 된 일인가요? 군지라는 아들 이야기는, 카즈사의 숲 사당 이야기는 어떻게 된 건가요? 애초에 지금 하시는 이야 기에서 나오는, 잇따라 죽은 사람들은⋯⋯."

그렇게 기세 좋게 이야기를 늘어놓던 코타로는 갑자기 앗! 하 고 경악했다.

"서, 설마⋯⋯부숴버린 사당의 앙화로 관계없는 마을 사람들 이 차례차례 죽어나가기 시작했다는⋯⋯."

코쿠보 노인은 오른손을 들어서 코타로의 발언을 막고, 이어 서 그 손으로 두 사람을 부르는 듯한 동작을 보이면서 자신도 몸 을 앞으로 내밀어왔다. 그리고 의미심장하게 목소리를 낮추며 말했다.

"숲의 입구에 돌이 촘촘히 깔린 참배길이 보았지? 저 길은 몇 번인가 굽어지면서 숲의 중심에 있는 사당으로 통하고 있어."

코타로는 설명을 듣지 않아도 알고 있었지만, 입을 다물고 듣는 자세를 취했다.

"그걸 사당 쪽에서 보면 어떻게 되는가. 우선 참배길은 사당 앞을 일직선으로 뻗어나가고 있어. 그것이 끝난 지점에서 비스듬히 오른쪽으로 가다가 굽어지고, 한동안 이어지다가 이번에는 왼쪽으로 굽어지지. 그런 뒤에 같은 거리만큼 가다가 다시 오른쪽으로 비스듬히 굽어지지. 이걸 반복하면서 그 숲의 입구에 도달하는 거야."

설명을 하면서 노인은 주위를 살피더니 뒷장에 인쇄가 없는 광고지와 연필을 찾았다. 그러고는 하얀 면에 돌이 깔린 참배길을 나타내는 선을 긋기 시작했다.

"알겠느냐? 이 첫 골목에 내가 사는 집이 있다고 하자. 그리고 이 집을 기점으로 생각하면, 여기서부터 뻗어나가는 선은 왼쪽 비스듬히 맞은편이 되지. 즉 이 집에서 봐서 오시바 씨네 집 방향이 돼. 다음으로, 그 오시바 가에서 보면, 선은 오른쪽 비스듬히 앞으로 이어지게 되고, 그 앞에는 이시바시 씨네 집이 있지."

"무, 무슨 이야기인가요?"

"사당이 파괴된 것에 의해 해방된 **존재**가 참배길을 타고 숲 밖으로 나와서, 나올 때까지의 길과 같은 순서대로 이 히가시 4번지의 집들을 나아갔다……. 이렇게 보이지 않느냐?"

"에엑……?"

"사당이 파괴된 다음 주부터 매 주마다 **그것**이 참배길의 이동 경로에 맞춰 이 마을의 집에서 집으로 이동했고, 그것이 들른 곳마다 계속해서 사람이 죽어나갔다……는 생각은 안 드느냔 말이다."

"그, 그, 그럴 수가……."

"그리고 이시바시 가의 다음 집이, 네 번째가 되는 카미츠케 가였어. 이대로 내버려두었다간 다음 주에는 우리 가족 중 누군가가 죽는다……. 정신 나간 그 집 아들놈은 그런 생각을 하는가 싶더니만……."

"……."

"게다가 그것을 저지하기 위해서, 다섯 번째 해당하는 집에서 **먼저 사망자가 발생하면 된다**는 미친 생각에, 군지가 완전히 사로잡혔다고 한다면……. 카미츠케 가의 비스듬히 맞은편에 있는 집은 무나카타 가이지."

12장 연쇄

코타로는 갑자기 눈앞이 캄캄해진 기분이 들었다. 갑자기 생겨난 비구름이 하늘 전체를 덮어버려서, 창문으로 비쳐들던 햇살이 차단된 게 아닌가 하는 생각이 들 정도였다. 하지만 레나가 코타로의 어깨에 손을 대고 계속 흔들며 이름을 부르는 것을 깨닫자마자, 원래대로 돌아왔다.

"코타로……. 저기, 코타로……!"

"아, 응……. 잠깐 현기증 같은 게, 난 것 같아……."

"정말로 괜찮아? 오늘은 이만하고……."

지금이라도 코타로를 데리고 일어서려는 레나를, 의외로 코쿠보 노인이 멈춰 세웠다. 아무래도 제정신으로 돌아온 모양이다.

"아니, 아니. 이거 참 면목 없구나. 그 애가 당사자라는 걸 완전히 잊고 말았어. 정말로 미안하구나."

"이런 일에 대해서 한 번에 너무 많이 아는 건……."

"그래, 아가씨가 말하는 대로야. 하지만 아직 중요한 이야기가……."

"그건 내일에라도 다시……."

"아니야. 나는 아무렇지도 않아……."

두 사람의 대화에 코타로가 끼어들었다. 그 창백한 안색을 보고 레나가 고개를 저으려 했지만, 코타로는 레나를 빤히 바라보면서 말했다.

"여기까지 들었으니까 끝까지 알아야겠어. 괜찮아. 확실히 친부모님과 누나와 동생에 대한 기억이 나에게는 전혀 없으니까. 도저히 극복하지 못할 충격을 받았다고 할 정도는 아니에요."

마지막에 가서는 코쿠보 노인을 바라보며 그렇게 말했다.

"음, 그렇다면 다행이겠지만……."

조금 안도한 노인과는 반대로, 레나는 의심스러운 시선이었다. 그래도 코타로의 의사가 굳건하다는 것을 알았는지, 엉거주춤 일어서려다가 도로 소파에 푹 앉았다. 그러나 곧 분노를 드러내며 입을 열었다.

"그런 동기로 아무런 죄 없는 사람을 죽이다니……. 그 군지라는 중학생은 완전히 미쳤어요! 게다가 네 번째인 자기 집보다 먼저 다섯 번째 집에서 누군가 죽게 만드는 것이 목적이라면, 한 명이어도 충분하잖아요? 어째서 가족 모두를 죽일 필요가 있나요?"

"왜 연쇄살인을 저질렀는가……. 그것에 대해서는 정말 아무것도 알 수가 없어.”

“그, 그럴 수가…….”

“한 사람을 죽인 순간, 그놈 안에서 어떤 족쇄 같은 것이 끊어
졌다고 보는 것 말고는 해석할 방법이 없겠지.”

“머, 머리가 이상한 거예요! 그런 말도 안 되는 짓을 실제로 저
질러버리고, 게다가 가족 모두를…….”

“상황이 어땠나요?

코타로는 흥분하는 레나를 달래듯이 레나의 팔을 살짝 두드리
고서, 코쿠보 노인에게 사건의 상세한 설명을 부탁했다.

“4월 첫 주에 들어간 날 저녁, 요컨대 그놈의 생각, 아니 망상
으로 추측하면 다음번에는 자기 집에서 죽는 사람이 생길 거라
고 믿었던 날이지. 군지는 자기 집에서 아버지의 등산용 나이프
를 들고 무나카타 가로 향했어. 그리고 우선 다다미방에 들어가
서 할머니인 이토코 씨를 찔렀지. 그런 뒤에 부엌으로 가서 어머
니인 사오리 씨를 마구 찌른 뒤에, 그곳에 있던 식칼로 그 사람
의 목을 잘랐다더군. 그때 사오리 씨는 거실에서 생후 6개월 된
코지를 재우고 있었어. 군지는 아기를 안고 욕실로 가서는 천장,
벽, 바닥, 그리고 욕조에까지 휘두르고 내리쳐서 코지를 잔인
하게 살해했지.”

“너, 너무해…….”

짧은 레나의 중얼거림 속에 분노와 혐오와 비관 같은 수많은
감정이 담긴 것이, 그 떨리는 팔을 통해 코타로에게도 고스란히
전해졌다.

"그런 뒤에 군지는 부엌으로 돌아가서 흉기로 쓸 새로운 부엌 칼을 물색한 뒤에 2층으로 올라갔어. 그날 2층의 침실에서는 감기 때문에 회사를 쉬고 있던 아버지인 코이치 씨가 자고 있었지. 놈은 코이치 씨가 깨지 않도록 몰래 다가가서 목을 찔렀지. 그리고 2층 안쪽으로 계속 나아가서, 복도 왼편 방에 있던 카오리를 어머니와 마찬가지로 마구 찔렀어. 다만 어른인 사오리 씨에 비해서 어린애인 카오리는 몸집이 작았기 때문에, 그 애의 사지와 머리는 거의 몸에서 떨어져 나갔다더군."

"……"

더 이상 말도 나오지 않았는지, 레나는 가만히 몸을 떨고 있었다. 그것을 위로하듯이 코타로는 다시 레나의 팔을 건드렸다. 하지만 코타로의 심정은 위로라기보다 오히려 레나에게 의지하는 기분에 가까웠다.

"카오리를 죽이고 난 뒤에 군지는 집으로 돌아갔어."

두 사람의 반응에는 무관심하게, 코쿠보 노인은 차분한 어조로 담담하게 사건에 대해 이야기했다.

"놈은 집에 돌아가서, 자신이 무나카타 일가를 한 명씩 죽인 것을 거침없이 말했어. 하지만 거기서 부모님에게 죽이지 못한 사람이 한 명 있다는 것을 들었지. 평소에 마을 사람들에게는 아무런 관심도 없었던 군지는, 무나카타 가의 가족 구성에 대해 몰랐던 거야. 그래서 놈은 다시 칼을 들고 무나카타 가로 돌아갔어. 그리고 2층으로 올라가서 복도 안쪽에 있는 방까지 가 마지막 남은 한 명을 죽이려 했지."

216

"그게……, 저인가요?"

코타로의 물음에 코쿠보 노인이 끄덕이자, 레나가 바짝 마른 목소리로 말했다.

"대체 어떻게 코타로가 목숨을 건진 건가요……?"

"군지는 방에 들어가기 직전에 경찰에게 사살되었어."

"네……?"

너무나도 의외의 대답에 코타로는 몸을 앞으로 내밀었다.

"이웃사람이 사건을 알아차리고 경찰에 신고했던 건가요?"

"아니, 우연히 파출소의 순경이 이 근처를 순찰하고 있었어. 그러던 중에 온몸에 피를 뒤집어쓴 소년이 손에 칼을 들고 어느 집으로 들어가는 것을 목격한 거야. 곧바로 자기도 뒤따라 들어가 보니, 복도 구석의 미닫이문이 조금 열려 있고, 거기서 피투성이인 손이 나와 있었다는군."

"그건 할머니의?"

"그래. 아무래도 상대가 노인이라서 판단을 그르쳤는지, 완전히 숨을 끊어놓지 않았던 거야. 현장의 다다미방에는 이토코 씨가 미닫이문까지 기어간 흔적이 있었고, 복도로 나오려고 하던 중에 숨을 거둔 것처럼 보였어. 노파가 죽은 걸 발견한 순경은 황급히 2층으로 뛰어 올라갔어. 칼을 든 소년이 계단을 올라가는 것이 얼핏 보였거든."

"……."

"그때서야 비로소 순경을 알아차린 군지가 칼을 치켜들고 복도 안쪽 방을 향해 뛰어갔어. 당연히 순경은 멈추라고 명령했고.

하지만 상대는 멈추지 않았어. 그대로 방문을 열고 안으로 들어가려고 했지. 그래서 순경은 곧바로 권총을 빼들고 놈을 쐈어."

"······."

"물론 그 순경이 취한 행동은 큰 문제가 되었지. 상대가 미성년자라는 점, 흉기는 칼뿐이었던 점, 방에 피해자가 될 만한 인물이 있는지 없는지 그 당시의 순경이 판단할 수 없었던 점, 발포가 등 뒤에서 이루어졌다는 점, 할머니의 시신을 확인했다고는 해도 그 소년이 범인이라고 순경이 확신할 수 없는 상황이었다는 점 등등, 여러 문제가 있었지."

"하, 하지만······."

"그래, 맞아······. 집 안 이곳저곳에 다섯 구의, 그것도 끔찍하게 살해된 시체가 발견되어서, 그런 것은 문제가 아니게 되어버렸어. 이런 표현은 좋지 않지만, 그 젊은 순경은 너무나 처참한 그 사건 내용 덕분에 오히려 구제받았다는 얘기가 되겠지."

"저기요, 한 가지 알 수 없는 게 있는데요······."

망설이는 듯한 코타로의 물음에, 코쿠보 노인이 궁금하다는 듯 고개를 돌렸다.

"군지가 처음에 그 집에 들어갔을 때, 그 사람은 어째서 2층 제일 구석방을 살펴보지 않았던 걸까요? 가족이 전부 몇 사람인지 몰랐다고 하면, 오히려 모든 방을 확인하지 않았을까요?"

"아니, 녀석은 그 방을 봤던 거야. 하지만 그때 코타로는, 그러니까 어린 너는 옷장 속에 숨어 있었어. 그걸 군지는 깨닫지 못했어. 그런데 집에 돌아가서 여섯 명째의 존재를 알고서 간신히 안쪽 방에 마지막 한 명이 숨어 있다는 걸 알아차렸지. 그래서 녀석은 곧바로 2층 방으로 돌진했던 거야."

노인의 설명을 듣고 이해하자마자, 코타로는 새까만 암흑에 감싸이는가 싶더니 눈앞에서 세로로 길쭉한 빛줄기가 빛나기 시작하는 것을 인식했다. 이윽고 그 빛줄기가 서서히 폭을 넓혀가고, 칠흑의 세계에서 눈부신 공간으로 코타로가 나가려고 하는 것을 새까맣고 사악한 형체가 눈앞을 막아서고…….

몇 번이나 되풀이해서 꾸었던 그 악몽은 그때의 체험이 반영된 것이었구나……. 어두웠던 건 옷장 안에 숨었기 때문이고, 세로로 길쭉한 빛줄기는 조금 열려 있던 옷장의 문틈이었구나…….

다시 걱정스럽게 부르는 레나의 목소리를 어렴풋이 들으면서, 코타로는 자신이 늘 꾸던 악몽을 확실하게 이해하게 되었다.

"얘, 코타로!"

"응, 아무것도 아니야. 괜찮아. 그래서 사건은 어떻게 되었나요?"

억지웃음을 레나에게 지어보인 뒤, 코타로는 노인에게 다음을 재촉했다.

"카미츠케 군지가 범인이란 것은 현장과 본인에게 남아 있는 다양한 증거로 틀림없다고 확인되었어. 최대의 수수께끼였던 동기에 대한 것은 앞서 했던 설명대로야. 이건 놈의 일기를 통해서도 알 수 있었던 모양이야."

"그 사람은 대체 어떤 사람이었나요……?"

"내가 보기론 실제 나이보다 어리게 느껴졌지. 동안이란 점도 있었지만, 아무튼 정신연령이 낮다고 할까, 유치한 구석이 보였어. 강한 사람에게 약하고 약한 사람에게는 강한, 비열한 성격이었지. 그래서인지 전형적으로 집안에서만 떵떵거리는 타입이었어. 그 녀석과 가족과의 관계가 마치 신흥종교의 교주와 신자처럼 변하지 않았다면, 아마도 놈은 가정 내 폭력사건을 일으켰을게 틀림없어."

"그 사람의 가족은, 아버지와 어머니는 처음부터 아들이 무슨 짓을 할 생각이었고, 이유가 뭔지도 전부 알고 있었나요?"

"그 부분이 참으로 미묘해서 말이다."

코쿠보 노인은 쓸쓸한 표정을 지어 보였다.

"놈이 한 번 집에 돌아갔다가 다시 무나타카 가로 향했다는 것은 경관의 증언으로도 확인되어 있어. 너를 옷장 속에서 발견한 것도 그 순경이었으니까, 조금 전에 내가 직접 본 것 같은 설명도 거의 틀림없을 거라고 본다. 다만 한 번 돌아갔던 카미츠케 가에서 너의 존재를 부모에게 듣고서 놈이 황급히 발길을 돌렸다는 사실은 명확히 증명할 수는 없어."

"네……?"

"아니, 나는 그것이 진실이라 생각한다. 나만이 아니라 이 마을 사람들은 전부 그것을 의심하지 않아. 하지만 유감스럽게도 경찰 측에서는 거기까지 짐작할 수 없었던 모양이라서 말이다."

"그러면 그 사람의 부모님과 여동생은……."

"그대로 아무 일도 없었던 것처럼 자기 집에서 계속 살았다."

"뭐라고요?"

"원래부터 마을 사람들과 거의 교류가 없다고 해도 좋을 상태 였으니, 딱히 곤란할 것도 없었겠지만⋯⋯."

"그, 그래도⋯⋯, 아무리 그렇더라도⋯⋯."

레나는 기가 막히면서도, 한편으로는 겁에 질린 듯한 목소리 로 말했다.

"뭐, 보통은 이 동네에서 살기 부담스러워져서 다른 지역으로 도망쳤겠지. 하지만 그 가족은 계속 살았어."

옛 카미츠케 가가 괴물의 집이라 불린 진짜 이유를, 코타로는 간신히 안 것 같은 기분이 들었다.

"그런데 사건으로부터 한 달 정도 지났을 무렵, 카미츠케 가의 가장인 아버지가 마당에서 불에 타 죽는 일이 벌어졌다."

"자, 자살인가요?"

"경찰의 견해는 그랬지만, 실제로는 여러 가지로 의문점이 있 었던 것 같더구나. 무엇이 진실인지는 아직도 알 수 없어. 하지 만 아버지가 불에 타 죽은 장소만은 지금도 잡초조차 나지 않는 모양이야."

그 이야기에 오싹함을 느끼며 저도 모르게 레나와 얼굴을 마 주본 코타로는, 레나의 오빠인 레이지가 말했던 옛 카미츠케 가 의 화재는 이 기묘한 사건이 틀림없다고 생각했다.

"그 뒤로도 어머니와 딸은 아직⋯⋯."

"아니, 역시나 그 일은 좀 충격이었는지 쥐도 새도 모르게 마 을에서 나가버렸어. 아마도 어머니의 친정 쪽에 몸을 맡겼을 거라 생각되는구나."

여기서 코타로의 머릿속에 터무니없는 생각이 떠올랐다.

"저기, 혹시 그 집 아버지가 타 죽은 것은……저기, 혹시……."

"마을 사람들이 한 짓이 아닌가, 사적 형벌이 아니었는가 하고 묻고 싶으냐?"

입 밖에 내려다가 말을 도로 삼켜버린 코타로의 의문을, 코쿠보 노인이 거리낌 없이 이어나갔다.

"무, 물론 범인의 가족이라고 해도, 그 사람들에게는 아무런 죄도 없는 경우가, 보통이라고 생각해요. 하, 하지만, 이 경우에는……."

"음. 확실히 그렇지. 경찰은 증명할 수 없지만, 놈의 가족이 이 일과 관계 있다는 건 이 동네 사람이라면 누구나 알고 있었어. 하지만 말이야, 그렇다고 해서 범인의 아버지를 태워 죽이는 짓은……."

"그, 그렇겠죠?"

"애초에 마을 사람이 범인이었다면 경찰의 눈을 속이는 건 불가능하겠지. 사건 관련성이 없다고 조사했기에 자살이라는 판단이 내려진 거고."

"하지만 자살은 아니었을지도 모른다?"

"뭐, 그런 게지……."

뭔가 속뜻을 품은 듯한 노인의 반응에, 코타로는 적극적으로 물어보았다.

"코쿠보 할아버지는 어떻게 생각하시나요?"

"나는 **돌아온 것이 틀림없다**고 생각한다."

"돌아와요? 뭐가요?"

"우리 집사람, 오시바 가의 할아버지, 이시바시 가의 남동생 순으로 잇따라 사람이 죽어나갔고, 다음 차례는 카미츠케 가의 누군가였어. 군지는 그것을 저지하기 위해서 아직 차례가 오지 않은 무나카타 가의 누군가를 먼저 죽이려고 했어. 그 결과로 일가를 참살하는 사건이 벌어지고 말았지. 이것은 언뜻 보기에 세 번째였던 이시바시 가에서 다섯 번째인 무나카타 가로 죽음의 연쇄가 건너뛴 것처럼 보이지. 하지만 거기서 빠져버린 카미츠케 가로 역시 **그것**이 돌아온 게 아닐까."

"아……. 그, 그래서 그 집 아버지가……."

"죽은 게지……. 현장의 상황으로 봐서는 스스로 등유를 뒤집어쓰고 불을 붙인 것 같다던데, 과연 본인에게 자각이 있었을지는……."

"즉 타살도 자살도 아니다……라는 말씀인가요."

"영문을 알 수 없다는 의미에서는 그렇지."

"하지만 잠깐만요. 카미츠케 가의 사람인 군지가 이미 죽었잖아요? 그 사람의 죽음으로……."

"하지만 놈은 무나카타 가에서 죽었지……."

"아……."

"이시바시 가의 남동생도, 집에 돌아온 뒤에 죽었고."

"그, 그렇게까지 엄밀하게……."

"물론 겉으로는 그렇게 보인다는 이야기일 뿐이야. 하지만 나로서는 도저히 무시할 수 없겠다는 생각이 들어서 말이다. 다만 그것으로 모든 것이 끝났던 거야."

"네?"

"그렇기에 남은 어머니와 여동생은 나갔다……. 아니, 나갈 수 있었지. 숲의, 집의, 남편의, 아버지의, 아들의, 오빠의 주박들로부터 두 모녀는 간신히 해방되었던 것이라고, 나는 생각하고 있단다."

오랫동안 이야기하느라 지쳤는지, 코쿠보 노인은 입을 다물고 두 어깨를 늘어뜨리고 긴 한숨을 내쉬었다.

"어디 보자, 별것 없다만 차라도 마시지 않겠느냐?"

이런 말과 함께 코쿠보 노인이 일어서려고 하자 곧바로 코타로가 말을 받았다.

"아뇨, 저희는 이만 슬슬……."

"그래, 맞아."

코타로의 말이 채 끝나기도 전에 맞장구를 친 레나가 자리에서 일어섰다. 그러나 코타로는 그런 레나의 팔을 잡아 멈추면서 말했다.

"다만 마지막으로 한 가지만 더 여쭤보고 싶어요."

"뭘 말이지? 내가 아는 것은 거의 다 말한 것 같다만."

"왜 저에게 경고 같은 말씀을 하셨나요?"

천천히 코타로가 묻자, 노인은 소리 없이 입을 벌린 상태로 굳었다. 그러나 그것도 한순간일 뿐, 곧 몹시 당황한 어조로 대답했다.

"그, 그랬지. 조금 전에도 아가씨한테 중요한 이야기가 아직이라고 말했으면서, 그걸 깜빡 한 채로 너희를 그냥 돌려보낼 뻔했어."

"저 집에 사는 것은 위험하다고 생각하시나요?"

코타로가 한 발 앞서 묻자, 뒤를 이어서 레나가 물었다.

"그건 누가 살든 그런 게 아니라, 코타로이기 때문에 그런 건가요?"

두 사람을 교대로 바라본 뒤, 노인은 시선을 떨어뜨린 모습으로 입을 열었다.

"처음에 말했다시피, 나는 마당에 나가 있는 동안에는 정상이 아닐 때가 많아. 하지만 내가 무슨 말을 했는지 너에게 듣고, 아무래도 평소에 하던 생각을 그대로 말한 듯하다는 걸 알았단다. 다만 이건 내 자의적인 해석이라고 해야 할까, 뭐, 그렇게 믿고 있다는 얘기니까 그걸 감안하고 들어줬으면 한다만……."

여전히 아래를 내려다보고 있는 코쿠보 노인에 대해, 그래도 두 사람은 고개를 끄덕이는 시늉을 해보였다.

"저 숲속의 사당이 파괴되고, 그 다음 주부터 일주일에 한 명씩, 마을 사람이 죽어나가기 시작했어. 게다가 그 일들에는 일정한 법칙이 있는 것처럼 보였지. 그것을 깨달은 카미츠케 가의 군지는 어떻게든 변고를 피하려다가 결과적으로 무나카타 가의 참극을 일으켰다. 그런데도 그 법칙은 여전히 살아 있어서, 그놈의 아버지가 기묘한 모습으로 죽었지. 그리고 간신히 모든 게 끝났다."

"네……."

"하지만 말이야, 끝난 것은 법칙대로 사람이 죽은, 숲속의 사당과 엮인 **뭔가**에 대한 것뿐이 아닐까."

"무슨 말씀인가요?"

"마지막 한 명을 죽이지 못했던 카미츠케 군지에게는, 아직 끝난 게 아니지 않을까 하는 얘기란다."

"엑……?"

"나는 지금도 놈이 저 집 안을 어슬렁거리고 있다는 기분을 떨칠 수가 없구나. 너를 찾아내기 위해서 말이야……."

노인의 오싹한 발언을 마지막으로, 두 사람은 코쿠보 노인의 집을 나왔다. 밖에 나왔더니 이미 해가 뉘엿뉘엿 기울고 있었다. 어쩐지 음산한 붉은 석양을 받고 있는 카즈사의 숲은, 마치 숲 전체가 숨을 쉬고 있는 듯 보였다.

"할머니께 말씀드릴 거야?"

마당을 가로지르며 대문으로 향하는 동안, 코타로의 눈치를 살피던 레나가 물었다.

"물론 사건에 대해서는 알고 계실 테지만, 네가 알게 되었다는 사실을 아신다면……."

"이사할지도 모른다고?"

"응……. 유령 같은 건 믿지 않더라도, 옛날의 사건 때문에 네가 무서워한다는 것을 알게 되면 어떻게든 하려고 하시지 않을까?"

"하지만 사건에 대해서 알기 전부터 나는 그런 일들을 겪고 있으니까……. 요컨대 기분 탓이라고 할머니는 생각하실 거야."

"그건 오히려 사건에 대해 기억하고 있다는 증거가 되는 거 아니냐? 분명 할머니께선 코타로에게 사건에 대한 기억이 없기 때문에 저 집에 살려고 하셨던 거야. 하지만 실은 마음속 깊은 곳에 기억이 남아 있었어. 게다가 신문으로 그것을 확인하기도 했고. 그걸 아신다면……."

"할머니라면, 아마 맞서 싸우라고 말씀하실 거야."

"뭐……?"

"그런 유령이나 괴물은 무섭다고 생각하는 겁쟁이의 마음이 보여주는 것이니, 좀 더 정신적으로 강해져야만 한다고 말이야."

"말도 안 돼. 하나뿐인 예쁜 손자가 이렇게나 무서워하고 있는데……."

레나는 믿기지 않는다는 듯이 말했다.

"게다가 현실적인 문제로, 전에도 말한 것처럼 곧바로 이사할수 있는 금전적인 여유가 아마 없으실 거야."

하지만 이어지는 코타로의 말에는 레나 역시 고개를 끄덕일수밖에 없었다.

"가난하기 때문에 호러영화 같은 상황에서 빠져나올 수 없다……. 이런 설정은 조금 우습기도 하네."

레나의 반응을 곁눈으로 보던 코타로는 마치 농담을 하듯 쓴웃음을 지어 보였다. 하지만 레나는 전혀 웃지 않았다. 진지한표정으로 생각에 잠겼던 레나가 말했다.

"코타로, 우리 할아버지한테 상담을 하면, 분명 힘이 되어주실 거야. 어딘가 괜찮은 집을 알아봐 주실 거고…….”

“응, 고마워. 레나네 할아버지라면 믿을 수 있을 거라고 생각해. 하지만 그런 방법으로 할머니를 설득하기는 힘들 거야. 이제까지 누구의 신세도 지지 않고, 자신의 기술과 능력만으로 혼자 살아오신 분이니까……. 자존심이 엄청 강하시거든.”

“하지만 그러고 있을 상황이…….”

“맞아, 그러고 있을 상황이 아니지. 하지만 할머니의 이해를 얻는 건 불가능할 거야.”

“네가 그렇게까지 말한다면……그런 거겠지. 하지만 그렇다면 역시 시미짱하고 의논하는 편이 좋지 않을까?”

“…….”

“저 집에 이대로 계속 살 거라면 반드시 뭔가 대책을 세워야 해.”

“이대로 사는 건 위험하다고 생각해?”

코타로의 말을 듣자마자 레나가 고개를 크게 끄덕였다.

“게다가 시미짱은, 어쩐지 코타로에 대해 신경을 쓰는 것 같았어.”

그 말에 코타로는 움찔했다. 현관문에서 부자연스럽게 바깥을 엿보던 것이 역시 시미에의 주의를 끌었던 것일까.

“전에도 말했지만, 시미짱에게는 영감이 있으니까 분명히 코타로에게……, 아니지. 어쩌면 이사가 **끝난 뒤**의 저 집에서 뭔가 느낀 게 있을지도 몰라.”

“알았어. 오늘 밤에 차분히 생각해볼게.”

첫 마디에 미소를 띠던 레나의 표정이, 이어지는 코타로의 대답에 흐려졌다. 그렇게 느긋하게 대처해도 정말 괜찮을까 염려하는 것이 표정에서부터 전해져왔다.

"그 왜, 어제는 집에 계속 있었는데 아무 일도 없었거든."

"그렇구나……."

"게다가 지금부터라면 그 사람에게 이야기를 들려주는 것만으로 밤이 되어버리잖아."

"으음, 그건 그러네. 시미짱이 지금 집에 없을 수도 있고……. 그러면 코타로는 오늘 밤에 잘 생각해봐. 나는 시미짱에게 전화를 해서 내일 예정을 슬쩍 물어봐둘게. 그러고서 내일 아침에 서로 연락을 해보고 어떡할지 결정하는 건 어떨까?"

"찬성이야, 그렇게 하자."

코쿠보 가에서 오이카와 가를 향해서 달팽이처럼 느릿느릿한 걸음으로 길을 가로지르면서, 두 사람은 이야기를 정리했다.

"오늘은 고마웠어. 내일 또 보자."

"응. 조심해."

마지막에는 간신히 서로 웃는 얼굴로 작별의 말을 나눌 수 있었다.

'조심해'……라고.

레나에게는 괜찮다고 허세를 부렸지만, **저 집**에 저녁이 되어서 혼자 돌아가야 한다고 생각하니 코타로는 암담한 기분에 사로잡혔다. 그렇다고 해서 레나가 집에 들어가버린 지금, 언제까지고 멈춰 서 있을 수도 없다. 바로 뒤에서 **저 숲**이 버티고 있으니, 더욱 그렇다.

어제는 아무 일도 없지 않았는가. 다시 한 번 스스로에게 들려주고서 코타로는 10년 전에도 무나카타 가였던 자신의 집을 향해 걷기 시작했다.

사실 나는 여기서 자랐어야 했다. 그렇게 생각하니 주위의 길거리도 달리 보였다.

집에 도착하기 직전, 코타로는 타치바나 가의 울타리 앞에서 멈춰 섰다. 코로가 눈에 들어왔기 때문이었다. 사실 그 이유만은 아니라는 기분이 들었다. 조금이라도 집에 들어가는 것을 늦추려고, 무의식적으로 발을 멈췄는지도 모른다.

"코로⋯⋯."

여전히 사랑스러운 몸짓을 하며 개는 꼬리를 흔들고 있다. 저도 모르게 마음이 누그러지는 그 모습을 바라보는 동안, 문득 코타로는 이대로 저 집에 살 거라면 개나 고양이라도 길러야지 하는 생각에 사로잡혔다.

"어머나, 이제 오니, 코타로? 코로하고는 벌써 친해졌니?"

그때 타치바나 시즈코가 마당의 한쪽에서 모습을 보였다.

"아, 안녕하세요."

"할머니는 아직 안 오셨지?"

"네."

"그러면 잠깐 놀다 가렴. 코로도 좋아할 거야."

생각지도 못한 청이었지만, 지금의 코타로에게는 정말로 환영할 만한 제안이었다. 집에 돌아갈 시간을 늦출 뿐만 아니라, 코로와도 놀 수 있으니 더할 나위 없다.

"코로, 이웃집 코타로가 놀러왔단다."

시즈코는 마치 사람끼리 소개하는 것처럼 서로를 마주 보게 하고 말을 이었다.

"사이좋게 지내렴."

코로는 아주 머리가 좋은 개였다. 코타로와도 금방 친해진 데다 손, 엎드려, 기다려, 같은 간단한 지시를 알아듣는 데 시간이 얼마 걸리지 않았다.

"어머나, 코타로가 아주 마음에 들었나 보구나. 우리 바깥양반은 아직 산책도 제대로 못 시키는데 말이야."

안에 들어가서 쿠키와 주스를 얹은 쟁반을 들고 나타난 시즈코가 화단 옆의 테이블에 앉으면서 말했다.

"우리는 언제라도 좋으니 놀고 싶을 때에 놀러오렴. 하고 싶다면 산책하면서 데리고 나가도 괜찮아. 아, 이제 곧 저녁밥을 먹어야 할 테니 이 정도로 참아주렴."

결국 할머니가 돌아올 때까지 코타로는 타치바나 가의 마당에서 코로와 계속 놀았다. 금세 날이 저물었지만 외등의 불빛 덕분에 곤란하지는 않았다.

이윽고 할머니가 코타로를 데리러 나타났다. 코타로가 노는 사이에 시즈코가 무나카타 가의 우편함에 메모를 끼워 넣었던 모양이다. 세심히 배려해주는 이웃을 만난 것을 불행 중 다행으로 여겨야 할 것 같다.

할머니의 모습을 본 순간, 코타로는 요 며칠간의 기분 나쁜 일들 전부를 한때나마 완전히 잊고 있던 걸 깨달았다. 코로 덕분이다. 참으로 아쉬웠지만, 또 오겠다고 약속하고 집으로 돌아갔다.

그날 밤, 집에서는 아무런 일도 일어나지 않았다. 물론 할머니 곁에 있으려고 했지만, 욕실에서는 혼자가 되었다. 그때 코타로는 아주 잠깐이지만 두 눈을 감아보았다. 그러나 아기가, 남동생인 코지가 나타날 기미는 전혀 없었다.

남동생이라…….

그렇게 생각하니 참으로 복잡한 기분이 들었다. 무섭지 않다는 건 거짓말이지만, 피가 이어진 육친이라고 생각하면 무서움이 줄어드는 기분도 든다. 그렇기에 눈을 감아보았던 것이다. 하지만 또다시 작고 검은 형체가 나타난다면……. 역시 공포에 휩싸였을지도 모른다.

취침 시간이 되자 할머니에게 "안녕히 주무세요"라고 인사하고 계단을 오른다. 2층에서도 코타로는 복도의 불을 켜기 전에 침실 안을 엿보았다. 하지만 새까만 어둠이 가득 차 있을 뿐, 아버지의 모습은 어디에도 찾아볼 수 없었다.

설마, 모습을 보이는 건 한 번뿐이라든가……?

갑자기 머릿속에 떠오른 생각이었지만, 곧 다른 생각이 뇌리를 스쳤다.

내 앞에 모습을 보인 것은 어쩌면 경고하기 위해서였던 게 아닐까……?

괴이한 존재에게 습격당했다고만 생각하고 있었는데, 그 상대가 할머니이고 어머니이고 남동생이고 아버지였다면 느낌도 완전히 달라진다. 지금 와서는 각자 코타로에게 뭔가를 전하려고 하는 것으로 받아들일 수도 있다.

만약 내가 도망치려고 했기 때문에 죽은 가족의 마음이 헛수고로 돌아간다면 참으로 가슴 아픈 일이다. 하지만 어쩔 수 없지 않은가. 누구라도 그런 일을 겪게 되면 도망칠 것이다. 상반된 두 가지 감정 사이에서 코타로의 마음은 크게 흔들리고 있었다.

그런데 침실 문을 닫고 2층 복도의 불을 켜려는 순간이었다.

아, 아직 한 명이 있다…….

그곳에서는 보이지 않는 복도 안쪽의, 북쪽 방으로 시선을 던졌다.

저곳에는 누나가 있을 테지…….

그렇게 생각하자마자 어두운 복도에 발을 내딛고 있었다.

침실 앞을 지나 오른편으로 모서리를 돈다. 똑바로 이어진 복도의 중간쯤에 집 밖 외등의 뿌연 불빛이 발코니 창문을 통해 비쳐들고 있다. 기분 탓인지 이제까지의 조명보다 약해진 것처럼 느껴진다. 그렇기 때문에 바로 앞과 저 복도 안쪽의 어둠이 더욱 강조된 듯 보인다.

기분 탓이라고 생각했지만, 공부방의 문 부근이 어둠에 감싸여 있는 것은 틀림없는 사실이다.

하지만 어두운 편이 좋을지도 몰라. 누나와 만나기 위해서는…….

그렇게 스스로에게 들려주는 것이 과연 자신에게 힘이 되는 건지, 아니면 그냥 무섭게 만들 뿐인지, 어느 쪽인지도 알지 못한 채 코타로는 복도 끝까지 걸어가고 있었다.

자기 방문을 잠시 바라보고 나서 북쪽 방 앞에 선다. 문손잡이에 손을 뻗고서 천천히, 조용히 돌린다. 그 회전이 멈추기를 기다렸다가 천천히 문을 열려고 하는데, 문득 코쿠보 노인의 말이 되살아난다.

그곳에 있던 카오리를 어머니와 마찬가지로 마구 찔렀다…….

그 애의 사지와 머리는 거의 몸에서 떨어져 나갔다…….

손잡이를 쥔 코타로의 힘이 조금 약해진다. 이 문을 여는 것으로 인해 자신이 **무엇**을 보게 될 것인가. 그것을 새삼 머릿속에서 그린 순간, 회전했던 문손잡이가 원래 상태로 돌아와 있다. 그것과 동시에 방 안에서 소리가 났다.

듣지 마! 열지 마!

마음속으로 외치면서 자기 방 쪽으로 가서 문을 열려고 하는데…….

척척척척척척……!

바로 뒤의 복도에서 이쪽을 향해 다가오는 무시무시하게 사악한 기척이 등 전체로 느껴졌다. 그것과 동시에, 참살당한 다섯 가족 외에 **또 한 명**이 이 집에 있다는 것을 떠올렸다.

'나는 지금도 놈이 저 집 안을 어슬렁거리고 있다는 기분을 떨칠 수가 없구나. 너를 찾아내기 위해서 말이야…….'

다시 코쿠보 노인의 말이 되살아난다.

도망쳐야 한다며 서두르지만, 손잡이가 잘 잡히지 않았다. 부들부들 떨리는 손바닥 안에서 몇 번이나 미끄러진다.

어서 방 안으로 도망쳐야 해…….

그곳만이 안전지대 같다는 것을, 코타로는 요 며칠간의 체험과 오늘 노인에게 들었던 이야기로 확신하고 있었다.

척척척척……척.

기척이 멈췄다. 그리고 등 뒤에서 무시무시한 공기의 압박이 느껴진다.

찾았다……!

귓가에 소름끼치는 속삭임이 들렸다. 그 숨결까지 귓불에 느껴질 정도로.

그것은 코타로의 바로 뒤에 있었다.

13장 진상

정신이 들고 보니 코타로는 공부방의 옷장 안에 숨어 있었다. 대체 어떻게 들어왔는지, 기억이 확실치 않았다. 다만 안쪽에서는 완전히 닫을 수 없는 옷장의 두 문을 어떻게든 닫으려고 미친 듯이 잡아당기고 있었다.

이윽고 새가 지저귀는 소리를 듣고 조심조심 밖으로 나와 보니, 어느샌가 날이 밝아 있었다. 방의 이곳저곳에 옷장 안에 걸어두었던 옷들이 흩어져 있다. 문손잡이 아래에는 의자까지 세워져 있다. 아마도 양쪽 다 자신이 한 행동이겠지만, 코타로에게는 그런 기억이 전혀 없었다.

아침식사 시간까지 잠시 드러누웠다. 아직 흥분이 가시지 않아 잠은 오지 않았지만, 그 덕분에 마음을 추스르고 침착해질 수 있었다.

평소대로의 아침식사 후, 할머니에게 들키지 않도록 태연한 척 배웅을 하고서 코타로는 정오까지 푹 잤다. 일어난 것은 잠이 덜 깬 상태로 인터폰이 수없이 울리고 있다는 사실을 깨달았기 때문이었다.

부리나케 현관문을 열자 레나와 시미에가 함께 서 있었다.

"다행이다……. 무슨 일이 난 줄 알았지 뭐야!"

그때까지 잔뜩 굳어 있던 레나의 얼굴이, 단숨에 안도의 표정으로 바뀌었다. 그러나 곧 화난 듯이 뺨이 퉁퉁해졌다.

"아침부터 전화를 몇 번 했는지 알아? 왜 안 받은 거야!"

"어? 아, 미안해……. 자고 있었어."

"자, 자고 있었다고?"

레나의 분노가 심상치 않게 변하는 기척을 알아차리고 코타로가 황급히 덧붙였다.

"그, 그게 아니야. 늦잠을 자고 있었던 게 아니라……."

"얘들아, 너희들, 이런 곳에서 사랑싸움을 할 건 없잖니?"

거기에 시미에가 가만히 끼어들었다. 하지만 그 말에 레나가 다시 발끈했다.

"시미짱, 사랑싸움이라니, 나하고 코타로는 그런……."

"아, 특별한 의미는 없었어. 그냥 남녀 간의 다툼이라서 해본 말이야."

레나를 달래면서도 시미에는 코타로에게 장난기 어린 미소를 지어 보이며 말했다.

"그래서 코타로 군은 우리를 환영해주는 거니?"

"드, 들어오세요."

문을 활짝 열고 두 사람을 집 안으로 불러들인 뒤, 식당으로 안내했다.

"혹시 아직 점심을 안 먹었니?"

테이블 위에 놓인 도시락을 발견하더니 시미에가 말했다.

"혹시 된장국 있니? 아, 부엌 좀 빌릴게. 그러면 레나는 물을 좀 끓여줄래? 나는 된장국을 데울게. 괜찮아, 코타로는 그냥 앉아 있어."

잠시 후 세 사람이 테이블에 모여 앉았을 때, 코타로 앞에는 김이 모락모락 나는 된장국이, 두 사람 앞에는 홍차가 각각 놓여 있었다.

"미타카에 가정교사로 갔던 집의 여자애가 레이지처럼 4월부터 중3이 되는데, 꽤 재미있는 애라서 말이야."

코타로가 혼자서 도시락을 먹는 어색한 상황을 배려하기 위해서인지, 시미에는 학생의 집에서 보고 들은 재미있는 일을 즐겁게 이야기했다. 레나도 사건에 대해서는 언급하지 않고 시미에의 말에 장단을 맞추고 있었다.

"역시 남자애구나. 먹는 게 빨라."

그래도 코타로가 두 사람을 앞에 두고 부끄러워서 황급히 식사를 마치자, 시미에는 과장스럽게 놀란 몸짓을 하며 웃었다.

"그, 그래서, 이야기는 어디까지……."

"그렇게 서두르지 마. 중요한 이야기는 식후 차를 느긋하게 맛본 후에 하자."

시미에가 초조해하는 코타로를 진정시키는 사이, 레나가 부엌에서 새로 홍차를 끓였다. 한동안은 차를 마시며 하던 이야기를 계속하게 되었다.

"그건 그렇고······."

이윽고 시미에가 분위기를 바꾸는 듯한 목소리로 말했다.

"대강의 이야기는 어젯밤에 레나한테 전화로 들었는데, 코타로 군의 입으로 자세한 이야기를 듣고 싶어."

"저기, 어디쯤부터······."

"그렇지······. 이사 온 날부터면 될까?"

의논하듯이 레나를 쳐다본 시미에는 레나가 끄덕이는 것을 확인한 뒤에 다시 말했다.

"어쨌든 코타로 군이 말하기 편한 방식대로 이야기해봐. 이야기의 순서 같은 건 신경 쓰지 말고, 빼먹지 않고 전부 이야기하는 것에 주의하면서."

"아, 네······."

코타로는 긴장한 눈치로 시미에에게 대답하며 레나 쪽을 흘끗 바라보았다.

"빠진 부분이 있으면 바로 알려줄게."

곧바로 레나가 든든한 대답을 해주어서, 코타로는 더듬거리는 어조로 이 닷새 사이에 있었던 일들을 이야기하기 시작했다.

이야기의 요소요소에서 시미에가 질문을 하고 적절한 곳에서 레나가 보충 설명을 하면서, 코타로의 이야기는 막힘없이 진행되었다. 각각의 괴이에 대해서도 생략하지 않고, 상세히 이야기했다. 특히 이 집의 다다미방, 부엌, 욕실, 침실에서 겪은 체험은 되도록 충실하게 재현했다. 혹시 시미에라면 죽은 가족의 메시지를 해석해줄지도 모른다고 생각했기 때문이었다.

"……그래서 할머니가 나가신 뒤에 다시 자고 있었어요. 그것이 어느샌가 낮까지 자버려서……. 그랬더니 인터폰이 울리고……."

그리고 오늘 두 사람이 찾아온 부분까지, 코타로의 이야기가 이어졌다.

"후우……. 고생이 많았네. 응, 이야기는 잘 알았어. 힘들었지?"

시미에가 코타로의 피로에 신경을 쓰는 사이 레나가 몹시 미안하다는 듯한 표정으로 말했다.

"조금 전에는 미안해. 어젯밤에 또다시 그런 무서운 일을 당했다는 건 몰랐어."

"아니, 이제 괜찮아. 그런 건 당연히 알 방법이 없지. 그것보다, 내가 금방 전화를 받으면 되는 문제였어."

"그렇지 않아. 분명히 엄청 피곤해서 전화를 받을 상황이 아니었을 거야."

시미에는 서로 사과하는 코타로와 레나의 얼굴을 교대로 보면서 웃음을 참는 듯한 표정을 보이며 말했다.

"흐음, 두 사람은 사이가 좋구나. 이래서는 내가 나설 자리가 전혀 없겠는걸."

"무, 무, 무슨 소릴 하는 거야, 시미짱은."

"마, 맞아요. 저희는 딱히……."

"게다가 시미짱한테 상담한 것은 그냥 어른 중 누군가가 이야기를 들어주기를 바란 것뿐만이 아니잖아. 어제도 전화로 말했듯이……."

"아, 미안 미안. 장난이라니깐. 정말이지 너는 코타로 군에 관한 일이라면……."

"시미짱!"

"알았어, 알았어, 알았습니다."

아주 진지한 어조로 대답하긴 했지만, 시미에의 표정은 반쯤 웃고 있었다. 레나는 화가 난 듯 보였지만, 아무래도 부끄러움을 감추기 위한 태도인 듯 보였다. 코타로는 이미 완전히 고개를 숙이고 있었다.

"그러면 이 집의 방들을 하나씩 구경해보기로 할까."

시미에가 새삼스러운 어조로 그렇게 말하자, 코타로가 번쩍 고개를 들었고, 레나의 얼굴도 금세 긴장되었다.

"일단은 순서대로 돌아보기로 하면, 우선은 다다미방부터 봐야겠지?"

식당을 나와서 코타로, 시미에, 레나가 일렬로 서서 복도 반대편으로 이동했다.

"이 미닫이문은 이 정도로 열려 있었고……."

시미에는 혼잣말을 하면서 한동안 복도와 다다미방을 오가다가 말했다.

"여기는 이제 됐어. 부엌으로 돌아가자."

"조금 전 부엌에서는 아무것도 느껴지지 않았나요?"

의문을 느낀 코타로가 질문했다.

"응…….뭐라고 할까, 그런 마음가짐으로는 할 수가 없으니까. 역시, 다른 거야."

감각을 잘 표현할 수 없어서인지, 시미에는 답답한 듯했다.

부엌 싱크대 쪽으로 들어가자, 또다시 시미에는 이리저리 왔다 갔다 하기 시작했다. 딱 목 없는 여자가 기어 나온 곳 부근을 살피고 있는 듯 보였다.

레나는 코타로 옆에 서서 어쩐지 무서운 듯 시미에의 움직임을 바라보고 있었다. 자신도 그곳에 들어가서 홍차를 끓였던 것을 떠올리고 소름 끼치는 기분을 느끼고 있는지도 몰랐다.

"여기도 이걸로 됐어. 다음은 욕실이지?"

코타로와 레나가 탈의실을 겸한 세면실에서 머무르고 있는 동안, 시미에만 목욕탕에 들어갔다. 다만 욕조를 엿본 것 이외에는 전체적으로 사방을 둘러본 것만으로 용건은 충족된 듯했다.

"그리고 드디어 2층이네."

복도로 나와서 조금 전과 마찬가지로 계단을 올라갔다. 그러나 층계참을 지났을 즈음, 레나의 의아한 목소리가 들렸다.

"왜 그래?"

코타로가 돌아보니, 시미에가 몸을 돌려 계단 아래의 1층을 보고 나서 2층을 올려다보고 있었다. 그리고는 또다시 계단 아래를 보았다가 2층을 보는 동작을 몇 번인가 반복했다.

"뭐, 뭔가 있나요……?"

"아니, 미안해. 저 방이지?"

코타로의 물음을 얼버무리듯, 시미에는 2층 침실의 문을 가리키더니 나머지 계단을 올라가서 재빨리 문제의 방에 들어갔다.

그런 뒤에 아버지가 누워 있던 곳 부근에 멈춰 서서 잠시 주위를 걸어 다녔다.

"응, 이제 됐어. 이것으로 마지막으로 남은 것이 저 안쪽의, 공부방 북쪽에 있는 방인데, 코타로 군은 그곳에 들어가지 않았다고 했지……."

또다시 말끝에 가서는 혼잣말처럼 중얼거리고 있었다.

"정말로 넓고 큰 집이구나."

조금 뜬금없는 느낌으로, 새삼스럽게 레나가 감상을 말했다. 아마도 다다미방, 부엌, 욕실, 침실 순서로 **현장**을 보면서도 시미에가 아무런 코멘트를 하지 않았기 때문에, 레나 나름대로 분위기를 맞추기 위해 꺼낸 말이라고 코타로는 생각했다.

그건 그렇고, 시미에는 어째서 아무 말도 하지 않는 것일까. 혹시 아무것도 느껴지지 않는 것일까. 만약 자신의 생각대로 죽은 가족들이 한 번씩밖에 모습을 드러낼 수 없다고 한다면, 시미에가 전혀 반응다운 반응을 보이지 않는 것도 수긍할 수 있었다.

"그렇게 말하는 레나네 집도 충분히 넓고 크잖아?"

다만 당사자인 시미에는 레나의 배려도 코타로의 염려도 깨닫지 못했는지 아주 평범한 대화를 건넸다.

"하지만 우리 집은 전통식이니까……. 역시 이렇게 깔끔한 서양식 건물이 좋아."

레나도 코타로에 대한 배려라는 당초의 목적을 잊었는지, 사실 그대로 대답한 듯했다.

"어머? 그건 간단히 해결할 수 있잖아. 누군가하고 결혼하면 여기서 살 수 있으니까."

다시 튀어나온 시미에의 문제적 발언에 레나가 펄쩍 뛰었고, 곧 밝고 활기찬 공기가 세 사람이 있는 침실에 떠돌기 시작했다.

정말로 아무것도 없다면야 그러는 편이 당연히 좋기는 하다. 진심으로 그렇게 생각하면서도, 나이 차이가 나는 자매처럼 재잘거리는 두 사람을 보고 있자니, 코타로는 참으로 복잡한 기분이었다.

그런데 여유 있던 것은 거기까지였다. 복도로 나와서 시미에를 선두로 복도 안쪽으로 걷기 시작하자마자 시미에의 태도가 변모했다. 계단의 층계참에서 보인 것과 마찬가지로, 몇 번이나 뒤를 돌아봤다가 다시 앞을 봤다가 하는 동작을 반복하기 시작했던 것이다.

설마 가족의 기척이 없긴 하지만, **그 녀석**의 존재만은 느낀다든가……?

코타로가 그런 섬뜩한 생각에 사로잡혀 있는데, 갑자기 시미에가 몸을 떨더니 황급히 화장실에 들어가려고 했다.

오한을 느낀 거야…….

코타로는 전율했지만, 곧 할머니의 주의를 떠올리고 1층 화장실로 안내하는 것을 잊지 않았다. 두 사람의 미묘한 변화를 눈치채지 못한 레나는, 청소할 수고를 덜기 위해서란 코타로의 설명에 넓고 큰 집도 좋기만 한 것은 아니라고 말해서 시미에를 쓴웃

244

음 짓게 했다.

"미안해. 처음에 들렀다 올 것을 그랬지."

화장실에서 나온 시미에는 멋쩍은 듯 사과했지만, 분명 2층 복도에서 느꼈던 섬뜩한 오한 때문이라고 코타로는 확신했다.

다시 한 번 2층으로 올라가서 복도 안쪽으로 나아간다. 기분 탓인지 시미에의 발걸음이 조금 전보다 빨라진 듯 느껴진다. 저도 모르게 뒤를 돌아보게 되는 것을 억지로 참는 것처럼 보이기도 한다. 코타로는 시미에의 뒤를 따라가는 내내 그런 생각을 떨칠 수 없었다.

빠른 걸음으로 복도 구석까지 도달하자, 시미에는 마음을 다잡을 여유를 위함인지 잠시 두 사람의 얼굴을 가만히 바라본 뒤에 북쪽 방의 문을 열었다.

…….

시미에의 등 너머로 코타로는 조심조심 실내를 들여다보았지만, 아주 쓸쓸한 분위기의 방이 보일 뿐, 특별히 이상한 것은 없었다.

"으음……."

다만 시미에의 반응이 다른 때와 달라져 있었다. 신음하는 듯한 소리를 내는가 싶더니, 실내를 이쪽저쪽 오가기 시작했다.

"시미짱……."

그 모습을 본 레나가 뭔가 있다고 느낀 것인지 말을 걸려고 해서, 코타로는 곧바로 제지했다. 방해해서는 안 된다고 생각했기 때문이었다. 레나에게도 곧 전해졌는지 황급히 두 손으로 자기 입을 덮는 시늉을 했다.

두 사람은 문 앞에서 멈춰선 채 말없이 시미에의 움직임을 눈으로 좇았다. 이윽고 시미에는 방구석에 멈춰 서더니 그 자리에 앉았다. 그리고 명상을 하는 것처럼 두 눈을 감은 상태로 고개를 숙이고서 꼼짝도 않고 가만히 있었다.

물론 무엇을 하고 있는지 코타로는 알 수 없었지만, 어쩌면 누나와 이야기를 나누고 있는 것이 아닐까……라는 기대에 가슴이 두근거렸다. 다만 그것은 자기 역할이 아닌가 하는 불만도 적지 않게 느꼈다. 시미에가 호의로써 해주는 일임을 이해하면서도, 어째서 친동생을 제쳐두고 직접? 이런 생각을 하지 않을 수 없었다.

어느샌가 자신이 시미에의 존재를 성가시게 느끼고 있음을 깨달은 코타로는 깜짝 놀랐다. 그런 식으로 생각해서는 안 된다. 황급히 스스로를 타이르지만, 문득 **뭔가**가 자신에게 그런 감정을 심고 있는 듯한 기분이 들어서 코타로는 오싹해졌다.

녀석인지도 모른다…….

저도 모르게 실내에서 복도 쪽으로 시선을 돌린다. 물론 아무것도 보이지 않는다. 그러나 코타로는 그곳에서 기분 나쁜 사실을 깨달았다.

다른 방의 괴이는 한 번뿐이었는데, 2층 복도의 **그것**은 적어도 세 번은 체험했다. 즉 녀석만큼은 몇 번이고 나에게 위협을 가할 수 있는 것이 아닐까.

"코타로……."

참으로 불길한 의혹에 사로잡혀 있던 참이라, 어깨에 누군가의 손이 얹혔을 때는 하마터면 비명을 지를 뻔했다.

"왜 그러니? 괜찮아? 시미짱이 이제 끝났대."

정신을 차리고 보니, 레나와 시미에가 사이좋게 나란히 서서 걱정스러운 듯한 표정을 짓고 있었다.

"아, 미, 미안해……. 조금 멍하니 있었던 것뿐이야."

코타로는 수습하듯이 사과하고, 그대로 두 사람을 공부방으로 안내했다.

"들어오세요."

시미에에게는 하나밖에 없는 의자를 권하고, 코타로와 레나는 침대에 앉았다.

"흐음. 코타로의 방은 참 깔끔하구나."

"레이지 군의 방하고는 또 다르네."

"맞아, 맞아. 오빠 아이돌 수영복 포스터 같은 걸 덕지덕지 붙여놓고 있으니깐."

듣고 보니 공부방의 벽에는 아무런 장식물도 없었다. 치바의 임대주택이 다다미방이었기 때문에 포스터 같은 것을 붙여볼 생각을 한 적이 없다고 설명했다.

"우리 오빠는 그런 건 상관 안 해. 미닫이문하고 천장에도 붙여놨는걸."

거기서 갑자기 코타로 방의 가구 배치에 대한 이야기가 시작되었다. 레나와 시미에가 여러 가지 아이디어를 내고, 그것의 채택 여부를 코타로가 정하는 것이었다.

시미에는 그렇게 해서 코타로의 기분이 풀리기를 기다리고 있었는지, 가까스로 레나가 가구 재배치 안을 정리했을 때에 가만히 입을 열었다.

"코타로 군, 이 집에 대해서 말인데."

즉시 코타로도 레나도, 앉아 있던 자세를 고쳤다.

"처음에는 솔직히 조금 당황했어."

"아무것도 느끼지 못했기 때문인가요?"

신경 쓰였던 것을 코타로가 묻자, 시미에는 고개를 끄덕이면서 대답했다.

"부엌에서 된장국을 데우고 있었을 때는 그런 마음의 준비가 되어 있지 않아서 그랬다고 말했지만 사실은 아니었어."

"역시 의식하고 있었어?"

옆에 자신이 있던 것을 기억해냈는지, 레나가 당황하며 확인했다.

"응, 그렇지……. 하지만 전혀 아무것도 느껴지지 않아서, 이거 이상하네, 하고 생각했어."

"그건 다른 방도 마찬가지였나요?"

"결과부터 말하면 그래. 일단 사건이 일어난 순서대로 방을 돌아보자고 생각하고 다다미방부터 시작했는데 역시 소용없었어. 다시 한 번 부엌에 들어가 봤지만 마찬가지였지. 욕실도, 2층의 침실도……."

"딱 한 번밖에 나타나지 않는다는 저의 생각이 맞았던 걸까요?"

"그렇게 되겠네. 다만 어째서인지는 나도 잘 모르겠어."

"가족의 영혼이 사라져버렸다……."

그렇게 중얼거린 코타로에게, 시미에는 복잡해 보이는 표정을 지어 보이며 말했다.

"레나는 나에게 영감이 있다고 생각하는 모양인데, 그게 유령이나 심령이라고 불리는 것을 느끼는 힘이라고 한다면 그것과는 조금 다를지도 몰라."

"어, 그런가요?"

"내가 알 수 있는 것은, 그 장소에 뭔가가 남아 있는가 어떤가 하는 점이야. 잘 표현을 못하겠는데 말이지……."

"하지만 그런 것이 유령 아닌가요?"

"그럴 수도 있겠네. 다만 내가 느끼는 건 좀 더 막연한 존재……가 아니지. 기척이라고 할까, 분위기라고 할까, 말하자면 잔상 같은 것이라고 할 수 있어."

거기서 두 사람의 대화에 귀를 기울이던 레나가 입을 열었다.

"시미짱이 아무것도 느끼지 못했다는 거 말인데, 그 왜, 이 근방에서는 영감이 무뎌진다고 말한 적이 있잖아? 그것의 영향이 아닐까?"

"처음에는 나도 그렇다고 생각했어. 하지만……."

"2층의 복도만은 달랐던 건가요?"

시미에가 말끝을 흐리자, 코타로가 그 뒤를 받아 이었다. 그러나 시미에는 그 점에 대해서는 언급하지 않았다.

"이 부근의 북쪽 방에는, 그런 잔상이 있는 것 같아."

"뭐, 뭔가 구체적인 것을 느꼈나요?"

누나에 관한 일인 만큼, 복도의 괴이보다 신경이 쓰이던 코타로는 잔뜩 긴장하며 물었다.

"이건 어디까지나 내 감각 같은 것이니까 확실하다고는 할 수 없어. 그것을 이해하고 들어줬으면 해. 그 가정하에서 느낀 대로 말하자면, 그 방에 남아 있던 것은 뭔가를 전하려 하고 있었어……."

"저, 저에게 말인가요……?"

"미안해. 정말로 모르겠어. 다만 할머니께서 정기적으로 청소를 하셨는데도 아무런 체험도 하지 않으셨다는 것, 이사를 오자마자 바로 그런 현상들이 일어난 것, 그 대상이 전부 코타로 군인 것, 게다가 같은 장소에 같은 인물로는 두 번 다시 나타나지 않는 것……. 이 사실들로 보면 아마도 잔상의 힘은 그리 강하지는 않지만, 명백히 코타로 군을 향하고 있어. 그렇게 생각해도 되겠지."

"요컨대 위험하지 않고, 두 번 다시 나오지 않는다는 얘기야?"

안도한 듯한 어조로 레나가 말했다. 과거의 사건은 비참하기는 했지만, 현재의 코타로에게까지 앙화가 미치지는 않는다는 것을 알고서 순수하게 기뻐하는 듯했다.

"다만 이 집에는 가족 이외에도 남아 있는 것이 있는 거죠?"

코타로는 그런 레나와는 대조적으로 굳은 목소리로 시미에를 똑바로 바라보며 물었다.

"응? 뭐가? 뭘 말하는 거야?"

레나가 두 사람의 얼굴을 교대로 바라보면서 갑자기 불안한 표정을 했다.

"나는 뭔가 대단한 걸 알 순 없어."

시미에는 곤혹스러운 어조로 그렇게 말한 뒤, 자신의 의견을 피력했다.

"그래도 이 집의 계단부터, 아니, 어쩌면 현관부터인지도 모르겠는데, 2층 복도에서부터 복도 안쪽까지, **이 방 앞까지** 무시무시하게 강한 의지의 흐름이 느껴져. 마치 눈에 보이지 않는 뭔가의 통로 같은, 그런 느낌이 들어."

"그, 그건, 시미짱……."

레나가 겁먹은 목소리로 말하자 시미에는 기운을 불어넣어 주듯 고개를 끄덕여 보였지만, 이어서 그 입에 나온 것은 더욱 무서운 말이었다.

"조금 전에 나는 현관에서부터일지도 모른다고 말했지. 하지만 그건 어쩌면 옛 카미츠케 가에서부터 이어지고 있고, 더 거슬러 올라가면 이시바시 가, 오시바 가, 코쿠보 가를 거쳐서 숲속으로 들어가 참배길을 타고 최종적으로 사당 안으로 연결되어 있을지도 몰라."

"모든 것은 **그 사당**에서……."

"카미츠케 가의 아들이 사당을 부순 때부터……."

코타로와 레나가 각각 중얼거리듯 입을 열었다.

"시작되었다……."

그런 말과 함께 동시에 입을 다물었다.

"그런데, 끝나지 않았다……."

그 뒤를 시미에가 이었다.

"제가 남아 있기 때문이죠……?"

시미에는 코타로의 그 물음에는 대답하지 않고 오히려 질문을 던졌다.

"코쿠보 할아버지가 했던 말에 대해서, 본인께선 뭐라고 하셨니?"

"마당에 나가 있을 때의 기억은 애매해서 잘 모르겠다고 하셨어요. 다만 카미츠케 가의 아들은 아직 이 집 안에서 저를 찾고 있는 게 아닐까 한다고……."

"그런 것이었구나."

뭔가 생각하던 것이 있었는지, 시미에는 고개를 끄덕였다.

"그리고 코쿠보 할아버지가 했던 말은, 순서는 지켜야만 하고, 그 순서를 바꾸게 되면 새로운 순서가 필요해진다……라는 것이었지?"

"맞아요. 아마도 처음의 순서는 코쿠보, 오시바, 이시바시, 카미츠케, 그리고 무나카타. 숲의 참배길의 지그재그와 같은 루트에 있는 다섯 집의 순서였다고 생각해요. 하지만 새로운 순서는……."

"분명 무나카타 가에서 벌어졌던 참극의 순서……가 아닐까?"

"네? 하지만 무슨 관계가……."

"물론 관계 같은 건 없겠지. 다만 첫 순서의 흐름을 바꾸는 바람에, 결과적으로 새로운 순서를 만들어버리게 된 것일지도 몰라.”

“하, 하지만……범인의 아버지가 불타 죽었으니, 원래의 순서
는 끝났던 거 아닌가요……?”

“그렇게 보이지만, 새로 시작된 순서에는 더 이상 영향을 주지
않는다고도 해석할 수 있겠지.”

시미에의 해석은 어딘지 모르게 코쿠보 노인이 말한 해석과
비슷했다.

“그 완결이, 종지부가 찍히는 것이 코타로 군의…….”

죽음……이라는 말을 레나는 간신히 삼킨 듯했다.

“시미짱, 역시 코타로는 이 집에서 나가는 편이…….”

“다만 숲속에서 코타로 군을 쫓아왔다는 **뭔가**도 숲의 바깥까
지 나오지는 않았어. 이 집의 2층 복도에서 코타로 군이 느꼈다
는 **뭔가**도, 실제로 위해를 가할 수 있을 정도의 힘은 없다고 생각
돼. 그 정도의 위력이 있다면 이미 큰일이 났을 거야.”

“그건 그렇지만…….”

“물론 레나가 무슨 걱정을 하는지도 잘 알아. 실은 나도 아주
신경 쓰이는 점이 하나 있거든.”

그렇게 운을 뗀 시미에는 두 사람을 교대로 바라보면서 말을
이었다.

“이 시기에 이사 왔다는 사실에, 코쿠보 할아버지처럼 나도 이
건 운명이 아닐까 하는 느낌을 받고 있어. 알아차렸는지는 모르
겠는데, 그 사건이 벌어진 날이 딱 10년 전의 **내일**이거든.”

14장 10년째

일요일인 내일이 그 끔찍한 그 일가 참살 사건으로부터 딱 10년째에 해당하는 날이다…….

시미에가 지적할 때까지, 코타로는 이 불길한 사실을 알아차리지 못하고 있었다. 아니, 일단 이맘때라고 인식은 있었는지도 모르지만, 사건 자체를 둘러싼 의문과 수수께끼에 너무 집중한 나머지 크게 의식하지 않았던 것이다.

"그것이 우연이 아니라, 운명이라는 얘기야?"

겁먹은 듯한 레나의 어조에, 시미에는 곤혹스러운 표정을 지으며 말했다.

"그렇게 이야기하기 시작하면 대부분의 일들을 운명이라고 말할 수 있지만, 이사 온 타이밍이 워낙 절묘해서 말이야……. 다만 그렇기에 코타로 군의 눈앞에 그런 현상이 잇따라 발생한 것이라고 생각할 수도 있어."

"시간이 얼마 남지 않았기 때문에⋯⋯."

"그래. 가령 10년째 되는 날까지 몇 달 정도 남아 있었더라면, 좀 더 다른 방식으로 접근해왔을지도 모른다는 생각이 들어."

"저를 무섭게 하거나 위협하지 않고 사건에 대해서 전달하려고 했을 거라고요?"

"그렇지. 그런 기분이 들어."

두 사람의 대화를 듣고 있던 레나가 안달하듯 말했다.

"역시 위험하지 않아? 게다가 내일이라니, 무슨 일이 일어날지 모르잖아. 현관부터 복도에 느껴지는 뭔가의 흐름이 카미츠케 군지가 남긴 증오나 살의의 원념 같은 것이라고 한다면, 10년째라는 특별한 날에 생각지도 못한 위력을 발휘할지도 모르고⋯⋯. 우선 내일만이라도 이 집에서 나가 있는 편이⋯⋯."

"할머니께는 뭐라고 말씀드리지?"

"그, 그건⋯⋯뭔가 구실을, 모두 함께 생각해보자."

"응, 하지만⋯⋯."

"우리 집에서 묵는 건 어때? 너무 갑작스럽지만, 중학교에 들어가기 전에 친구를 소개한다는 명목으로 내일 오후부터 모이고, 그대로 몇 명의 친구와 함께 코타로도 같이 하룻밤 묵는 거야. 친구들을 부르는 건 나한테 맡기고."

"하지만 그래서는 할머니만 혼자 남게 되잖아."

"위험한 건 코타로 한 사람이잖아?"

레나가 동조를 바라는 눈길로 시미에를 바라보았다. 그러나 시미에는 고개를 갸웃하면서 대답했다.

"그건……, 거기까지는 나도 단언할 수 없어. 코타로 군이 위험한 건 틀림없다고 생각하지만……. 다만 이 집에 코타로 군이 없고 할머니만 계실 경우, 원래대로라면 코타로 군을 노려야 할 뭔가가 갈 곳을 잃고 할머니를 목표로 삼을지도 모르지."

"그럴 수가……. 그러면 할머니도 함께……."

"레나의 집에서 묵자고 말씀드리려고?"

"……."

대답 없이 고개를 숙이는 레나에게, 코타로는 의연한 목소리로 말했다.

"나는 도망치지 않는 편이 좋을 거 같다는 생각이야."

"뭐?"

"우연인지 운명인지는 모르겠지만, 이대로 맞서야 한다고 봐."

"무, 무슨 소릴 하는 거야."

"코쿠보 할아버지는 카즈사의 숲에 있는 신령님이 나를 부른 거라고 생각하는 것 같지만, 바꿔 생각하면 가족이 겪은 사건의 결판을 내기 위해 운명적으로 온 것일 수도 있잖아?"

"그, 그런 소릴 해도……."

"나도 코타로 군의 말에 찬성이야."

시미에의 말에 레나는 큰 충격을 받은 듯했다.

"자, 잠깐, 시미짱……. 상담을 한 건 코타로를 구하기 위해서였지, 그런 정체 모를 것하고 싸우기 위해서가……."

"응. 하지만 그렇게 하는 것이 코타로 군을 구할 방법이라면?"

"엑……? 하, 하지만……."

"게다가 내일만 피한다고 문제가 해결된다고 볼 수 없어."

코타로에게 그런 말을 들은 레나는 한순간 말을 잃었다.

"그러면 내일 나도 이 집에서 하루 묵으면서 코타로랑 하루 종일 같이 있을래!"

레나는 제안이라기보다 이미 결정 내린 듯한 단호한 말투로 놀라운 선언을 했다.

"그, 그, 그건, 좀 그런데……."

코타로가 저도 모르게 시미에를 보자, 시미에는 살짝 미소를 지은 뒤에 뭐라 표현할 수 없는 복잡한 표정을 지으며 말했다.

"레나, 잊었니? 내일은 친척집에서 제사가 있으니까 거들러 가야 한다고, 꽤 오래전부터 어머니한테 들었다며?"

"아……. 아냐, 괜찮아. 안 간다고 말할 거야. 오빠는 1년도 더 남았는데 입시공부를 한다는 핑계를 대고 안 가는걸."

괜찮다고 말하긴 했지만, 간단히 거절할 수 없으리라는 점은 레나의 눈치로도 충분히 알 수 있었다.

"실은 말이지, **나도** 내일은 오후부터 도저히 빠질 수 없는 업무가 있어. 어쩌면 코타로 군의 **할머니도** 내일은 귀가가 늦어질 일이 있을지도 몰라."

"무, 무슨 소리야?"

불길하다는 듯이 레나가 물었다. 코타로도 같은 기분이었다.

"또 우연이다, 운명이다 하는 이야기가 되는데, 10년째가 되는 내일, 이 집에는 코타로 군만 남게 되는, **그런 상태가 되도록**

모든 상황이 움직이고 있다는 기분이 들어.”

“엑……? 그럴 수가…….”

너무나도 오싹한 발상에 레나의 얼굴이 일그러졌지만 곧 단호한 어조로 입을 열었다.

“그렇다면 그걸 무너뜨리면 되잖아.”

“그게 좋겠다고 생각할 수도 있지만 나는 반대라고 봐. 어설프게 거스르는 것으로 인해 더욱 말도 안 되는 사태를 부르지 않을까? 그야말로 그것이 운명이라고 생각될 정도의…….”

“그런 이야기를 하기 시작하면 아무것도 할 수 없잖아.”

“그러니까 일부러 거스르는 행동은 하지 말고 상황의 흐름에 따르면서, 이쪽에서 할 수 있는 최대한의 준비를 해두는 거야. 대책을 세우는 거지. 그런 상황에서 아까 코타로 군이 말하는 것처럼 맞서는 거지. 모든 것을 마무리 짓기 위해서는 그 방법밖에 없다고 생각해. 도망쳐봤자 일시적으로 위험을 피하는 것뿐, 아마도 근본적인 해결은 안 될 거야.”

해질녘이 될 때까지 논의가 이어졌다. 도중부터는 레나도 의견을 굽히고 두 사람의 생각을 인정하게 되었다. 이후로는 어떻게 코타로를 지키고 괴이에 대처할까, 어떻게 그것을 멸할까, 하는 점에 대해 논의와 검토를 거듭했다.

그 결과 시미에가 내일 이른 아침에 아는 신사에 가서 필요한 물품을 구비하고, 그것을 코타로에게 전달하기로 결정했다. 또한 오전 중이라면 레나도 자유롭게 움직일 수 있기 때문에, 내일 오전에 셋이 다시 한 번 모이기로 했다.

"혹시 모르니까 할머니가 돌아오실 때까지 머물러 있을까?"

두 사람을 배웅하려던 코타로에게 시미에가 말했다. 레나도 찬성했지만, 코타로는 괜찮다며 거절했다. 시미에가 있다고는 해도 해가 많이 기운 데다, 레나가 늦게까지 귀가하지 않으면 할머니의 평판이 나빠질 수도 있기 때문이었다.

"그러면 빠짐없이 준비해 올 테니까, 내일 아침에 또 보자. 그러면 실례했습니다."

"코타로, 부디 몸조심해. 무슨 일이 있으면 꼭 전화해."

둘은 거듭 당부의 인사를 전했다. 코타로가 끄덕이자 시미에는 맞은편에 있는 이케지리 빌라로, 레나는 오이카와 가로 돌아갔다.

코타로는 집의 동쪽으로 돌아가서 담 너머로 코로와 잠깐 놀았다. 타치바나 가 앞으로 갔다가는 시즈코가 코타로의 할머니가 귀가할 때까지 또 머물러 있으라고 할 것이다. 그것은 피하고 싶었다. 코타로는 잠깐 시간을 때우는 것으로 족했으니까.

"그러면 잘 있어, 코로. 내일모레에는 산책이라도 시켜줄게."

해가 완전히 가라앉기 전에 코타로는 코로에게 그런 말을 남기고 이웃집의 울타리에서 벗어났다.

무사히 모레를 맞이할 수 있을 때의 이야기지만⋯⋯.

자신의 말에 꼬리를 흔들며 기쁨을 나타내는 코로를 돌아보면서, 문득 그런 마음에 사로잡히면서 집 안에 들어갔다.

우선은 현관과 복도에 불을 켜지 않은 채로 다다미방 앞까지 가서 귀를 기울인다. 아무 소리도 들리지 않는다. 가만히 미닫이문을 연다. 아무것도 보이지 않는다.

　이어서 복도를 반대편까지 돌아가서, 식당 문을 열고 부엌 쪽을 엿본다. 아무것도 없다. 만일을 위해 부엌 안까지 들어가 보지만, 역시 아무런 기척도 없다.

　그런 뒤에 세면실에 가서 욕실을 살핀다. 묘한 곳은 어디에도 없다. 조금 주뼛주뼛하면서도 욕조 뚜껑을 연다. 아무것도 들어 있지 않다.

　천천히 계단을 오른다. 층계참에서 방향을 틀고, 계단의 가장 높은 곳에 이르렀을 때 다시 아래쪽으로 눈길을 향한다. 특별히 뒤에서 따라오는, 혹은 뭔가 들러붙는 느낌은 없다.

　2층 침실의 문을 연다. 텅 비어 있는 그야말로 휑한 공간이 있을 뿐이다.

　역시 복도의 조명은 켜지 않은 채로, 신중하게 복도 안쪽으로 나아간다. 살금살금 전진하면서 뒤를 돌아본다. 때로는 멈춰 서서 등 뒤의 기척을 살핀다. 하지만 전혀 걸리는 것이 없다.

　이윽고 공부방의 북쪽에 위치한 방 앞에 도착한다. 계단과 복도를 제외하면, 시미에가 유일하게 반응을 보였던 방 앞에 선다.

　누나…….

　저도 모르는 사이에 그렇게 마음속으로 부르고 있다.

　누나……. 뭔가 전하고 싶은 게 있는 거지……?

　문손잡이에 손을 뻗고, 가만히 돌리기 시작한다.

　누나……. 도와줄 거지……?

　문손잡이의 회전이 멈춘다.

누나…….

천천히 문을 연다. 안쪽으로 열리는 여닫이문이 맞은편으로 열려간다. 그러자 다다미방에서, 부엌에서, 욕실에서, 침실에서 봤던 **존재들**이 단숨에 뇌리에 생생히 되살아난다.

아아악……!

소리 없는 비명을 지르면서 서둘러 문을 닫으려고 하는데, 안쪽에서 문을 꾸우욱 잡아당기는 느낌이 난다. 저도 모르게 문손잡이를 놓는다.

흐릿하게 삐걱거리는 소리를 내면서, 문이 실내를 향해 스르르 열려간다…….

완전히 열린 문 너머에 작고 검은 형체가 서 있다. 몸집으로 보아 다섯 살 정도의 여자아이인 듯하다.

누, 누, 누나……?

그렇게 부르려고 할 때 그 형체가 흔들, 움직인다. 어? 놀라면서 눈을 크게 뜨자, 다시 흔들 움직인다. 그것도 앞으로……. 이쪽으로…….

생이별한 남매가 10년 만에 만나서 포옹한다……. 그런 광경을 떠올리던 코타로는 웃는 듯 우는 듯 알 수 없는 표정으로 다가오는 형체를 응시했다.

그런데 축 늘어진 검은 형체의 왼쪽 팔이, 갑자기 길게 늘어난 듯 보였다. 다음 순간 팔이 쑥 떨어졌다. 곧바로 오른팔도 털썩하고 바닥에 낙하했다. 거기서 다시 조금 앞으로 발을 내딛었을 때 왼쪽 다리가 밑동부터 빠졌고, 이어서 오른쪽 다리도 부러지듯이 무너져내려서, 어느샌가 목이 없긴 몸통만이 코타로의 눈앞에 서 있었다.

그 목이 조금씩 흔들리기 시작한다. 이윽고 목은 빙글빙글 크게 돌기 시작하는가 싶더니…….

"그 애의 사지와 머리는 거의 몸에서 떨어져 나갔다더군."

코쿠보 노인의 말을 떠올린 코타로는, 더욱 처참한 광경을 보기 전에 간신히 문을 닫을 수 있었다.

곧바로 공부방으로 뛰어 들어간 코타로는 우선 방의 불을 켰다. 그리고 눈부시게 빛나는 조명 아래에서 심장의 격한 고동과 정신적으로 받은 충격을 어떻게든 가라앉히려 했다. 각오를 단단히 한 데다 친누나라는 말을 들었음에도 역시 기분이 좋지 않았다. 아니, 솔직히 말해서 너무나도 끔찍했다.

자신이 그렇게 느낀다는 것 또한, 코타로에게는 충격으로 다가왔다.

뭔가를 전하기 위해서 나타났으리란 생각은 착각이었을까? 아니면 내 인내심이 부족했던 걸까?

간신히 가슴의 고동이 평정을 되찾았을 때, 이것저것 고민할 여유가 생겼다.

스스로도 이 이상은 견디기 힘들다고 여겨지는 한계까지 체험하고 있지 않은가. 게다가 끝까지 지켜보았다고 해도, 죽은 가족의 따스한 메시지를 받을 수 있다는 보증은 어디에도 없었으니까. 어쩔 수 없었다고 스스로를 위로하면서 그날 밤은 더 이상 쓸데없는 일은 하지 말고 내일만을 대비하기로 했다.

다음 날, 무나카타 가의 참극으로부터 정확히 10년째가 되는 아침. 평소보다 일찍 일어난 코타로는 할머니의 아침식사 준비를 거들었다. 딱히 전날 밤부터 생각했던 것은 아니다. 다만 왠지 모르게 그렇게 하고 싶었을 뿐이다. 물론 할머니가 기뻐하셔서 코타로도 기분이 좋았다.

평소보다 이른 시간에 할머니를 배웅하고 나서 타치바나 가로 향했다. 시즈코의 양해를 구하고 코로를 산책시키기 위해서였다. 여기서도 타치바나 부부로부터 고맙다는 말을 들었다. 다만 가장 많은 기쁨을 표했던 것은 코로였는지도 모른다. 이 산책도 원래 생각대로라면 모든 것이 결판난 내일 할 생각이었지만, 문득 저도 모르게 떠올라서 한 행동이었다.

히가시 4번지의 서쪽에 뻗어 있는 길로 나갔을 때, 갑자기 코로가 뒤를 돌아보며 짖었다. 방향을 보니 옛 카미츠케 가 쪽을 향하고 있는 듯 보였다.

설마, 벌써 시작된 건가······?

코로의 눈에는 괴물의 집에서 나온 **뭔가**가 무나카타 가로 향하는 모습이 비치고 있는 건 아닐까. 그런 생각을 하지 않을 수 없었다.

"코로, 가자."

아무리 그래도 지나친 생각이라며 혼자 쓴웃음을 짓고, 목줄을 잡아당겨서 노가와 쪽으로 이동했다.

개를 산책시키기에는 어중간한 시각이었는지, 자신처럼 개를 데리고 온 사람은 전혀 보이지 않았다. 다만 주위가 조용한 덕분에, 코타로는 자연스럽게 이사 온 뒤로 어제까지 있었던 다양한 일들을 차분히 돌아볼 수 있었다.

한창 생각하던 중 코타로는 **어떤 불안**에 사로잡혔다. 여러 가지로 머리를 굴려보았지만, 전혀 해소되지 않았다. 다만 레나에게도 시미에에게도 상담할 수 없는 것이었으므로, 혼자서 대처할 필요가 있었다.

산책하는 내내 코로는 코타로가 사색에 잠긴 것을 알아차렸는지 옆을 얌전하게 걸을 뿐, 말썽을 부릴 기색은 티끌만큼도 없었다. 오히려 동행자를 걱정하듯이 이따금씩 흘끗 올려다볼 정도였다.

참으로 기묘한 산책이었지만, 그 와중에도 코타로는 코로의 분변 처리는 깔끔히 했다. 그리고 거의 예정대로 한 시간 뒤에 돌아왔다.

집에 돌아와서 잠시 쉬고 있는데, 레나로부터 전화가 걸려왔다. 시미에는 한참 전에 신사로 출발했는지, 10시 반 정도에 이곳에서 만날 예정이라고 했다.

"괜찮아. 시미짱에게 물어봤더니, 확실한 방법을 생각하고 있다고 했거든. 그 왜, 전에 시미짱은 영감뿐만 아니라 오컬트 쪽 지식도 풍부하다고 했잖아. 아, 그리고 여차할 때를 위해서 영험한 부적도 준비해달라고 꼼꼼히 부탁해뒀어."

"고마워. 그런데 그 부적 말인데……."

산책 중에 느낀 불안에 대처하기 위해, 코타로는 이유는 이야기하지 않고 레나에게 부적으로써 빌려줬으면 하는 물건이 있다고 부탁했다. 레나는 조금 놀란 듯했지만, 곧 승낙해주었다.

그런 뒤에 코타로는 치바에서 가장 사이가 좋았던 초등학교 친구인 요시카와 키요시 앞으로 편지를 썼다. 원래는 상황이 안정되면 차분히 쓸 생각이었다. 처음에는 무난한 내용을 적으려 했지만, 막상 쓰기 시작하니 이사 온 뒤에 겪었던 일을 전부 적고 있었다.

편지를 다 쓸 즈음, 아직 오전 10시 전이었지만 두 사람이 찾아왔다. 레나뿐만 아니라 시미에까지 왠지 모르게 긴장한 듯 보였다. 식당으로 안내하자, 시미에는 가방 안에서 길쭉하게 접힌 보자기 같은 것을 꺼내서 천천히 테이블 위에 펼쳤다.

"이건, 금줄이야?"

안에서 나타난 물건을 보고, 레나가 의외라는 듯 물었다.

"맞아. 다만 사악한 것을 쫓는 방울을 매단 특별한 금줄이야. 보통은 보기 힘든 물건이지."

"응. 어딘지 모르게 다르다는 느낌이야."

"꽤 여러 개나 가지고 온 모양인데, 이걸 어디에 쓰려고요?"

코타로가 소박한 질문을 던지자, 시미에는 진지한 표정을 지으며 말했다.

"원래는 숲의 사당부터 너의 공부방 앞까지 각 요소에 둘러쳐 두고 싶어. 그 중간에 있는 코쿠보 가, 오시바 가, 이시바시 가, 옛 카미츠케 가의 문까지 포함해서."

"말하자면 **그것**의 통로에 말인가요?"

"그래. 다만 그러면 주의를 끌게 되니까, 이 집의 문부터 시작할 수밖에 없어. 그것도 문 밖이 아니라 안쪽에."

"문하고 방 앞에, 몇 줄 씩 둘러치는 거야?"

레나가 고개를 갸웃하는 것도 무리는 아니다. 금줄은 열 줄 가까이 되는 듯했다.

"물론 한 곳에 하나면 돼. 나머지는 문에서 방으로 가는 길에, 그 통로에 치기 위해서야."

그렇게 설명하더니 시미에는 가방을 들고, 두 사람을 재촉하며 복도로 나갔다.

"우선 문 안쪽에 하나, 이어서 현관에. 이것도 바깥에 지나다니는 사람에게는 보이지 않는 안쪽이 좋아. 그리고 신발 벗는 곳에서 복도로 올라오는 곳, 계단 바로 앞쪽하고······."

장소를 이야기하면서 시미에는 이동해간다.

"계단의 층계참, 계단을 다 올라온 곳, 복도가 굽어지는 골목, 발코니 앞과 그 맞은편, 그리고 공부방 앞······. 여기까지 열 군데가 되지."

구체적인 장소를 코타로에게 지시하면서 시미에가 금줄을 치는 법까지 정성스럽게 알려주는데, 레나가 아주 불안한 듯한 표정으로 말했다.

"이것으로 무서운 것이 들어오는 걸 막는다고 치고, 그다음은? 계속 금줄만 치고 있을 수는 없잖아?"

"이 금줄은 말이지, 일종의 시험 같은 거야. 사건으로부터 10년째라는 특별한 날을 이 정도 물건으로 막을 수 있다면, 그렇게 걱정할 만한 일이 아니라는 걸 알 수 있어. 다음 일은 나중에 얼마든지 생각할 수 있겠지."

"그런 얘기구나……. 하지만 금줄의 결계가 깨지면 어떻게 되는 거야?"

일단 납득은 했지만 새로운 불안에 레나의 얼굴이 더욱 어두워졌다.

"그 경우에는 문제의 통로에 강고한 의지가 남아 있으며, 어지간한 방법으로는 없앨 수 없다……라는 이야기가 되겠지."

"그렇게 끝나면 어떡해, 시미짱!"

"응, 그러니까 그때는 **그것**의 소원을 성취시켜 주는 거야."

시미에는 두 사람을 공부방에 들여보내고, 가방에서 새로운 보자기를 꺼내서 코타로의 책상 위에 천천히 펼쳤다.

"어, 짚인형……."

깊은 밤 누군가를 저주할 때 사용할 것 같은 짚인형 하나가 보자기 안에서 모습을 드러냈다.

"이게 코타로 군의 대역을 하는 거야."

"무, 무슨 소리야?"

"이 인형 안에 코타로 군의 머리카락이나 손발톱을 집어넣으면, 이것이 무나카타 코타로의 '분신'이 되는 거야. 그리고 진짜 무나카타 코타로 쪽은 기척을 죽이고 부적을 몸에 지니고 있는 거지. 그러면 코타로 군을 찾아온 **존재**가 이 인형이 본인이라고 생각하고 인형을 덮치게 되지. 그렇게 해서 현세에 남았던 원한을 해소하면, 이 집에 머물러 있는 강고한 의지도 깨끗하게 사라지는 거지."

"아, 그런 거구나. 과연 시미짱이야!"

간신히 레나의 표정이 누그러졌을 때, 시미에는 코타로에게 부탁해서 약간의 머리카락과 손발톱을 잘라서 짚인형 안에 넣었다. 그리고 부적을 꺼내서 코타로의 이마에 붙이고는, 중얼중얼 뭐라고 외기 시작했다. 그 의식 같은 행동이 끝나자, 부적을 이마에서 떼어내 인형의 머리카락과 손발톱을 집어넣은 곳 위에 붙였다.

"이걸 옷장 안에 매달아둬야 하는데 말이지⋯⋯."

일련의 작업을 하면서도 시미에는 어째서인지 코타로 쪽을 걱정스러운 듯 보고 있었다.

"네⋯⋯?"

아직 뭔가, 그것도 말하기 어려운 것이 남아 있다고 생각한 코타로는, 시미에를 재촉하듯이 반문했다. 그러자 시미에가 천천히 말을 이었다.

"아까 설명한 대로 이 인형이 코타로 군의 대역을 해주는 것은 틀림없어. 다만 완벽을 기하기 위해서는 너도 옷장 안에 같이 들어가 있을 필요가 있어서⋯⋯."

"뭐라고? 하지만 시미짱, 코타로의 기척은 부적으로 지울 수 있다고 했잖아."

"그렇긴 하지만 그것이 얼마나 완벽한지는 알 수 없어. 가령 코타로 군이 집 안의 다른 곳에 숨었다가, 대역을 세운 것을 들켜버리는 상황이 벌어질 수도 있으니까."

"그렇다면 이 집에서 벗어나면 되잖아? 옷장 속에 대역만 넣

어두면, 틀림없이 그곳으로 갈 거 아냐?"

"하지만 그 경우에는, 이 옷장 앞에서 코타로 군은 금줄을 친 뒤에 대문 밖으로 나가게 되지. 어쨌든 금줄은 코타로가 칠 필요가 있으니까. 하지만 그래서는 안 돼. 반대가 되어야지. 요컨대 현관부터 공부방까지 코타로가 걸어갔다는 흔적을 남기지 않으면 의미가 없어."

"그럴 수가……."

"알았어요. 제가 할게요."

"자, 잠깐만, 코타로……."

"저를 대신할 인형이 있는 데다, 저도 부적을 가지고 있어야 하는 거죠?"

레나에게는 괜찮다며 고개를 끄덕여 보이고, 시미에에게는 확인하는 시선을 보냈다.

"그래. 다만 이제부터 이야기하는 주의사항을 반드시 지켜야 해. 부적은 직접 피부에 붙일 것. 가슴 부근이 적당하지. 그리고 주의해서 잘 들어. 옷장 안에서는 결코 입을 열어서는 안 돼. 물론 절대 소리를 내서도 안 되고. 그러는 순간, 상대가 너의 존재를 알아차릴 수 있으니까. 그렇게 되면 인형은 아무런 역할도 하지 못하게 돼."

시미에는 일단 입을 다물더니, 가만히 코타로의 눈을 보고 나서 다시 입을 열었다.

"알겠니? 절대 말을 해서는 안 돼. 그저 조용히 인형에 변화가 일어나기를 기다리는 거야. 그 뒤라면 아무리 큰 소리를 내도 괜찮으니까."

마치 위협하는 듯한 어조에, 코타로는 그저 고개를 끄덕일 뿐이었다.

그 뒤에 코타로는 시미에가 건넨 부적을 가슴에 붙였다. 스스로 하겠다고 말했지만, 시미에가 만일을 위해서라며 거들어주었다. 코타로가 부끄러워할까 봐 레나는 뒤를 돌아보고 있었다. 코타로는 빈약한 가슴팍을 시미에에게 보인다는 생각에 부끄러운 나머지 얼굴이 새빨갛게 물들었다.

이때 코타로는 자신이 느낀 **그 불안**을 두 사람에게, 혹은 시미에에게만이라도 밝힐지 고민했다. 하지만 잠시 고민하는 사이 이미 두 사람 모두 나가야만 하는 시각이 되어버렸다. 시미에의 마지막 주의나 지시를 듣느라 기회를 놓쳐버렸다.

"이거, 내가 주는 부적이야."

문까지 배웅하러 나갔을 때, 레나가 작은 파우치를 내밀었다.

"고마워."

코타로가 감사인사를 하고 받아들자, 시미에가 미소를 지으면서 말했다.

"뭔지 모르겠지만 어쩌면 그 부적이 가장 효과가 있을지도 모르겠네."

두 사람이 돌아가자 점심시간이 가까워져 있었다. 평소대로 도시락을 먹고, 읽다가 내버려두었던 『허클베리 핀의 모험』을 오후 4시경까지 읽었다. 글자를 눈으로 좇기만 할 뿐 완전히 딴 생각을 하고 있었지만, 그래도 조금이나마 마음을 진정시킬 수

270

있었다.

코타로는 스스로에게 기운을 불어넣고, 시미에가 알려준 방법대로 금줄을 칠 준비를 했다. 우선 맨 처음에는 대문 안쪽, 이어서 현관문 안쪽에 설치했다. 저녁까지 기다린 것은 혹시나 방문객이 있을지도 모르니 낮 동안은 피하라는 시미에의 충고 때문이었다. 대문과 현관 부근의 금줄 외에는 오후 5시까지 기다린 뒤에 설치할 예정이므로 다시 식당에서 대기했다. 그때부터는 더 이상 책을 읽을 기분도 들지 않았다.

긴장하는 가운데, 저도 모르게 멍하니 있다 정신을 차려보니 5시를 많이 넘기고 있었다. 당황한 코타로는 서둘러 나머지 금줄을 치는 작업을 시작했다. 다만 서두르다가 설치를 제대로 하지 못하면 모든 것을 망치게 되므로 급한 마음을 진정시키고 천천히 신중하게 진행했다. 그 신중함이 너무 지나쳤는지, 2층 발코니 앞에 도달했을 때에는 바깥이 슬슬 어두워지기 시작했다.

서둘러야 한다.

큰 창문 너머로 붉은 석양을 보며, 역시나 너무 늦어버렸다고 생각한 코타로가 아홉 번째 금줄을 발코니 앞쪽에 설치하려고 하는데…….

그것이 시야에 들어왔다.

"어……?"

코타로는 곧바로 창문 앞으로 돌아갔다.

옛 카미츠케 가였던 '괴물의 집' 대문 안쪽에 흔들흔들하고 꿈틀거리는 새까만 형체가 서 있었다. 물론 얼굴은 보이지 않는다.

아니, **그것**은 인간의 형태이기는 했지만, 애초에 인간이라고는 도저히 생각되지 않는다. 확실한 것은, 이쪽을 빤히 올려다보는 것처럼 보인다는 것뿐이다.

저것이 온다!

부들부들 떨리는 손을 필사적으로 움직이면서 최대한 정성껏, 그러나 가능한 한 빠르게 아홉 번째 금줄과 공부방 앞의 열 번째, 그리고 옷장 안쪽에 마지막 금줄을 쳤다. 그러고는 옷장 안에 매달린 짚인형의 왼편으로 들어갔다. 옷들은 미리 오른편으로 밀어놓았기 때문에, 살짝 답답하기는 했지만 앉을 공간은 있었다.

모든 준비가 끝나자, 약간의 틈을 남기도록 주의하면서 옷장의 양쪽 문을 닫았다. 10년 전과 똑같은 상태로 만드는 것이 중요하다고 시미에게 들었기 때문이다.

다만 10년 전과 10년 후 지금은 확실한 차이가 있었다. 전자가 위협으로부터 벗어나기 위해 숨은 것이라면, 지금은 공포에 맞서기 위해 몸을 숨기고 있는 것이다. 지금의 코타로에게는 언제든지 오라는 각오가 있었다. 레나의 부적을 지니고 있는 것도 코타로에게 용기를 불어넣어 주었다.

그런데 어째서인지 전혀 그럴싸한 기척이 느껴지지 않는다.

흐릿한 틈이 있다고는 해도, 어둠 속에 몸을 움츠린 채로 가만히 있다 보면 이내 자연스럽게 명상하는 듯한 감각에 빠져든다. 코로와 산책하면서 가졌던 다양한 사색의 시간을 되풀이하는 듯한 기분이다.

얼마나 시간이 흘렀을까.

그 명상이 갑자기 깨졌다. 정확히는, 명상을 끊어지게 만드는 흐릿한 소리가 들린 기분이다. 의식이 현실로 돌아온 것이다.

뭐지?

코타로가 온 신경을 집 안으로 향했을 때였다.

현관문이 열리고 닫힌 듯한 기척과 동시에, 흐릿한 방울 소리가 들렸다. 그 순간, 처음에 들은 것은 지금 들은 것과 같은 소리였다는 걸 깨달았다. 즉 첫 번째가 대문의 방울 소리고, 두 번째가 현관문이라는 이야기가 된다.

금줄이 끊어졌어! 드디어 왔구나!

흥분하면서도, 동시에 결계가 돌파당했다는 사실에 전율한 코타로는 자기도 모르게 몸을 움직였다. 좁은 옷장 안에서 팔꿈치와 무릎을 부딪친 아픔에 신음했다.

진정해, 조용히 있어야 해……. 괜찮아. 가만히 기다리면 되는 거야.

스스로에게 그렇게 들려주며 귀를 기울인다. 금방 세 번째 방울이 떨어지는 소리가 들려서, 복도로 올라온다는 것을 알 수 있었다.

그런데 거기서부터 방울 소리가 뚝 멈춰버렸다. 세 번째까지 돌파하긴 했지만 더 이상 앞으로 나아갈 수 없게 된 것일까? 계단 앞에서 이도저도 못하고 있는 검은 형체의 모습이 머릿속에 그려진다.

역시 그 정도의 힘은 없는 걸까……. 그렇게 안도하려고 했을

때, 또 다른 기척을 느낀 코타로는 저도 모르게 팔뚝에 소름이
쫙 돋았다.

그게 아니야, 뭔가 달라…….

1층 복도를 어슬렁거리는 **뭔가**의 기척이 2층의 옷장 안까지
전해져온다. **녀석**은 다다미방과 부엌과 욕실을 일일이 살펴보고
있는 것이다. 완벽하게 10년 전을 재현하려고……. 아니, 다시
체험하려는 것일지도 모른다.

그리고 네 번째 방울이 떨어지는 소리가 들렸다. 이어서 다섯
번째도……. 확실히 계단을 올라오고 있다. 그리고 계단 최상단
의 방울이 울린 뒤, 한동안 정적이 이어진 것을 보아, 이번에는
침실에 들어간 것이 아닐까.

이윽고 일곱 번째 방울이 떨어지는 소리가 들린다. 이제까지
의 음색보다 한 단계 또렷하게 울린 것은, 그것이 2층 복도 골목
에 둘러쳤던 금줄의 방울이기 때문이다.

바로 정면이야…….

그것과 코타로 사이에는 긴 복도, 공부방의 문, 옷장 문, 그리
고 네 개의 금줄만이 존재하고 있다. **그것**이 자신을 향해 일직선
으로 다가오는 기척을, 코타로는 생생히 느끼고 있었다.

그 감각을 증명하듯이 또 방울이 떨어졌다. 발코니 앞이다. 그
리고 또 하나, 발코니 안쪽에 둘러쳤던 금줄의 방울이 울리고,
드디어 **그것**은 복도 동쪽에 도달해버렸다.

북쪽의 방을 먼저 살펴볼 것이라고 생각하고 있는데 문을 여
는 소리가 들린다. 그러나 금방 닫히는 소리가 이어졌다. 문이

빠르게 여닫힌 그 소리가, 마치 한시라도 빨리 마지막 방에 들어가고 싶어서 안달하는 **그것**의 의지를 나타내는 것처럼 느껴져 코타로는 전율했다.

하지만 10년 전은 여기서 끝났어. 그 사실이 녀석을 저지하게 될지도……

몰라, 라고 생각한 것도 잠깐, 공부방 문 앞에 둘러쳤던 금줄이 끊어졌는지, 드디어 열 번째 방울이 떨어지는 소리가 났다.

저것이 들어온다!

문이 스르르 열리는 게 느껴진다.

그것이 입구에 서서 방 안을 관찰하는 것이 피부를 통해 느껴진다.

그렇게 눈앞의 옷장 틈이, 새까만 것으로 막힌다!

녀석이다……. 검은 형체다…….

그것이 지금 옷장 앞에 서 있는 것이다.

천천히 옷장 문이 양쪽으로 열리기 시작했다. 한 번 막혔던 틈이, 서서히 벌어져간다. 그 광경을 바라보면서, 코타로는 늘 꾸던 악몽을 떠올렸다. 꿈속에서의 체험과 거짓말처럼 완전히 똑같아서 놀라지 않을 수 없었다.

다만 실제로 이런 체험은 하지 않았을 것이다. 코쿠보 노인의 이야기가 사실이라면, 카미츠케 군지는 공부방에 들어오기 전에 사살되었으니까. 그럼에도 완전히 똑같은 광경을 악몽 속에서 보았던 것은, 마치 미래의 **이 순간**을 예지하고 있던 것 아닌가. 그것은 예지몽이었던 걸까?

말도 안 돼…….

그런 생각이 머리를 스치는 순간, 바로 눈앞에 새까만 형체가 서 있다.

"……."

터져 나올 것 같은 비명을 가까스로 참고, 천천히 삼킨다. 괜찮아, 괜찮아, 조용히…….

그쪽을 보니 형체는 오른손에 커다란 식칼을 들고 있다. 그 부분만이 무시무시하게 현실적으로 보여서, 자연스럽게 몸이 부들부들 떨리기 시작한다.

그러자 눈앞에 마지막 금줄이 끊어지고, 바닥에 낙하한 방울 소리가 공허하게 울린다.

간신히 찾았다……!

환희에 찬 목소리가 검은 형체에게서 흘러나온다.

너로, 마지막이다……!

그렇게 말하기가 무섭게, 검은 형체는 식칼을 들어 올리더니 기묘한 외침과 함께 내리 휘두른다. 코타로의 대역인 짚인형을 향해서.

옷장 안쪽 벽에 짚인형이 꿰인 것도 잠시뿐, 곧 흉기를 뽑은 검은 형체는 다시 식칼을 찌르고 뽑고, 다시 찌르는 행위를 몇 번이고 몇 번이고 미친 듯이 반복한다.

자기 바로 옆에서 휘둘러지는 흉기의 난무에, 피어오르는 광기의 질풍에 당장이라도 비명이 튀어나올 것만 같다.

안 돼! 소리 내지 마! 가만히 있어!

필사적으로 스스로를 달랜다. 하지만 그런 마음의 외침 자체가, 저도 모르는 사이에 입을 타고 쏟아져 나올 것만 같아서 오싹해진다.

하아하아하아…….

필사적으로 견디고 있는데, 어느샌가 검은 형체의 거친 움직임이 멈춰 있다. 거친 숨을 토하면서 멍하니 있는 듯 보인다. 물론 표정은 알 수 없지만 만족한 느낌이 전해진다.

끝났다……. 저도 모르게 안도한 코타로는 흐릿하게 한숨을 내쉬는 실수를 저지르고 말았다.

그 순간, 그림자의 거친 호흡이 뚝 멈췄다. 그리고 뭔가를 살피듯이 옷장 안으로 몸을 들이밀더니, 코타로가 웅크리고 있는 쪽으로 천천히 몸을 향하고는…….

이런 것에 속아 넘어갈 것 같았냐……!

이렇게 내뱉으면서, 내리고 있던 오른손을 치켜들었다.

"저기, 코타로 군……."

눈앞의 검은 형체는, 어느샌가 얼굴 가득 미소를 짓고 있는 시미에의 모습으로 변해 있었다.

15장 종지부

"어머, 별로 놀라지 않는 것 같네."

시미에는 의외라는 듯한, 그러면서도 조금 아쉽다는 듯한 표정을 지었다.

"그, 그 식칼은……우, 우리 집 부엌에 있던……."

"응, 맞아. 이런 물건은 현장에서 조달해야 하는 법이니까."

"그, 그걸로 저를, 찌, 찌를 생각……."

"당연하지. 무슨 소리를 하나 했더니만……. 그건 그렇고, 왜 별로 놀라지 않는 거니?"

"조, 조금……이, 이상하다고……생각해서……."

"어머, 그랬어? 예를 들면 어떤 부분이?"

시미에는 이 뜻밖의 대화를 즐기는 듯 보였다. 하지만 한편으로 예상 밖의 전개에 대한 짜증도 흐릿하게 떠올라 있었다.

"여기에서 나가도 돼요?"

코타로가 답답하다는 시늉을 하자, 시미에는 조금 생각하는 몸짓을 하다가 승낙했다.

"좋아. 침대에라도 앉으렴."

다만 도망치지 못하게 곧바로 코타로와 문 사이로 자신의 위치를 옮겼다.

"그래서 어떤 부분?"

"한 가지 물어보고 싶은데요, 사실은 영감 같은 건 없죠?"

"무슨 소리야?"

그 어조에는 갑자기 치솟는 짜증이 느껴졌다.

"계단부터 2층 복도, 그리고 복도 안쪽의 공부방에 걸쳐서 네가 몇 번이나 느꼈던 정체 모를 존재의 기척을, 내가 제대로 알아차렸잖아? 그걸 보면서 너도 그렇게 느끼지 않았어?"

"하지만 그런 건 제 이야기를 들으면 누구라도 할 수 있는 일이에요."

"내가 연극을 했다는 거니?"

"네. 게다가 너무 도가 지나쳤어요."

"뭐라고!"

시미에의 표정에는 짜증이 아니라 분노의 빛이 드러나기 시작했다.

"마지막 방에서, 그러니까 이 공부방의 옆방에서, 당신은 방구석에 앉아 마치 누나가 살해당한 곳이 그 자리이고, 마치 자기가 누나의 영과 교신을 하는 듯한 연극을 했죠?"

"……."

"하지만 어제 저녁에 그 방에 들어갔을 때, 제가 누나의 영혼을 본 것은 문의 정면이었어요. 그곳에서 누나는 제가 있는 쪽으로 걸어오려고 했어요. 이제까지의 체험으로 생각하면, 죽은 곳은 바로 누나가 처음 서 있던 장소였을 거예요. 당신이 앉아 있던 곳하고는 전혀 다른 지점이지요."

이 지적에 시미에는 소스라치게 놀란 듯했다. 다만 코타로는 이야기하는 데 정신이 없어서, 상대의 그런 변화는 전혀 깨닫지 못했다.

"그래서, 이건 좀 이상하다는 생각이 들었어요. 사이비 영매사인가 싶었는데 그런 것도 아닌 듯 보였고……. 하지만 우리에게 거짓말을 하고 있다는 건 확실했죠. 거기서 떠올랐어요. 코로가 짖던 것은 당신을 봤기 때문이 아닐까 하고."

"아아, 그 멍청한 개 말이구나."

"코로는 똑똑해요. 수상한 사람에게는 민감하게 반응한다고 들었으니, 분명 악한 마음을 가진 사람을 분간할 수 있는 거겠죠. 코로가 짖은 건 화요일하고 목요일 낮이었어요. 이 날은 당신이 가정교사로서 레나 오빠의 공부를 봐주기 위해 이케지리 빌라에서 오이카와 가로 향하는, 요컨대 타치바나 가 앞을 지나가는 날이에요."

"정말이지 봄방학 내내, 그 바보 같은 개는……."

"오늘 아침에도 코로가 짖는 것을 보고, 저는 괴물의 집을 향해서 짖는다고 생각했어요. 하지만 그건 이케지리 빌라에서 나오려던 당신을 알아차렸기 때문이었던 거죠. 당신은 오늘 아침 일찍 신사에 가기로 되어 있었으니까요."

"흐응, 아무래도 꽤 머리가 좋은 꼬마로구나. 하지만 어째서 레나에게 그 얘기를 하지 않았니?"

"그건……."

"자신이 없었기 때문이지? 영감이라는 애매모호한 것과 개가 짖는 소리만으로는 아무것도 증명할 수 없으니까 말이야. 너는 지금의 내 모습을 보고서야 간신히 확신을 가지고 이렇게까지 단정적으로 말하는 것에 지나지 않으니까."

다시 시미에의 표정에서 이 상황을 즐기는 빛이 떠오르기 시작했다.

"그것뿐만이 아니에요."

"어라? 그밖에도 의혹이 있다는 거야?"

"이 집에 들어온 것은 어제가 처음이 아니죠?"

한순간 공백이 있었다.

"어째서 그렇게 생각하니?"

"화장실이요."

"뭐?"

"당신은 2층 화장실에 들어가려고 했어요. 어떻게 그곳이 화장실이란 걸 알았을까요? 모든 방을 안내하긴 했지만 두 군데의 화장실과 2층 복도 구석의 세면실 문만은 열지 않았어요. 그런데도, 당신은 망설임 없이 2층 화장실 문으로 향했죠. 1층이었다면 대강 짐작할 수 있을지도 몰라요. 하지만 2층에서 보인 그 행동은 마음에 걸렸어요."

"그렇구나. 실수를 했어."

의외로 시미에는 순순히 수긍하는 모습을 보였다.

"영감에 관한 연기에 정신이 팔렸던 것이, 역시 좋지 않았던 모양이야."

"당신은 대체……."

거기서 코타로가 가장 궁금했던 것을 물어보려 했다. 하지만 오히려 시미에가 흥미진진한 태도로 먼저 물었다.

"그건 그렇고, 너에게는 정말로 **그런 것**이 보이니?"

시미에의 질문에 코타로는 반사적으로 말했다.

"그건 제 이야기를 전혀 믿지 않았다는 건가요?"

"무슨 소리야. 그렇지 않아. 하지만 어느 쪽이라도 상관없었던 건 사실이야. 아, 이건 이용해먹을 수 있겠다고 생각했던 건 확실하지."

"이 집에 들어오기 위해?"

"그래, 맞아. 그래서 어떠니? 내 질문에 아직 대답하지 않았어."

"보여요. 다만 여기에 올 때까지 그런 체험은 해본 적이 없었지만요."

"그렇구나. 그렇다면 정말로 살해당한 가족이 너에게 뭔가를 전하기 위해서 나왔다는 얘기네. 뭐, 실제로는 아무것도 하지 못하고 그냥 너를 무섭게 할 뿐이었고……."

"그렇지 않아요. 적어도 누나는 당신이 믿을 수 없는 사람이라는 것을 멋지게 알려주었잖아요.”

“허어, 그 결과가 이거니?”

부엌칼을 살랑살랑 흔들면서, 시미에는 얄궂다는 듯 웃었다. 그러더니 곧 미소를 거두고서 말했다.

“뭐, 어떻게 되든 상관없어. 그러면 현관에서 이 방 앞까지, 그 사이를 어슬렁거리던 검은 형체의 기척을 느낀 건 사실이구나.”

“사실이고 뭐고, 날이 저물기 전에 옛 카미츠케 가의 대문 안쪽에 서 있던 것도 봤고, 그 검은 형체가 바로 조금 전에 옷장 문을 열고 짚인형을 찔렀으니까요. 그것이 갑자기…….”

“뭐……뭐라고? 잠깐 기다려! 너는 내가, 그 검은 형체인 줄 알았다는 거니?”

“그래요.”

“어쩐지……. 그래서 옷장 문을 열었을 때 내 쪽을 보고 있으면서도 내가 시미에라는 걸 전혀 인식하지 못한 듯한, 그런 기묘한 시선을 하고 있었구나……. 역시 보이지 않았던 거구나.”

간신히 납득했다는 듯한 눈치의 시미에는, 곧이어 감개무량하다는 투로 말했다.

“그랬던 거야. 몰랐어……. 이 집에 들어온 뒤로 내가 줄곧 **오빠**하고 같이 있었다니…….”

“에엑?! 무, 무, 무슨…….”

저도 모르게 벌떡 일어서려던 코타로의 앞에 부엌칼이 들이밀어졌다. 코타로는 황급히 침대에 도로 앉으며 말했다.

“그, 그렇다면 당신은 카미츠케 군지의 여동생…….”

"그래, 카미츠케 시메이(司命)야. 몰랐을 테니 알려주겠는데, 시메이라는 두 글자에는 사람의 생명을 지배하는 생사여탈권을 가진 자라는 의미가 있어."

"무, 무슨 영문 모를 소리를……."

"이것도 몰랐겠지? 'simei'라는 영어의 순서를 바꾼 것이 'simie'라는 거. 애너그램이란 거 모르니? 들은 적 없어?"

"이, 있어요……. 앗, 그렇구나……. 혹시 성씨도 '시모노'가 아니라 '시모츠케'라고 읽을 수 있겠네요. 보통은 '우에노'라고 읽는 '上野'라고 쓰고 '카미츠케'라고 읽는 것처럼. 그렇다면 '下野'라는 글자……."

"그래, 똑똑한 아이네. 시모츠케 가는 어머니의 친정이야. 카즈사 가의 먼 친척에 해당하지. 코쿠보 할아버지가 그 일족에는 거창한 느낌의 성씨가 많았다고 했잖아? 그 일족 중 하나야. 어떤 식으로 읽더라도 거창하니 마니 하는 소릴 들을 이유는 없지만. 뭐, 비천한 자들의 질투일 뿐이지."

"이케지리 빌라의 집주인 할머니가 당신의 이름에 반응했던 것도, 한자가 아니라 발음 때문이었군요……."

"아니, 그건 한자 때문이었어. 우에노라는 사람도 같은 일을 겪었으니 틀림없어. 나는 결코 내 입으로는 '시모츠케'라고 말하지 않았으니까. 한자의 정확한 발음이 뭐냐고 질문받는 일은 일상생활에서는 의외로 없는 법이야. 게다가 이 동네에서 진짜 발음이 알려지는 건 역시나 위험하니까……."

"하지만 당신은 사건이 있고 나서 아버지가 돌아가신 뒤에,

시모츠케 가에 어머니와 함께 돌아가서 이곳에 대한 것은 잊고……."

"잊을 리가 없잖아!"

갑자기 시미에가 버럭 소리 질렀다.

"어차피 아버지는 그렇게 죽을 운명이었던 거야. 어머니는 오빠를 모시는 것만으로도 벅차서, 스스로는 아무것도 하지 못해. 하지만 나는 달라! 오빠가 못 다한 일을, 연쇄의 완결을, 흐름의 달성을, 내가 완수해보이겠다고 생각해왔어. 뒤엉켜버린 순번에 종지부를 찍겠다고 말이야."

"그, 그것을 위해서 이 마을에 살기 시작하고, 가정교사를 하고……."

"그래. 가정교사 일은 히가시 4번지가 아니어도 상관없었지만, 마침 오이카와 가에 딱 좋은 자리가 있었어. 게다가 그 학생의 여동생은 너하고 나이가 같다는 기분 좋은 우연까지 있더라고. 코쿠보 할아버지처럼, 이건 운명이라고 생각했지."

"영감이 있다고 말한 것은……."

"레나의 사교적인 성격으로 봐서, 또한 할아버지가 마을모임의 회장을 맡고 있다는 입장에서도, 그 애가 너와 알게 될 확률이 높다고 판단했지. 그렇게 그 애가 생각하게 만들어두면, 여차할 때에 참극이 벌어졌던 이 유령의 집에 들어오기 쉬워지잖아? 물론 너의 상담을 받아준다는 명목으로 말이야."

"우리가 이사 오기 전에 이 집에 들어왔었군요."

"어떻게 마련했는지는 모르겠지만, 오빠가 여벌의 열쇠를 남겨주었거든. 다만 아쉽게도 너처럼 오빠의 기척을 느낀 적은 한 번도 없었지만 말이야. 하지만 그것도 오늘, 가장 중요할 때에 사실은 오빠와 일체화되었다는 걸 안 것만으로도 나는 이미 만족해."

"이, 이, 이상하잖아요! 당신은 명백히 정상이 아니에요! 이, 이런 짓을 한다는 것도 미친 짓이지만, 제가 이 집에 이사 오기를 계속 기다리고 있었다니, 어떻게 생각해봐도 비정상이라고요!"

이번에는 코타로가 소리쳤다. 하지만 그녀의 얼굴에는 곧바로, 온몸에 소름이 돋을 듯한 히죽거리는 웃음이 떠올랐다.

"네 아버지와 어머니는 **아주 상냥한 사람들이었어.**"

"……."

"한 번도 본 적 없는 나를 차에 태워줬을 뿐만 아니라, 내 지시대로 차를 몰아주셨으니까."

"뭐라고요……."

"카즈사 가는 원래 치바 출신이라서 그쪽에 일족의 묘가 있어."

"……."

"가족묘에 참배하러 왔다고 말했더니, 괜찮다면 끝날 때까지 기다렸다가 돌아가는 길도 태워준다고 말씀하시더라."

"……."

"스턴건을 사용했기 때문에 하마터면 나도 같이 떨어질 뻔했지만, 뭐, 어떻게든 됐어. 이래 보여도 운동신경은 좋거든. 아, 물론 스턴건의 흔적이 남지 않도록 주의는 기울였지. 하지만 가령 사고가 아니라 살인이란 걸 알았다고 해도 전혀 상관없었어. 경찰 수사가 나에게까지 미칠 리가 없으니까. 만에 하나 나에게 미쳤다고 해도, 전혀 동기가 없으니까 말이야. 나로서는 네가 이 집에 이사 오도록 만들기만 하면, 그걸로 목적은 달성하는 것이었지."

"그, 그걸 위해서……, 부모님을……!"

"너희 집이 풍족하지 않다는 것은 사전에 이미 조사를 했어. 시간만은 충분히 있었으니까. 물론 내가 어른이 되고, 돈을 모으고, 자유롭게 돌아다닐 수 있게 될 때까지 기다리는, 그 시간도 필요했지."

"……."

"그래서 내가 이케지리 빌라에 들어와서 너를 기다린 것은 반 년도 되지 않았고, 그 정도의 시간이야 이제까지 들인 세월에 비하면 아무것도 아니야."

어느샌가 코타로의 뺨에는 저도 모르게 눈물이 흐르고 있었다. 어째서 부모님이 죽었는지 그 이유를, 그것도 믿기지 않는 이유를 알고 눈앞이 캄캄해지는 것과 동시에, 머릿속이 새하얗게 되어버렸다.

"어머, 상당히 충격을 받은 모양이네. 아무래도 부모님 이야기에 가장 놀란 것 같은데, 넌 지금 그런 일로 슬퍼하고 있을 상황이 아니야."

시미에는 부엌칼 손잡이를 거꾸로 고쳐 쥐더니 말했다.

"자, 이야기는 이 정도로 충분하겠지. 이제 끝맺음을 하자."

그렇게 말하면서 천천히 코타로에게 다가오기 시작했다.

"도망칠 수 없어요. 분명 붙잡힐 거예요."

흘러넘치는 눈물을 닦은 코타로는, 자신의 의지를 확실히 전하기 위해서 날카롭게 상대를 노려보며 단언했다.

하지만 당사자인 시미에에게는 전혀 동요하는 기색이 없었다.

"글쎄, 나는 도망칠 자신이 있어. 게다가 붙잡혀서 사형을 당하더라도 나는 별 상관없어."

"……."

"모르는 것 같구나. 나에게 중요한 것은 오빠의 유지를 잇는 것, 그것뿐이야. 나중 일은 뭐, 될 대로 되겠지."

시미에는 깜짝 놀라는 코타로를 보고 웃으며 말했다.

"역시 어린애구나. 조금이라도 내 태도에 의문을 느꼈다면, 이렇게 대치하기 전에 나름대로 방도를 준비해뒀어야지. 다만 레나에게 의논을 했다고 해도, 그 애는 나를 철석같이 믿고 있으니까 소용없었겠지만 말이야."

우쭐하듯 단언하는 그녀의 말에 코타로는 전혀 겁먹는 눈치를 보이지 않고 천천히 침대에서 일어났다.

"그 애만이 저의 친구는 아니에요."

"오호, 그러면 또 누가 있는데?"

"저는 좋아하지만, 어쩌면 당신은 싫어할지도 모르겠네요."

그렇게 힘차게 말하면서 천천히 침대 쪽으로 눈을 향했다. 그곳에는 이불의 일부가 불룩하게 솟아 있었다.

"서, 설마……."

"**저 애**는 말이죠, 제가 하는 말이라면 뭐든 들어요. '기다려'라고 말하면 몇십 분이라도 가만히 기다릴 수 있어요."

"그런 허세는……."

"코로! 물어!"

외치는 것과 동시에 코타로는 침대에 덮여 있던 이불을 시미에 쪽으로 던졌다.

"꺄악!"

그 순간 시미에가 위축되었다. 허공을 나는 이불 너머로 시미에가 침대 위의 베개를 코로의 환영으로 착각하는 사이, 그 옆을 빠져나간 코타로는 쏜살같이 복도로 뛰어나갔다.

"젠장! 이 버릇없는 꼬맹이가아아!"

무시무시한 절규가 공부방 안을 뒤흔들었다.

그 아름답고 청초한 분위기의 시미에가 그런 절규를 내지르는 것만으로도, 복도를 도망치는 코타로의 두 다리가 떨렸다. 진심으로 간담이 서늘해졌다.

곧바로 팡! 하고 문을 세차게 닫는 소리가 이어졌다.

"거기 서어어어!"

발코니에 접어들고 있던 코타로의 등 뒤에서 시미에의 목소리가 쫓아왔다.

코타로는 전속력으로 복도를 달렸지만, 곧바로 그녀의 기척이 육박해왔다. 바로 등 뒤에서 부엌칼이 허공을 가르는 쉬익! 소리가 울린다.

따라잡히겠어!

등줄기가 오싹해지는 순간, 막다른 벽에 부딪쳤다.

코타로가 곧바로 몸을 왼쪽으로 비틀자, 바로 옆에 그녀가 날아들었다. 코타로가 깨달을 새도 없이 부엌칼이 얼굴 옆에 박혔다. 비명을 지를 새도 없이 그대로 단숨에 계단으로 향했다.

두 단씩 계단을 뛰어 내려가서, 층계참에서 벽에 부딪히는 것을 두려워하지 않고 방향을 틀었다. 다시 두 계단씩 뛰어서 1층 복도로 내려왔다. 덕분에 코타로가 돌아보았을 때, 아직 시미에는 계단 중간의 층계참에도 이르지 못했다.

도망칠 수 있어!

그렇게 확신한 코타로는 양말만 신은 채 현관 쪽으로 달려가 문을 열려고 하는데⋯⋯.

문손잡이와 문 안쪽에 설치된 체인식 자물쇠 사이가 철사로 몇 겹이나 칭칭 감겨 있는 것을 보고는 경악했다. 이래서는 자물쇠를 풀어봤자 애초에 문 자체가 열리지 않을 것이다.

여기 있어서는 안 돼. 곧바로 구석에 몰리게 될 거야.

코타로가 황급히 현관에서 뒤돌아서는데 마침 계단을 다 내려온 시미에가 스윽 하고 모습을 드러냈다.

"알았니? 사전에 그런 준비를 해두는 것이 어린애와 어른의 차이란다. 난 말이지, 제대로 보험을 들어놨어."

거친 숨을 내쉬면서도, 시미에의 얼굴에는 함박웃음이 떠올라 있었다.

"자, 이제 단념하렴. 이 정도로 요소들이 한데 모였으니, 이게 바로 운명이구나 하고 너도 납득할 수 있겠지?"

물론 코타로는 대응하지 않고 곧바로 식당으로 뛰어들었다. 그대로 북쪽의 커다란 창문으로 달려가서 커튼을 걷었다. 그렇지만 현관에서 봤던 것과 똑같은 철사가, 자물쇠에 몇 겹으로 감겨 있어서 창문을 열 수 없었다.

그렇구나……. 1층의 방에 들어갔던 것은, 10년 전의 재현 같은 것이 아니라 이 작업을 해놓기 위해서였어. 아니, 어쩌면 2층의 창문도……

너무나 주도면밀한 시미에의 준비에 코타로가 허탈해 있으려니, 문이 열리며 시미에가 들어왔다.

"어때? 도망칠 수 없다는 걸 잘 이해했으려나? 나에게서도, 이 집에서도, 연쇄의 운명에서도 말이야."

시미에가 문에서 걸음을 내딛기 전에, 코타로는 테이블 맞은편으로 뛰어들었다. 이 실내에서 방패 삼을 수 있는 것은 그것밖에 없었기 때문이다.

"너도 정말 곱게 포기하지 못하는구나."

시미에가 테이블 반대편에 섰다. 코타로가 왼쪽으로 이동하면 오른쪽으로, 코타로가 오른쪽으로 이동하면 시미에는 왼쪽으로 이동해서 갈 길을 막았다.

"그러고 있는 동안에는 내가 붙잡을 수 없을 거라고 생각하고 있지? 하지만 이렇게 테이블을 밀면……!"

시미에는 두 손을 테이블 가장자리에 대더니 쓰윽, 쓰으윽 코타로 쪽으로 밀기 시작했다. 코타로도 밀어내려 했지만, 역시 어른과 아이의 힘의 차이를 이길 수 없어서 조금씩 계속 뒤로 밀릴 뿐이었다.

게다가 시미에는 코타로가 더 이상 도망가지 못하도록 동쪽 벽 구석 쪽으로 코타로를 밀어 넣으려 하고 있었다.

"젠장!"

코타로는 두 팔에 혼신의 힘을 담아서 테이블을 도로 밀어냈다. 그 덕분인지 테이블이 시미에 쪽으로 살짝 움직였을 때, 코타로의 두 손을 향해 부엌칼이 날아들었다.

콱, 콱, 콱, 콱, 콱, 콱!

날카로운 칼끝이 테이블 가장자리를 쥔 코타로의 손을 향해 계속해서 휘둘리고 내리찍는다. 멍하니 있다간 손가락이 잘려나갈지도 모른다. 그렇다고 해서 손을 뗄 수도 없다. 테이블을 밀어내면서도 쉬지 않고 손의 위치를 바꿔가며 필사적으로 부엌칼의 공격을 피한다. 부엌칼이 테이블 표면을 찍어대는 메마른 소리가 계속해서 울려 퍼진다. 마치 두더지 잡기 게임 같은 광경이 두 사람 사이에서 끝없이 이어졌다.

그러나 상황은 명백히 코타로에게 불리하다. 시미에는 부엌칼로 공격하는 사이에도 왼손과 자신의 복부로 테이블을 밀고 있다. 코타로가 같은 자세를 취하면 상반신을 테이블 위로 내밀게 되어서, 손가락은 고사하고 얼굴까지 칼에 베일 우려가 있다. 따라서 테이블에서 몸을 떼고 팔 힘만으로 밀어낼 수밖에 없다.

자신의 오른쪽 뒤편에 있는 또 하나의 동쪽 창문으로 뛰어들까도 생각했다. 그러나 분명 다른 창문과 마찬가지로 철사에 묶여 있을 것이다. 그런 생각 뒤에 번뜩 창문 너머가 타치바나 가의 마당이란 사실이 떠올랐다.

"코로! 코로오오오!"

곧바로 코타로가 소리치자, 그것에 응하듯 코로가 짖기 시작했다. 게다가 코타로의 목소리가 심상치 않다는 것을 알아차렸는지, 코로의 짖는 소리가 점차 격렬해지기 시작했다.

"오호라. 그렇게 해서 옆집인 타치바나 씨의 주의를 끌려고 발악하는구나? 하지만 개가 짖는 정도로 상태를 살피러 올까? 설령 왔다고 해도 인터폰에 반응하지 않고 현관도 잠겨 있다면 그냥 돌아가 버릴걸?"

시미에는 구석에 몰아넣은 사냥감을 희롱하는 것이 즐거워 견딜 수 없다는 듯한 어투로 말했다.

"아, 그렇지. 그때 너는 큰 소리로 도움을 청하겠지. 하지만 과연 네가 죽기 전에 제때 사람이 와줄까? 조금 전에도 말했지만 나는 붙잡혀봤자······."

상대가 자신의 말에 도취된 것을 알아차리자마자, 코타로는 잽싸게 의자를 끌어내 시미에를 향해 던졌다.

"까악! 아앗······젠장!"

생각지도 못한 반격에 움츠러들었던 시미에는, 재빨리 의자를 쳐내고서 단숨에 테이블을 밀어붙이려다가 뒤늦게 테이블 맞은 편에 코타로의 모습이 없다는 걸 깨달았다.

"어······. 어, 어디 있는 거야······."

시미에가 당황한 다음 순간, 테이블 아래 숨어 있던 코타로가 옆쪽에서 나타나더니 쏜살같이 문을 향해 뛰기 시작했다.

"아아아아아아앗!"

시미에의 분노는 이제 제대로 된 언어가 아니라 무시무시한 고함이 되어 실내를 쩌렁쩌렁 울렸다.

마치 괴물 같은 포효를 들으며 복도로 뛰어나간 코타로는, 그 짧은 순간에 자신이 나아가야 할 길을 선택해야만 했다.

아마 다다미방의 창문도 철사에 묶여 있을 것이다. 목욕탕과 화장실의 창문은 너무 작다. 이것으로 1층은 전멸이다. 그렇다고 2층의 침실과 북쪽 방도 별다르지 않을 것이다.. 복도의 발코니는 어떨까 하고 생각했지만, 그렇게 커다란 창문을 가만히 놔뒀을 리가 없다. 그렇다는 이야기는 내가 있던 공부방 창문 외에는 열릴 만한 창문이 남아 있지 않다는 이야기가 된다.

망설이지 않고 계단을 뛰어올라간다.

하지만 공부방의 창문에서 대체 어떻게 도망치지? 2층에서 뛰어내릴까?

그 방법을 쓸 수밖에 없다고 코타로가 결심했을 때였다.

아래층에서 광기에 찬 시미에의 기척이 노도와 같은 기세로 덮쳐오는 것이, 등 전체로 느껴졌다. 그리고 이제까지 경험해본 적 없는 오한이 등줄기를 타고 퍼져서, 몇 계단만 더 오르면 2층인 계단에서 저도 모르게 멈춰 서고 말았다.

코타로는 갑자기 시간의 흐름이 변해버린 듯한 감각에 감싸였다. 아주 천천히, 슬로 모션 영상의 세계처럼, 시간이 느리게 흐르기 시작했다.

텅, 텅, 텅……. 집이 울리는 듯한 소리가 온 집 안을 흔든다.

착, 착, 착……. 기분 나쁜 소리가 계단을 올라온다.

탁, 탁, 탁……. 단숨에 남아 있는 계단을 밟으며, 그대로 2층 복도를 향해 뛰어올라가는 자신의 발소리가 들린다.

코타로가 발코니 앞에 도달했을 때, 시미에도 이미 복도를 돌고 있었다. 예상을 뛰어넘는 무시무시한 속도였다.

코타로의 머릿속에는 어쨌든 공부방으로 뛰어들어 문을 닫고, 안쪽에서 문이 열리지 않도록 한다는 방법밖에 떠오르지 않는다. 침대나 옷장을 바리케이드로 삼고 싶지만 그럴 여유 따윈 전혀 없다. 지금 등 뒤에 바짝 따라붙은, 온몸의 털이 곤두설 듯한 기세가 뼈저리게 느껴진다.

아니, 여유로 따지자면 방에 들어갈 수 있을지조차 의심스럽다. 바로 뒤에서 시미에의 거친 숨소리가 느껴진다.

이건 역시 운명일까…….

그렇게 생각하자마자 자신이 공부방으로 똑바로 향하고 있는 지금 이 상황의 **진정한 의미를 깨닫고** 코타로는 또 한 번 온몸에 전율을 느꼈다. 카미츠케 군지도 시메에도, 무나카타 코타로를 **그 방에서** 살해하는 것에 의미가 있다고 생각했을 것이 틀림없기 때문이다.

아무리 위험을 벗어나려 해도, 역시 눈에 보이지 않는 운명의 힘이 작용하고 있다는 생각이 들자 갑자기 코타로의 기력이 사라졌다. 공부방의 문을 눈앞에 둔 위치에서 코타로의 다리가 꼬여버렸다.

넘어진다…….

바닥에 넘어지면, 분명 시미에는 코타로를 방 안으로 끌고 들어가 숨통을 끊을 것이다. 몽롱해진 머리로 코타로가 자신의 최후를 그리고 있을 때…….

"엎드려어엇!"

복도 반대쪽에서 절규가 울리고, 코타로가 넘어지는 것과 동시에 쾅! 하는 마른 파열음이 뒤쪽에서 들린다.

털퍼덕.

뭔가가 쓰러지는 소리가 난다.

코타로가 바닥에 엎드린 채로 돌아보니, 자신의 발치에 쓰러진 시미에가 있다. 등에서 피가 콸콸 뿜어져 나오고 있다. 무슨 일이 일어났는지 영문도 모른 채로 복도 반대편을 바라보자, 권총을 쥔 자세로 굳어 있는 젊은 경찰관이 있다.

시미에는 사랑하던 오빠와 완전히 동일한 상황에서, 오빠처럼 경찰관에게 사살당한 것이다.

종장

"다녀오겠습니다."

다다미방에 있는 할머니에게 인사를 한 뒤 아침마다 현관에서 배웅해주는 아내에게 손을 흔들고서, 무나카타 코타로는 대문을 열고 밖으로 나갔다.

"출산휴가에 대해서 슬쩍 조사해둬. 출산휴가 제도의 내용이 아니라, 남자 사원 중에서 실제로 출산휴가를 얻은 사람이 있는지 없는지를 알아보는 거야."

"응, 알았어. 그럼 다녀올게."

웃는 얼굴로 말하며 배웅하는 레나에게 다시 가볍게 손을 들어 보이고, 코타로는 역으로 향하는 길을 서둘러 걸었다.

출산 예정일은 10월이므로, 그 무렵에 정말 출산휴가를 얻을 수 있는지 어떤지를, 아직 3월인 지금부터 친한 상사나 선배에게 알아볼 생각이었다.

다행히 처가가 엎어지면 코 닿을 거리에 있으니, 휴가를 못 내더라도 어떻게든 되겠지.

이런 생각도 했지만, 곧 레나의 화난 얼굴이 떠올라서 황급히 그런 생각은 버리기로 했다.

아이가 태어나면 이 부적은 이제 몸에서 떼어도 되겠지.

양복 안주머니 속의 작은 파우치에 든, 레나 오빠의 휴대전화를 옷 위에서 눌러보면서, 문득 코타로는 생각했다.

딱 10년 전의 이맘때, 그는 무나카타 가에서 하마터면 카미츠케 시메이에게 살해당할 뻔했다. 막연한 불안을 느끼면서도 당시에는 시메이의 지시에 따를 수밖에 없었던 코타로는, 만일을 위해서 레나에게 휴대전화를 빌려달라고 부탁했다. 그것도 레나의 것이 아니라, 당일 제사에 갈 필요가 없었던 오빠 레이지의 휴대전화를.

레나가 건네준 작은 파우치 안에는, 레이지의 휴대전화와 레나의 휴대전화에 전화를 걸기 위한 조작법을 메모한 종이가 들어 있었다. 코타로는 옷장에 들어가자마자 곧바로 레나에게 전화를 걸었다. 다만 결코 목소리를 내지 말라고 레나에게는 미리 일러두었다. 이쪽에서 무슨 일이 일어나고 있는지, 여차할 때를 위해서 가만히 듣고만 있어 달라고.

그래서 코타로는 옷장 안에서 시미에의 모습을 인식했을 때, 그녀가 부엌칼을 들고 있는 것과, 그것으로 자신을 살해할 의사가 있다는 것을 우선 레나에게 전했던 것이다. 시미에의 이름을 언급하지 않더라도 레나라면 분명 목소리로 알 수 있을 것이라고 판단했다.

다만 경찰은 오이카와 레나의 이야기를 전혀 믿어주지 않았다고 한다. 어린애 장난이라고 생각했던 것이다. 그래서 레나는 할아버지에게 모든 것을 밝혔고, 마을모임의 회장인 할아버지가 역 앞의 파출소에 직접 전화를 해서는 간신히 경찰관이 무나카타 가로 출동하게 되었다. 그리고 곧 집 안의 눈치가 심상치 않다는 것을 확인하고, 식당 창문을 깨고 들어와 2층으로 뛰어 올라왔던 것이다. 그야말로 간발의 차이였다.

사건 직후 코타로와 할머니는 무나카타 가를 나와서, 레나의 할아버지의 소개로 우누키 마을 히가시 2번지에 있는 집합주택에 입주했다. 그 건물의 주인이 이케지리 빌라의 주인이기도 해서, 코타로 일행을 동정한 집주인 할머니가 집세를 대폭 깎아주었다. 그리하여 코타로는 레나와 같은 나고이케 중학교에 무사히 진학할 수 있었다.

다만 사건 이후로 코타로는 레이지의 전화를 몸에서 뗄 수 없게 되고 말았다. 한번은 반납했었지만, 가지고 있지 않으면 영 불안해져서 일생생활에까지 지장이 생겼다. 사정을 안 레나는 오빠에게 부탁해서 그것을 코타로에게 선물로 주었다.

부적 대신으로 쓰이던 휴대전화는 몇 년 전부터 완전히 구식 기종이 되어서 전화기의 역할조차 제대로 하지 못하게 되었다. 그래도 코타로는 몸에서 떼지 않고 늘 지니고 다녔다. 마치 자신의 구명줄인 것처럼.

하지만, 이젠 괜찮아.

오늘 아침, 어째서인지 갑자기 그런 생각이 들었다. 이제 태어날 아이에 대해 생각했기 때문일까, 사건으로부터 10년이라는 세월을 의식했기 때문일까. 어쨌든 내일부터는 이 부적을 책상서랍에 집어넣을 생각이었다.

출세하면 갚으라는 말을 듣기는 했지만, 레나의 할아버지가 내주신 이 집의 인테리어 비용도 갚아야지.

계속해서 현실적인 생각을 하고 있으려니, 이 부적의 역할도 이제 끝났다는 게 절로 실감되었다.

그렇지, 아기 이름을 생각해야지. 그것도 남자애의 이름과 여자애 이름을…….

레나와 의논한 결과, 태어날 때까지 아이 성별을 모르는 체 기다리기로 했다.

코타로는 역으로 향하는 사람들과 보조를 맞추면서, 자신과 레나의 이름에서 한 글자씩 딴 이름을 생각해보기 시작했다.

그런 무나카타 코타로와 한 소년이, 길 중간에서 지나쳤다.

코타로를 지나친 소년은 이윽고 우누키 마을 4번지의 서쪽으로 뻗은 길에 도착해서, 눈앞에 펼쳐진 광경을 바라보았다.

앗, 여긴 전에 본 적이 있어…….

그 집을 차분히 바라보기 전에, **그 길거리**가 눈에 들어오자마자 소년은 그렇게 마음속으로 중얼거렸다.

다만 집 쪽에는 어째서인지 묘한 위화감이 느껴졌다. 알고 있는 곳일 텐데도 일부러 다른 얼굴이 내보여지고 있는 듯한, 그런 기묘한 기시감…….

"네가 아직 어릴 적에는 자주 데려왔는데……. 기억하고 있을지 모르겠구나."

어느샌가 소년의 뒤에 선 노부인이 가만히 속삭였다. 그 말에 소년이 고개를 끄덕이자 노부인이 말을 이었다.

"큰아버지와 어머니가 못다 한 유지를, 이번엔 네가 잇는 거란다. 츠카사……."

미쓰다 신조의 집 시리즈 3부작 중 두 번째로 소개해드리는 『화가(禍家)』입니다. 사실 일본에서의 발매 순서는 『화가』(2007년)가 『흉가』(2008년)보다 먼저 발간되었습니다. 시리즈 첫 작품이기 때문인지 이야기의 흐름 자체는 도입부터 마무리까지 왕도적인 전개, 말 그대로 '재앙이 내린 집'을 소재로 한 작품에서 나올 법한 정석적인 모습을 보여줍니다.

여기까지라면 자칫 예상 가능한 내용일 수도 있겠습니다만, 주인공이 갓 초등학교를 졸업한 아이란 설정에, 미쓰다 신조 특유의 오싹한 묘사가 어우러져서 또 하나의 색다른 '유령의 집' 이야기가 멋지게 완성되었습니다. 마지막 반전 역시 일품이고요.

『화가』와 『흉가』를 다 읽어보신 독자 중에서 혹시 눈치채신 분이 계실지도 모르겠네요. 이 두 작품에는 공통적으로 등장하는 이름이 있습니다. 바로 '요시카와 키요시'입니다. 본문에서 아주 잠깐 지나가기는 합니다만, 바로 주인공이 전학 가기 전에 다녔던 초등학교 친구의 이름입니다. 『흉가』에서는 주인공인 쇼타가 이사 가기 전에 다녔던 초등학교 친구라고 언급되는 부분이 있습니다. 그리고 『화가』에서는 코타로가 친하게 지내던 초등학교 친구로 회상 중에서 잠시 등장했습니다. 동일인물이라면 참으로 기구한 운명의 친구들을 둔 초등학생이라고 해야겠군요. 혹시나 집 시리즈 3부작의 마지막 권 『재앙의 뜰(災園)』에도 슬쩍 등장하지 않을까 기대가 됩니다.

그러고 보니 코타로가 사는 지역에 떠도는 4대 유령의 집에 관한 레나의 설명을 보면, 미확인의 첫 번째 유령의 집을 '인형장'이라고 부릅니다. 미쓰다 월드의 애독자라면 많이들 아실 테죠? 바로 신조의 데뷔작 『기관, 호러 작가가 사는 집』에 대한 이야기라는 것을.

집 3부작도 세 권 중 두 권이 나왔습니다. 마지막 권은 '어린 주인공', '이사', '기괴한 체험'이라는 기존 콘셉트를 유지하면서도 앞서 나온 두 권과는 다른 파격적인 설정을 가지고 있습니다. 독자 여러분께 조만간 집 시리즈 마지막 권도 소개할 수 있게 되기를 바랍니다.

현정수

화가(禍家)

초판 1쇄 발행 2016년 7월 25일
초판 4쇄 발행 2023년 1월 2일

지은이 미쓰다 신조
옮긴이 현정수
펴낸이 신경렬

상무 강용구
기획편집부 최장욱
마케팅 신동우
디자인 박현경
경영기획 김정숙 김태희
제작 유수경

펴낸곳 (주)더난콘텐츠그룹
출판등록 2011년 6월 2일 제2011-000158호
주소 04043 서울시 마포구 양화로12길 16, 7층(서교동, 더난빌딩)
전화 (02)325-2525 | **팩스** (02)325-9007
이메일 longest@thenanbiz.com | **홈페이지** www.thenanbiz.com
ISBN 979-11-5879-044-8 03830